国家社科基金重大招标课题
“期刊史料与20世纪中国文学史”（11&ZD110）阶段性成果

河南省高等学校哲学社会科学创新团队支持计划
“报刊史料与20世纪中国文学史”（2012-CXTD-02）阶段性成果

河南大学中国现代文学研究中心项目资助

黄河文明传承与现代文明建设河南省协同创新中心资助

报刊史料与20世纪中国文学史丛书

小说九家

程光炜 著

中国社会科学出版社

图书在版编目（CIP）数据

小说九家/程光炜著 . —北京：中国社会科学出版社，
2017.6

（报刊史料与 20 世纪中国文学史丛书）

ISBN 978 – 7 – 5161 – 9526 – 0

Ⅰ. ①小…　Ⅱ. ①程…　Ⅲ. ①小说研究—中国—当代
Ⅳ. ①I207. 4

中国版本图书馆 CIP 数据核字（2016）第 325580 号

出　版　人	赵剑英
责任编辑	王　曦
责任校对	孙洪波
责任印制	戴　宽

出　　版	中国社会科学出版社
社　　址	北京鼓楼西大街甲 158 号
邮　　编	100720
网　　址	http：//www. csspw. cn
发 行 部	010 – 84083685
门 市 部	010 – 84029450
经　　销	新华书店及其他书店

印　　刷	北京明恒达印务有限公司
装　　订	廊坊市广阳区广增装订厂
版　　次	2017 年 6 月第 1 版
印　　次	2017 年 6 月第 1 次印刷

开　　本	710 × 1000　1/16
印　　张	15. 75
插　　页	2
字　　数	263 千字
定　　价	69. 00 元

凡购买中国社会科学出版社图书，如有质量问题请与本社营销中心联系调换
电话：010 – 84083683

序 言

关爱和

进入 20 世纪后，报刊成为文化传播的主要渠道和方式。报社、学校、学会、沙龙以及近代中国舆论媒介共同构成中国社会的公共空间。《报刊史料与 20 世纪中国文学史丛书》旨在以 20 世纪中国报刊的兴起、发展为切入点，描述 20 世纪在西学东渐、政权更迭等复杂政治与文化背景下中国新文化与新文学的重建过程，揭示 20 世纪文学活动、文学传播和报刊媒介、文学编辑、市场及读者之间的联袂互动。

《报刊史料与 20 世纪中国文学史丛书》的研究对象是文化与文学的结合物，入手于报刊，立足于文学。它有可能打破作家生平的评述、文学名著的分析、文学体裁分类的传统书写模式，将报刊与文学互动的描述保持在制度、观念、思潮、流派的宏观层面。

《报刊史料与 20 世纪中国文学史丛书》以 20 世纪新思想新文学的重建为研究对象。文学史叙述的主要任务，是使过去的历史得以复活。书写者借助自己的主体精神解读重现历史，在总体上坚持大叙事文学史理念，以现代化作为历史叙事稳固宏大的思想框架，以近代、现代、当代为历史叙事起承转合的三大时间平台，探求一百年中国人的精神涅槃，建立报刊与文学共生共兴的叙述与知识体系。近、现、当代三大时间平台分属不同的政权形态，不同政权所形成的文化文学机制是绝然不同的。依据三大政权把 20 世纪划分为近、现、当代，是一种革命话语。这是我们的书写必须面对的话语体系。但依据现代性的标准，我们还将有另一种话语体系，这就是现代化的话语体系。文化与文学的现代性，是伴随资本主义的形成，大工业化时代的到来，以现代知识体系为基础并与之相适应的文化与文学表达。现代性可以赋予 20 世纪中国文学另一个完整的叙述框架。从这一框架出发，中国文化与文学的现代化一以贯之而不曾因政权的更迭而中断。

20 世纪中国新文化新文学的重建是在古与今、中与外两对既相互冲突矛盾又相互融合支撑的文化语境中进行的。中国新文化新文学的重建，有民族的和西方的两大思想资源，重建的过程是民族传统文化文学和西方舶来文化文学融合生成的过程，充满痛苦，也充满活力。重建之后的新文化新文学，既有中国基因，又有外来血脉。中国文学的现代化和中国经济社会的现代化一样，是活生生的"这一个"。"重现"、"重新复活"中国新文化、新文学重建过程，书写活生生的"这一个"，就是通过文学透视"中国经验"与"中国制造"。理论自信并保持理性判断，饱含同情而张扬批判精神，是《报刊史料与 20 世纪中国文学史丛书》研究应该确立的写作立场。

就传播与文学知识体系的建立而言，《报刊史料与 20 世纪中国文学史丛书》的主要任务是建构。书写者须在对历史文本的阅读交流中，不断形成视阈融合，产生新的成见成果。这些成见成果对已有的文学史可能带来解构与重构。上述目标完成的基础是报刊史料。对史料的掌握、分析、归纳、研究的水平，决定建构、解构、重构的能力。本课题在总体上坚持大叙事文学史理念的同时，不拒绝穿越学科、现象，寻找整体的裂隙与历史的偶然，寻找思想碎片。从报刊史与文学史重合的时间节点上，聚焦问题，发现细节，以富有趣味的历史发现，呈现历史的多样性与丰富性。历史书写的根据主要是史料文本。史料文本与史家的主体精神是相互作用的。对史料文本，要善于阅读发现，更要善于归纳发明。学术预设的立与废，取决于在文学史观指导下作者对史料文本的把握驾驭。书写者在纷纭繁杂的史料文本面前，要具备去伪存真、由表及里、善入善出的能力。

在世界范围内，20 世纪是一个工业时代与后工业时代接踵而来的时代。中国文化和文学的发展，面临着现代主义和后现代主义的社会语境。精英意识形态、商业意识形态、大众消费意识形态并存合流，精神生产、商品生产、大众娱乐的界限趋于模糊含混。这一特点和趋势，要求我们在书写中，既要遵守文学史学科的传统规范，防止泛文学化，又要注意上述趋势对文学发展的深刻影响。

《报刊史料与20世纪中国文学史丛书》着眼于报刊传播与文学发展互动研究，是增加现代文学史观察维度的学术探索，是对20世纪中国文学史研究的深化和拓展。书写者应注意著述的学术创新、学术水准和学术价值。处理史料文本，应注意独特性、创新性、前沿性。对学术界已有的成说，转引他处的文献，要一一注明。在行文过程中，提倡文从字顺，简明扼要，求同存异，清新稳妥。避免人云亦云，概念堆砌，虚话套话，佶屈聱牙。

"虽不能至，心向往之"，愿与丛书的写作同人共勉。聊以为序。

2015 年 4 月 20 日

前　言

近年来，我在治文学史之余，也会根据兴趣写一点谈当代小说的文章。这些文章有些是对文学史问题的补充，有的则单独存在，是想谈一下对某些作家作品的看法。从第一篇文章到最后收笔，迄今为止已有十年左右，这次承蒙我大学老同学关爱和教授的好意，编成一个集子出版。

最近三十年来的当代小说，真是精彩纷呈，群星灿烂，作家们各显神通，共同创造了百余年来中国小说创作所少见的一个黄金年代。本书所写小说家，我大多数认识，有的曾被我邀请到中国人民大学给学生们演讲，有的是在研讨会上见过面，即使与其中几位曾经在一起吃饭，也只是简单聊上几句，算不上密切交往，顶多说是一面或几面之缘。对当代文坛，我可能抱的是一种若即若离的态度，虽然这并非我主观意志所致，可实际情形如此，久而久之，也就这样了。也正因为有过见面之缘，我对这些小说家，并非只是隔着小说作品纸张的距离，而有点直观印象。还因为有过交谈，有些还曾派过研究生对他们做过专访，信息就在这个过程中相互交流，至少是我自己亲身感触到了。所以每当打开电脑写这些文章的时候，丝毫不觉得所写的小说家和他们的作品陌生，反而有点亲近之感。写小说评论，是不能完全不知道作家本人的，尤其是写与自己同时代的小说家们。

然而，又因为与这些小说家不是非常熟悉，没有个人私益，所以写起文章来，心里没有任何负担，更没有完成什么任务的人情压力，这就使我有时下笔的时候比较放肆，任凭思想和想象在电脑屏幕上驰骋，如此难免存在对作品阐释过度的现象，但有时候字里行间也会灵感忽现，与作品发生奇妙的碰触，也许写出了一点点别人不曾涉及的东西来。坦率地说，我对本书评论的小说家们是充满敬意的，由于也会看到某些作品的不足，所以我写这些文章的时候是诚实的，或许还是比较胆大妄为的，我把后者看作是对小说家们杰出艺术想象力抱有敬意的表现之一。

　　最后得感谢武新军教授允许我把书中的一部分文章，拿到给他和其他教授的博士生、硕士生的面前发表，与同学们一起交流和讨论。记得一次大雪天，新军教授和我的学生李建立副教授，一直陪着我在会议室给学生讲授，外面雪片纷飞，屋内却浑然不觉，之后又在文学院楼下送我上车。这些情景犹在眼前，仿佛是昨天刚刚发生的事情。

2015 年年末于北京

目 录

张承志与鲁迅和《史记》

据我考察，张承志读鲁迅的札记最早见于 1988 年 7 月的一篇文章。他少年时代也曾接触并痴迷于《史记》。集中精力读鲁迅和《史记》则在 1991 年至 1996 年之间。他在《静夜功课》中说："近日爱读两部书，一是《史记·刺客列传》，一是《野草》。可能是因为已经轻薄为文，又盼添一分正气弥补吧，读得很细。"他的体味是："今夜暗里冥坐，好像是在复习功课。黑暗正中，只感到黑分十色，暗有三重，心中十分丰富。秦王毁人眼目，尚要夺人音乐，这不知怎么使我想着觉得战栗。高渐离举起灌铅的筑扑向秦王时，他两眼中的黑暗是怎样的呢？"又说："鲁迅一部《野草》，仿佛全是在黑暗下写成，他沉吟抒发时直面的黑暗，又是怎样的呢？这静夜中的功课，总是有始无终。慢慢地我习惯了这样黑夜悄坐。我觉得，我深深地喜爱这样。我爱这启示的黑暗。我宁静地坐着不动，心里不知为什么在久久地感动。"[1]（1988）张承志在文章里反复提到了"黑暗"两个字，这使我想到，了解一个作家的秉性、气质、文风和著述的特点，观察他的读书情形大概是一个路径。

一

对鲁迅作品，张承志读得最多的是《野草》。1988 年夏，他在《芳草野草》这篇文章中说："翻开鲁迅先生的《野草》，他写尽了苍凉心境，但是他没有写他对这草的好恶。他说自己的生命化成泥土后，不生乔木只生野草。他还说自己这草吸取人的血和肉。"他承认，"我读了才觉得震惊"，"原来在中国，人心是一定要变成一丛野草的。我第一次不是读者，而是将心比心地感到了他的深痛"。[2]鲁迅"野草"的比喻含蓄复杂，包含着心绪烦乱、生命原生态、孤独和自我怀疑等多重矛盾的成分。但令人不解的是，1988 年的张承志，刚发表《北方的河》《黄泥小屋》和《金牧场》等名作，文学事业正处在高歌猛进的阶段，他因何也会"心绪烦乱"，对鲁迅的"苍凉心情"这般欣赏，而且在一种类似野草般无法理清的感觉中将心比心地警觉到他的"深痛"呢？这种情绪，与当时新时期文学青春勃发的情绪氛围确实不够合拍，分外离奇。彼时的青年作家假如要眷顾鲁迅，应该是热血的《呐喊》而非《野草》。直到三年后的1991 年 4 月，他才在《致先生书》中对自己之所以变成"鲁迷"作出了解释：

> 我的心灵却坚持这个感觉。先生特殊的文章和为人，实在是太特殊了。对于江南以及中国，他的一切都显得格格不入。
> ……先生血性激烈，不合东南风水。当然，这仅仅是少数民族对当代汉族的一种偏见，我只是觉得，他的激烈之中有一种类病的忧郁和执倔，好像在我的经历中似曾相识。

从张承志的自述看，他与鲁迅的相遇并非事先做足功课，书房里没有几本这位受尊敬的前辈作家的著作，也不是每日必读的状态，这多少会给人一种愕然的感觉。当时正红的青年作家张承志应该忙得一塌糊涂，他大概正陷于文坛各种琐事的旋涡中。也就在这种情况下，我注意到他手里只有可怜的一本小册子：

> 我手头只有一薄册《野草》。它是 1973 年的中国印成的精美的单行本，定价只有两毛钱。三万字，两毛钱，这些数字都有寓意——[3]

因此在我看来，"寓意"这两个字也许是今天理解张承志与鲁迅关系的一个诗眼。他一定感觉到秉性气质中的一部分被鲁迅"特殊的文章和为人"吸引了，被什么东西深深地触动了，否则要张承志这种自负的作家佩服什么人真的很难。另外我更想指出，他对鲁迅肯定不仅仅是钦佩，是已经觉察到因这中介的触发内心世界与当时文坛已然出现的某种距离感。像鲁迅在"五四"知识群体中一样，自己也是新时期文学的一个孤独者。其实，在 80 年代崛起的一代青年作家中，张承志一开始就给人一点不合群的印象。他似乎更乐意特立独行，与潮起潮落的文学思潮是一种貌合神离的关系。他在文章中多次谈到擅长写草原的哈萨克小说家艾特玛托夫和有孤侠气质的法国作家梅里美对自己创作的影响，但我注意到，张承志对正被文学界追捧的加缪、马尔克斯、略萨、卡夫卡、川端康成、美国黑色幽默小说、法国新小说几乎只字未提。他的文学气质是古典主义的，他对盛行一时的现代派文学显然没有好感，更谈不上文学亲缘关系。还应该看到，因文学界"崇外"思想猖獗且占主流，我们很难注意到张承志与这个主流之间微妙的差异。即使我们看到张承志的这些材料，也很难将它们与这种差异性具体联系起来。由于这层关系，再仔细阅读他点评《野草》的文字，会感觉作者欣赏的不是《野草》的现代主义技巧，而是鲁迅激烈的"血性"气质，是他与周围一切都"格格不入"的孤傲性格。在六七十年代，尤其是在90年代张承志的孤傲性格和激烈血性是给世人留下过难以忘怀的印象的。不愿意随波逐流，不肯跟随文学思潮，更愿意按自己的秉性追求文学理想和思想信仰，已显示于张承志三十年的心路历程之中。所以，他与鲁迅貌似偶尔的相遇，实际是一种必然的结果。

阅读《野草》前后，张承志文章中里频繁地出现了"无援的思想""荒芜英雄路""清洁的精神""高贵的精神"等字眼。但我以为，这些字眼不是鲁迅而是张承志自己的创造。在90年代语境中，读者能想象他是在描述自己的艰难处境，他一定在万舟竞发的时代洪流中觉出了孤独，这使他心理上靠近了"五四"落潮后那个孤立前行的鲁迅。他对社会转型的失望，对文学市场化趋势的厌恶，以及性格气质的过分敏感，都在加剧着这种主观色彩强烈的无援的状态。不过我希望指出，这种状态并非所有遭人诋毁的人都必然具有，某种程度上此状态与其说是社会强迫于他的，还不如说是他给自己添加上去的。他的文风里渗进了鲁迅的杀气和阴气。"两年前，当最终我也安静下来时，我满心杀意又手无寸铁，突然想起了这个画面"——"当我沉默着的时候，我觉得充实；我将开口，同时感到空虚。""他的文章是多么不可思议啊，眉间尺行刺不成，人变成鬼。"他又谈到自己多年来孜孜以求的一个参照："十余年来我一直寻求参照，但大都以失败告终。"当张承志终于抓住鲁迅，进入他独自拥有的神秘的《野草》世界时，才感到了"对自己的'类'的孤立和自信和无力感，便在每一夜中折磨灵魂"[4]。张承志深知，只因不肯在社会思潮中随波逐流，而选择走上孤旅，这种自我折磨必然在所难免。因此，他把这种感受描绘为"黑夜"的情景。在家人酣睡的静夜，他读《野草》的真切感觉是："有生以来第一次看见了真正的黑夜。我惊奇一半感叹一半地看着，黑色在不透明的视野中撕絮般无声裂开，浪头泛潮般淹没。"然而，"我看见这死寂中的一种沉默的躁力，如一场无声无影的角斗。"他隐约感到，"鲁迅一部《野草》，仿佛全是在黑影下写成"。于是他坚信，"墨书者，我冥冥中信任的只有鲁迅"。[5]他觉察自个文章的风骨，正一步步接近乃至已经形成与鲁迅文章某种纠缠同质的关系。借此我们就可以理解，张承志为什么在自己创作的高潮期突然倾心于鲁迅呢？大概是他在轰轰烈烈的文学浪潮中警觉到浮泛之气，看到一些人盛名之下内心的贫弱，他是要把《野草》作为自己的"参照"，把它作为自己精神坐标罢了。1995年，他在《三舍之避》中用《野草》式暧昧晦暗的语气自喻，这是他对自己孤独处境的真实的披露：

> 如今阴暗的矛盾又如雨后春笋般出现着。不仅仅在长幼之辈，而且在"同代人"中，在貌合而神离的同行同道之间。[6]

这思想的变化是一个缓慢隐晦的过程，是一丝一缕无形地发生着的。尤其是当他承认自己与文学界"同行同道"之间，已然是一种"貌合而神离"的关系的时候就更是如此。对1985年的文学转折，人们看到的多是文学观念和流派的分道扬镳，很少有人像他这样看到"貌合神离"的事实。我们对80年代和90年代文学的研究，至今没有注意到这种"同代人的代沟"现象，而是过多地强调了那一代作家思想和文学的高度同质性。张承志这种微妙的变化告诉我们，他所说的貌合神离不只是文学观念的分离，还有思想的分离，这是一代人思想的告别。基于这种看法，我觉得张承志之"重读鲁迅"，就变得非常有意思了。

与此同时，还应留意张承志对鲁迅其他著作的阅读。例如，他认为鲁迅没有写成一部代表作，如果长篇小说可以称作作家创作的一个标志的话，那么鲁迅并不合格。也正因为如此，他觉得鲁迅的几篇小说，例如《药》《伤逝》《故乡》和《狂人日记》显示了作家作为现代文学开创者的"现代主义能力"。也应该看到，张承志是把鲁迅放在小说家中的"思想家"和"个人主义者"这种层次上来看待的，而非放在一般作家层次上来看待。正因为这样，除《野草》外，他最认可的不是这些作品，反倒是经常被学术界忽视的历史小说《故事新编》：

> 人最难与之对峙的，是自己内心中一个简单的矛盾……
>
> 先生很久以前就已经向"古代"求索，尤其向春秋战国那中国的大时代强求，于是只要把痛苦的同感加上些许艺术力气，便篇篇令人不寒而栗。读《故事新编》会有一种生理的感觉，它决不是愉快的。这种东西会使作家自知已经写绝，它们的问世本身就意味着作家已经无心再写下去。[7]

有意思的是 1991 年的张承志遭逢了 1935 年的鲁迅。他们都是那种要把一种东西"写绝"的作家。也因为如此，他们文学世界中有"春秋战国"这样一个共同的"大时代"，这个大时代所诉诸的慷慨悲歌、壮怀激烈、思想者的孤独、文化烈士的情怀，都在他们写绝了的《故事新编》和《心灵史》中留下极深极深的印痕。在阅读中，张承志显然是把《故事新编》的《铸剑》当作鲁迅的"遗书或绝笔"来看的，他认为这是作者"最后的呐喊与控诉"，"也是鲁迅文学中变形最怪诞、感情最激烈的一篇"，同时更是"鲁迅作品中最古怪、最怨毒、最内向的一部"。在《故事新编》中，张承志看到了鲁迅"思想的漆黑、激烈的深处。"为此他评论道，"司马迁此篇的知音只有鲁迅"[8]（1994）。这篇题为《击筑的眉间尺》的文章后来被收于张承志的《鞍与笔》一书。从他 1968 年插队内蒙古草原在鞍上纵马奔驰，到 1978 年投身文学生涯，《鞍与笔》无意间勾勒了这位作家所仰慕的春秋战国侠客士人的形象，由此我们可以称他是《野草》和《故事新编》在当代作家中的知音。我们看到的鲁迅的孤独、郁愤、阴暗、激烈和决绝，似乎在 1988 年的这位青年身上悄悄地复活，这让人留下了难以磨灭的印象。

二

1983 年 5 月，张承志只身赴日本东洋文库进修，在东京外国语大学旁听著名历史学家小泽重男的《元朝秘史》。之后，他从中国社会科学院民族研究所调海军政治部创作室,不久辞职专事文学创作,其间多次赴新疆、宁夏西海固回族乡村居住考察。1989 年 9 月开始创作长篇小说《心灵史》,校订回族宗教典籍《热什哈尔》。1993 年 4 月到日本爱知大学法学部任教,为学生开"六十年代的世界与青年"讲座。在此前后,卷入国内知识界关于人文精神讨论的论战。我们现在还不知道,作家这段"个人秘史"映现着他怎样一段心路历程,但隐约感觉,他这一时期反复读司马迁《史记》,尤其是其中的《刺客列传》,并撰写阅读笔记,想必与心路历程不会毫无关系。他说:

> 如今重读《逍遥游》或者《史记》,古文和逝事都远不可及,都不可思议,都简直无法置信了。[9]

作者此文忆起多年前在河南登封一个名叫王城岗的丘陵上,对二里头早期文化进行考古挖掘的时候,顿悟到"古代"这个词,"就是洁与耻尚没有沦灭的时代"。他遥望"箕山之阴,颍水之阳",缓缓想道,"在厚厚的黄土之下压埋着的,未必就是王朝国家的遗址,而是洁与耻的过去"。他感慨万端地说:《史记》注引皇甫谧的《高士传》,有一个"许由洗耳"的故事,谈到尧禅让时期一个品行高洁叫许由的人。许由因为帝尧以王位相让,感到无地自容,便跑到箕山深处隐姓埋名。但尧执意让位,且对之追踪不止。后来当尧再次找到许由,请他出任九州长的时候,许由依然坚辞不就,以为这是个人的奇耻大辱,跑到河边,急忙用水来清洗被弄脏的双耳。

经这个"耻"和"洁"的故事,他接着联想到刺客荆轲。散文集《清洁的精神》修订版于 1996 年出版,其中内容涉及荆轲的《清洁的精神》一文应该写作于 1994 年到 1995 年之间,这是中国知识界面临八九十年代社会转型出现分化和论争纷起的一个时期,是一个敏感年代,张承志写此文的针对性和个人思想一目了然。文章详细叙述了《史记》中"荆轲刺秦王"的来龙去脉,分析了这位中国历史上著名剑客的个性气质,为人处世之道,荆轲与燕国太子丹交往的始末和矛盾,以及荆轲刺杀秦王的动机等。张承志对自己阅读和评价《刺客列传》的初衷也直言不讳,声称中国需要荆轲这种正义的态度,"管别人呢,我要用我的篇章反复地为烈士传统招魂,为美的精神制造哪怕是微弱的回声"。他认为从这则故事可以窥见，荆轲当年也像面对 90 年代社会转型手足失措的一些知识者一样，曾因不合时尚潮流而苦恼，与文人无法谈书，与武士不能论剑，他被逼得性情怪僻，整天赌博嗜酒，以致远赴社会底层寻求解脱。在此过程中，他与流落市井的艺人高渐离结识，于是终日唱和，相交深厚。荆轲后来被长者田光引荐给燕太子丹，按照三人不能守密、两人谋事而一人当殉的古典规则，田光在引荐荆轲之后当即自尽，这样荆轲走进了太子丹府邸。

荆轲在付诸刺杀秦王的行动之前，每天被太子丹用车骑、美女的方式引诱纵容，恣其所欲。此刻秦军已逼近易水，燕亡国迫在眉睫，所以太子丹苦请荆轲赶紧行动。在张承志看来，太子丹与荆轲的关系并非天衣无缝，而是早有裂隙，由于荆轲的队伍动身较迟，太子起了疑心，但他的婉言督促，引起了荆轲的震怒。张承志认为司马迁这么着笔，是为了凸显荆轲的忠义和君王无情，借此衬托这位刺客舍生取义的崇高精神。张承志指出：

> 这段《刺客列传》上的记载，多少年来没有得到读者的察觉。荆轲和燕国太子在易水上的这次争执，具有很深的意味。这个记载说明：那天的易水送行，不仅是不欢而散甚至是结仇而别。燕太子只是逼人赴死，只是督战易水；至于荆轲，他此时已经不是为了政治，不是为了垂死的贵族而拼命；他此时是为了自己，为了诺言，为了表达人格而战斗。此时的他，是为了同时向秦王和燕太子宣布抗议而战斗。

作家的观点是，荆轲在蒙受委屈的情况下将诺言置于生命之上的"清洁精神"，实际来自春秋战国环境的滋养，他是忠义烈士群体中站起来的一个人。因此，他用非常体贴的语气写到了荆轲赴死前的真实心情：

> 那一天的故事脍炙人口。没有一个中国人不知道那支慷慨的歌。但是我想到荆轲的心情是黯淡的。队伍尚未出发，已有两人舍命，那是为了他此行，而且都是为了一句话。田光只因为太子丹嘱咐了一句话"愿先生勿泄"，便自杀以守密。樊於期也只因为荆轲说了一句

"愿得将军之首"，便立即献出头颅。在非常时期，人们都表现出了惊人的素质，逼迫着荆轲的水平。

张承志不肯就此收笔，继续用浓墨重彩写荆轲的死，和高渐离前仆后继的刺杀：

> 风萧萧兮易水寒，壮士一去兮不复还。荆轲和他的党人高渐离在易水之畔的悲壮唱和，藏着他人不晓的含义。所谓易水之别，只在两人之间。这是一对同志的告别和约束，是他们私人之间的一个誓言。直到后日高渐离登场了结他的使命时，人们才体味到这誓言的沉重。
>
> 就这样，长久地震撼中国的荆轲刺秦王事件，就作为弱者的正义和烈性的象征，作为一种失败者的最终抵抗形式，被历史确立并且肯定了。
>
> 图穷匕首见，荆轲牺牲了。继荆轲之后，高渐离带着今天已经不见了的乐器筑，独自接近了秦王。他被秦王认出是荆轲党人，被挖去眼睛，阶下演奏以取乐。但是高渐离筑中灌铅，乐器充兵，艰难地实施了第二次攻击。[10]

从叙述中可知，张承志读书札记采用的是夹叙夹议的传统行文形式，这种形式在古往今来的文章中屡见不鲜，并非他的创造。不过，我们不妨从中择出张承志的一个思路，观察他对春秋战国剑客精神的基本看法。这个思路就是由"许由洗耳"到"荆轲刺秦王"这个环节，中国古代侠客完成了一个由知耻到清洁的自我蜕变和提升的精神之路。这是 20 世纪 90 年代的张承志在"借古喻今"，以古史来重新审视和督促自己，同时批判抵抗 90 年代文学猛烈汹涌的世俗化浪潮。但有心读者注意到，张承志这种"以笔为旗"的极端文化姿态即使在暗中同情他的读书人看来也属过分固执偏激，他在文学界确实响应者寥寥，作者内心世界的孤愤悲凉由此可见端倪。

1994 年初冬，张承志撰写《击筑的眉间尺》一文再次评说历史。他由长沙发掘的一座汉墓遗物，联系到荆轲和高渐离所代表的古代刺客情操，并结合鲁迅《故事新编·眉间尺》一文，加以敷陈、阐释和发挥。他认为长沙古墓开掘发现的三件木器，就是司马迁写过的在世间久已失传的古乐器筑。一般人可能会对它们无动于衷，而自己之所以由此"心惊手战"，是因为仿佛从这无声的乐器中隐约听到了来自两千多年前"高渐离送别荆轲时的演奏"，"至易水之上，高渐离击筑，荆轲和歌，为变徵之声，士皆垂泪涕泣"。他尽情发挥，说道，这里面透露出的是"不可遏制的蔑视"，"是一种已经再也寻不回来的、凄绝的美"。经此他把荆轲、高渐离与《眉间尺》的主人公联系起来，继而又把"眉间尺"与处在人文精神争论旋涡中的自己的处境联系起来，他说："在《眉间尺》里，他创造了一个怪诞的刺客形象'眉间尺'，还有一个更怪诞的黑衣人。在鲁迅的描写中，眉间尺和那个突然出现的黑衣战友断颈舍身，在滚滚的沸水中追咬着仇敌的头，直至自己的头和敌人的头在烹煮之中都变成了白骨骷髅，无法辨认，同归于尽——不知这算不算恐怖主义。"张承志在90年代争论中被人讥讽为"恐怖主义""原教旨主义者"，这是造成他孤立无援处境的主要原因，这段文字可以看出他是对司马迁和鲁迅的评论，实际变成了辩护性的自评。他同时也用自嘲的口气为自己开脱："礼赞牺牲，歌颂烈士，时会使人不高兴。"在他心目中，自古以来的思想者从来都是极端的，也都是孤独的。带着写文章而未了结的心绪，张承志决定重走一遍烈士的"长征路"。在当年肃杀的寒风中，他先从北京乘车去河北易水。接着一路南下，转赴楚天湖南。立于湘江侧畔，这种重温使他郁闷的心情陡然敞开，不由得写道："冬季里心情和工作都会正常，只要沐着寥廓南国的长风，只要看见茫茫北去的湘江，你的身心会为之一震。"[11]

在其他文章中，他不忘记对这个观点继续扩充和延伸。例如，在《再致先生》中，说到虽然"五四"时"名士如云"，鲁迅仍然对义士鲜血之被"蘸馒头"的轶事耿耿于怀。[12]例如，《满山周粟》讲到周灭商时伯夷叔齐二人不食周粟宁肯饿死的事情。[13]又如在《墨浓时惊无语》中，他解释自己所以写作了一批与中国古代精神有关的散文，是要强调"中国古代文化中的'耻'、'信'、'义'关系着中国的信仰，是文明的至宝"。[14]他还多次提到徐锡麟、秋瑾这些清末民初的刺客，肯定他们在生死关头的所作所为，乃是古代侠客士人精神的再现。

三

　　像大多数鲁迅研究者一样，在鲁迅《野草》《故事新编》等作品中，张承志读出的是一个经历了辛亥革命失败和"五四"落潮的"孤独者"的形象。他坦率承认，最吸引自己的是这位文学前辈"特殊的文章和为人"，鲁迅的苍凉、黑夜感都由时代之变和"血性的激烈"所造就；而更重要的是，鲁迅不像郁达夫那种弱不禁风的自艾自怨的文人，所以他要让"眉间尺和那个突然出现的黑衣战友断颈舍身，在滚滚的沸水中追咬着仇敌的头，直至自己的头和敌人的头在烹煮之中都变成了白骨骷髅，无法辨认，同归于尽"，借助一个也不原谅的猛烈的复仇故事来完成人生的使命。他还把《故事新编》当作鲁迅的"遗书或绝笔"来看待，以为这大概是作者"最后的呐喊与控诉"，"也是鲁迅文学中变形最怪诞、感情最激烈的一篇"，同时更是"鲁迅作品中最古怪、最怨毒、最内向的一部"。鲁迅"特殊的文章和为人"的意义在于，他没有止于书斋里的思想革命，而是告诉了世人"反抗的办法"，用眉间尺这种永不言败的精神，与那些制造了自己内心"苍凉""黑暗"的东西做绝望的和无休无止的抵抗。因此，与大多数鲁迅研究者的学者生涯有所不同，鲁迅这种"特殊的文章和为人"被强烈深刻地植入了张承志的内心世界，把他秉性气质中某些原本沉睡着的至少并不自觉的成分唤醒了，丰富和复杂起来了，它被极大地激发出来，张承志因此以他远比一般研究者能量更大的作家的方式，从而在90年代的中国社会产生了很大的文化影响。

　　张承志之所以读《史记》，与他的考古工作有一定的联系。从他80年代以降创作的小说看，"独行侠""刺客"的影子与他作品的主人公差不多是如影相随或这样那样地暗合着的，《北方的河》的主人公，明显就不同于那个年代文学作品中的主人公，他自傲孤侠的姿态非常少见，那种凛然于普通人的言谈话语令人一时难忘，当然这个问题要留待以后来研究。在河南洛阳和登封之间二里头早期文化的发掘工地上，小说家兼学者的张承志，实际在追寻着许由、荆轲和高渐离的历史踪迹，以"烈士情怀"聊以自况，隐隐已把"生于苏杭，葬于北邙"视为自己人生的最高境界，早把它收藏于个人的精神图书馆中了。借此他从许由、荆轲和高渐离的"忠""信""义"中，梳理和总结出了"知耻"而"清洁"的精神标准。张承志不避荆轲刺秦王过程中故事和命运的曲折复杂，他欣赏荆轲并没有被燕太子丹的误解和政治功力性所损伤，反而为了更具超越性的诺言义无反顾地去完成自己的使命，尤其是当荆轲牺牲、高渐离被秦王识破计谋刺瞎眼睛之后，慷慨激昂的高渐离继而用灌满铅的筑，向秦王发起了第二轮的攻击。我认为，张承志在详细描写这些细节的《清洁的精神》一文中，采用了"借古讽今"的一唱三叹的丰富笔法，他把自己完全地摆了进去，想象成其中的某一个人物，他把自己的爱与恨全部投注到自己的文章里了，所以，他才会有这般见识：

> 箕山许由的本质，后来分衍成许多传统。洁的意识被义、信、耻、殉等林立的文化所簇拥，形成了中国文化的精神森林，使中国人长久地自尊而有力。
>
> 后来，伟大的《史记·刺客列传》著成，中国的烈士传统得到了文章的提炼，并长久地在中国人的心中矗立起来，直至今天。[15]

正如我们前面已经读到的，在《击筑的眉间尺》中，张承志将鲁迅的《故事新编》与《史记》做了历史的联系，认为欣赏刺客和赞美烈士是两位作家精神血肉相连的共同特质。[16]

在阅读札记中，张承志可能都没有意识到他为90年代文学整理出了一个小小的"孤独者"和"刺客"的文学传统。这个传统在50至70年代的当代文学中已经绝迹。在80年代文学中也没有什么影响。它在90年代的悄然回归，也许只能在张承志身上找到一个孤证。但这不妨碍我们进一步确认张承志的秉性气质和文章风格。虽然这只是一些微不足道的点滴所得。

2013 年 8 月 27 日于北京亚运村

2013 年 9 月 6 日修改

注释：

[1] 张承志：《静夜功课》，《无援的思想》，湖南文艺出版社 1999 年版，第 26 页。

［2］张承志:《芳草野草》,《荒芜英雄路》,中信出版社2008年版,第11页。

［3］张承志:《致先生书》,《无援的思想》,湖南文艺出版社1999年版,第97、98页。

［4］张承志:《致先生书》,《无援的思想》,湖南文艺出版社1999年版,第97、98、93、94页。

［5］张承志:《静夜功课》,《无援的思想》,湖南文艺出版社1999年版,第25、26页。

［6］张承志:《三舍之避》,《无援的思想》,湖南文艺出版社1999年版,第126页。

［7］张承志:《致先生书》,《无援的思想》,湖南文艺出版社1999年版,第96页。

［8］张承志:《击筑的眉间尺》,《鞍与笔》,中信出版社2008年版,第21页。

［9］张承志:《清洁的精神》,《求知》,花城出版社2007年版,第328—331页。

［10］张承志:《清洁的精神》,《求知》,花城出版社2007年版,第225—228页。

［11］张承志:《击筑的眉间尺》,《无援的思想》,湖南文艺出版社1999年版,第115—120页。

［12］张承志:《再致先生》,《无援的思想》,湖南文艺出版社1999年版。

［13］张承志:《满山周粟》,《无援的思想》,湖南文艺出版社1999年版。

［14］张承志:《墨浓时惊无语》,《无援的思想》,湖南文艺出版社1999年版。

［15］张承志:《清洁的精神》,《求知》,花城出版社2007年版,第332页。

［16］张承志:《击筑的眉间尺》,《无援的思想》,湖南文艺出版社1999年版,第117页。

魔幻化、本土化与民间资源

——莫言与文学批评

　　莫言登上文坛二十余年来，各家报刊的评论很多。据路晓冰《莫言研究资料·附录》统计，至少也有 350 篇[1]，这个数字还不包括散落于地方性大学学报、文艺杂志或网络的文章；如果算上作家出道前的一些评述，或出名后国外汉学家的介绍、评论，那数量将大得惊人。根据我初读印象，无论批评家出于什么想法，都会按照自己的眼光对这位作家创作的优劣作出评价，不管他是有意还是无意，这种评价中都包含了某些文学史定位的成分。我们知道，20 世纪 80 年代到 21 世纪初的中国，社会、政治状况发生了很大变化，各种思潮对文学观念和创作的冲击，远远超出了人们当年对"未来"的预计。文学的分裂，加剧了创作和批评的分裂，使关于莫言创作的评论经常处在矛盾、反复和不确定的状态。从中不难想道："一件艺术品的全部意义，是不能仅仅以其作者和作者的同代人的看法来界定的。它是一个累积过程的结果，也即历代的无数读者对此作品批评过程的结果。"[2] 在这个意义上，当批评家对当时涌现的各种知识、话语、视角等加以吸收并自以为是"自己的眼光"时，他对莫言的批评很难再说是个人批评，而是代表着社会观念的对文学的批评，即按照社会需求对"作家形象"进行不断改型和变换（而作家本人未必都愿意接受这种变形术）。因此，有关莫言批评所产生的分歧、争论或共识，实际不仅是发生在批评家之间的一个文学现象，也包含了时代在这一阶段的困惑、探索和痛苦。

一 "魔幻"话题与《红高粱》家族

　　金介甫在《中国文学（一九四九——一九九九）的英译本出版情况述

评》中警告我们："中国新时期文学关心社会批评远甚于文学价值。"[3]事实确是如此。拉美魔幻现实主义在中国的"登陆"，通常被看作当代文学创作摆脱文化政治干扰的一个重要转折点。但更多的表述所阐明的，却并非金介甫所说的"社会意义"，而是对中国作家"艺术创新"价值的肯定。也许正因为这样，在1985年前后发表的文章中，拉美"魔幻"成为竞相谈论的热门话题。

在小说《透明的红萝卜》的"对话"中，众多讨论者都希望把它视为超越"文化政治"的"纯文学"作品。作者莫言坦承：这篇小说"带点神秘色彩、虚幻色彩"，并"稍微有点感伤气"。"他的构思不是从一种思想，一个问题开始，而是从一个意象开始"（施放）；"作者把政治背景淡化了"，他"有意识地排除了政治意念"，所以作品才"达到了另一种境界"（徐怀中）；"这种距离感也许是使作品产生朦胧气氛的原因"（李本深）。[4]在这里，文学批评更注意强调的是莫言小说与文化政治之间的"距离感"，目的是引导读者找出作品文本中那些"神秘"、"魔幻"的东西，从而对"现实主义"作品中直观、功利的效果加以阅读性的抑制。通过莫言的小说，有些批评家还发现，"魔幻现实主义"在审美效果、艺术技巧上有比"现实主义"更高和更先进的价值。陈思和说：如果《苦菜花》作者冯德英"所持的历史观，仍然是进化的一元观"，那么莫言小说中"'我'对历史的探究、恍惚、疑难、猜想"，再配以"白日梦幻的叙述基点"，则在"形式审美上产生了一种新奇的魅力"。[5]该文以"历史与现时的二元对话"为标题，反映了把莫言放在"历史"与"现时"紧张关系中来评价和认定的愿望。而此意图也得到了季红真的认同："莫言小说的叙事方式可谓变幻莫测"，"间杂转述""且意象纷呈，时空交错"，于是才会有"对民族伦理生存历史与现状的洞悉，更深一层的探索"[6]。这样，通过与"历史"（文化政治）的故意偏离和对"现时"（魔幻现实）的主动贴近，莫言小说经过了"魔幻"话语谱系的过滤和重新认定，他的艺术"追求"因此被固定为："只要在这个层次上，我们才能理解他作品中那永难驱除的忧郁所蕴含着的生命内在冲突"，才能理解在《红高粱》作品系列中，那"蓬勃生长的人性"、纠缠于"原欲之中"，所"获得宗教般神圣光彩的至美内容"。[7]

不过，在对"魔幻现实主义"话题的理解上，有的文学批评可能会有不同。"莫言在《红高粱》里表现出清醒、冷峻的现实主义精神，这可看作小说的内核和实质。"（雷达）[8] "现实世界和感觉世界的有机融合，使莫言创作呈现出一种'写意现实主义'风貌。"（朱向前）[9]——这样的"结论"，企图在拉美魔幻的压力下重释"当代"现实主义的活力，以期拯救创作界食洋不化的"艺术危机"。然而，"本地造"的现实主义能否有效抵御"外国造"魔幻化现实主义的大举入侵？人们不免心存疑虑，也难有主张。为此，批评家胡河清特别为我们开出了另一个药方，他引入"骨""气""韵"等概念，相当明确地断定："研究莫言、阿城的人物塑造也应该运用东方美学的这种综合的方法论"，并投以现代意义的眼光，"这样才能确切地看出他们作为一种独特文化现象的存在价值。"[10] 20 世纪 80 年代是一个崇尚和张扬个性的年代。文学批评当然应该有各自为主的个性差异，不过当主观色彩过分投射到文本上，则容易对作家作品得出"千奇百怪"的结论，而且大都是"才能"之类的口气。当然，这种不统一的状态，也说明当代文学在获得某种精神自由后，解释活动有了日益开阔的空间。因此，有人又以"生理缺陷"和童年的感觉方式，从"种的退化"等角度，去解读莫言小说魔幻化追求的意见。而且有论者更明确地指出，《红高粱》系列实际上是一部"史诗"小说，"小说企图通过红高粱家族的族史，来探索中国人在历史新旧交替期间，所遇到的种种人性问题。"（香港，周英雄）[11] 但是，上述解释对拉美魔幻现实主义与中国文化政治、人性、家族、心理、生理、传统现实文学和东方美学等方方面面所作的多样且自由的"对接"，却令研究者倍感苦恼。对他们来说，从这些价值体系如此多重、交叉而纷乱的文学批评话语中，该怎样理出头绪？

在"寻根""先锋""魔幻""形式革命"成为显学的年代，批评家都不可能绕开这些话语开展任何有价值的批评活动。某种程度上，批评能否具有"有效性"，就在于如何占有和繁殖上述知识，把作家文本纳入一种预设范畴并生产出新的文学常识，这是人人都懂得的道理。莫言也乐得接受类似的"定型"："有时候，评论家不但引导读者，而且引导作家向某一方向走。"[12] 但又强调说："历史在某种意义上就是一堆传奇故事"，口头传播的过程，"实际上就是一个传奇化的过程"，没有必要"一切都被拔高"[13]。千百年来的阅读史和传播史已积累了丰富的文学经验，作家与批评时有冲突当然也会妥协，创作既是对各种文学范本的反抗，也是创造性的大胆模仿，这本不应该成为一个问题。中外文学史还告诉人们，没有标明"反叛""创新"字眼的文学史，就不可能称作"有意义"的文学史。在上述文章中，认为莫言是魔幻现实主义的，便会在小说中寻找与此相关的"叙述""意象""空间"因素，突出其文本效果的离奇、非常规特征，"他几乎调动了现代小说的全部视听知觉形式"，使"主体心理体验的内容带来多层次的隐喻和象征效果"（季红真）。[14]认为他"不完全"是魔幻的，则找出中国的"现实主义"的理由，"《红高粱》里表现出清澈、冷峻的现实主义精神"，这正是"小说的内核和实质"（雷达）。至于把他看作"东方"魔幻的，也有道理发现理论上新的例证，《透明的红萝卜》中黑孩的"特异功能"，产生了一种罕见的神秘之美，而且在"我爷爷""我奶奶"身上也都体现了这些素质（胡河清）。为保持与"魔幻"文学知识的一致性，更多人拒绝文学"外部"的分析方法，把人性心理当成新的整体逻辑，和今人与历史对话的基础（陈思和）。他们特别提醒，"当我们审视作品所反映的生活时，别忘了那渗透其中的主体意识；当我们注视作品的情节模式时，别忘了那与个人经历密不可分的情绪记忆……"而这就是"莫言的小说"（程德培）。[15]这样的批评话语，意图是要发掘出作家小说与外国文学结合后的"东方智慧"……

有一百个理由相信，80年代对莫言的批评有其历史逻辑和知识背景。出于对文坛现状的不满，要在不理想的创作队伍中找出符合自己愿望的当代"文学英雄"，这个要求当然不应受到粗暴的嘲笑和质疑。然而如果接着上述话题说，那些批评文章就不能说不存在可讨论的余地。一是既然"魔幻"话题被认为具有某种"特异功能"，那么它的社会意义中势必会同时也具备了破坏文学秩序和潜规则的能量，直至会冒犯、压缩和简化文学丰富而细腻的"内部"话语。我们在指责"当代"现实主义过于在立场、感情、态度等层面干涉作家创作自由，并大声疾呼"文学自主性"的同时，态度是否也会同样武断粗暴？例如，莫言作品被定性为"农村生活"小说，"散发着一股温馨的泥土气息"，可是又要它承担"意象的营造""浪漫主义""现实主义"，同时兼顾"六朝志怪、唐宋传奇，以至明清小说中许多艺术上"的"成熟"（李陀）。[16]像李陀一样，强要莫言承担如此繁重文学任务的批评家其实并不在少数。但事实上，当时髦"话题"压倒个别"文本"，"魔幻说"变为压抑写作自身的文学立场和价值判断时，那么莫言的写作究竟还有多大的"生存空间"和艺术想象的余地？二是文学批评阐释话语的窘迫。"文学史处理的是可以考证的事实，而文学批评处理的则是观点与信仰等问题。"[17]韦勒克、沃伦的这番忠告使人们想起，当批评"遭逢"历史的突变，那与这些"信仰"、"观点"关系密切的各种话语则随时都有可能成为"问题"。文学批评永远都在乐此不疲地与"今天"对话，它当然不会关心"今天"也会在"历史"的反复中怀疑自己：当"五四"文学选择"个人话语"后，解放区文学又把"群众话语"当作了文学"创新"的出发点，而80年代先锋文学的艺术探索，所对抗的恰恰是这一当代文学的集体无意识……这些都是历史上的"今天"……面对文坛反复无常的现象，"敏锐"的批评时常会因话语的软弱无力而无地自容。20世纪的中国文学史，不止一次地陷入这种不能自圆其说的难堪境地。这次，又赶上了"魔幻"话题中的莫言的小说。

二 《丰乳肥臀》："本土化"书写

对莫言创作寄予厚望的批评家们，很快把"本土化"定为下一个文学发展的重要目标。针对当时的情况，这样的预期不是毫无根据的。在中国的社会、经济日益加入世界体系的进程中，随着"全球化"而向文学市场倾销的"外国文学"，也在明显挤压中国作家的生存发展空间。当许多人还在为"走向世界"热情欢呼时，突然意识到，在文化意义上我们其实正在一寸寸地丧失自己的"本土"。一向前卫的李陀早在1986年就敏锐地觉察到了这一点。他把目光投到了当时还很年轻的作家莫言身上：《白狗秋千架》《枯河》《球状闪电》等中短篇小说"集合在一起，无疑成为当前文学发展中十分值得注意的文学现象。因为它们使作家试图在现代小说中恢复——当然是在新的水平上的恢复——中国古典小说的某些宝贵传统的努力，不再是个别的尝试"。[18]1995年，莫言长篇小说《丰乳肥臀》的问世，雄辩地证实了李陀这个"预见"。

莫言说："丰乳与肥臀是大地上乃至宇宙中最美丽、最神圣、最庄严，当然也是最朴素的物质形态，她产生于大地，象征着大地。这就是我把小说命名为《丰乳肥臀》的解释。"[19]一定意义上，这是作家创作转向"本土"时所发出的最明确的信号。按照莫言的解释，大地意味着"土地"，它乃是专指中国的"土地"。这说明，在经历了"魔幻化"从兴奋到疲劳的探索过程之后，作家萌生了重回民族母体寻找文学源泉的渴望。但是，文学批评一开始并未理睬作家小说借助女性夸张形体来象征"本土"命运的艰辛努力。该批评甚至对小说的"本意"也产生了怀疑："书名似欠庄重"（徐怀中），"题名嫌浅露，是美中不足"（谢冕），"小说篇名在一些读者中会引起歧义"（苏童），"书名不等于作品"（汪曾祺）。[20]更多的批评则来自对"色情"、"欲望"描写的指责。然而，这些并未挡住对这部小说更"正面"的声音。《丰乳肥臀》的出现，是否再一次证实了"魔幻话题"不可避免的衰落？有的论者支持了莫言"转向"的执着和激情。如宣告它是中国"伟大的汉语小说"，在 20 世纪的新文学中，"能够和它媲美的作品可以说寥寥无几"，原因就在于，"先锋新历史小说是在努力逃避历史的正面"，而"莫言却在毫不退缩地面对""历史的核心部分"，于是"更加认真和秉持了历史良知的"（张清华）。[21]"在这个意义上，莫言是我们的惠特曼"，"有一种大地般安稳的心"（李敬泽）。[22]那么，《丰乳肥臀》的出现是否还表明了先锋小说在纯粹形式实验后所发生的"本土化"回归？王德威或许就是这么看的。他为我们展开了一幅中国乡土文学的历史发展图，让人在想象力枯竭的文坛上看到一种亮丽的文类形态："终于 90 年代中"，"这些年的风风雨雨后"，"莫言以高密东北乡为中心"，"因此堪称为当代大陆小说提供了最重要的一所历史空间"；犹如"沈从文写湘西"，陶潜与"桃花源"，蒲松龄与"《聊斋志异》"，这"原乡的情怀与乌托邦的想象"，"早有无限文学地理的传承"[23]。这样，莫言小说就被文学批评转移到另一块更加肥沃的"本土化"的文学土壤，它好像与作家前期作品施行了巧妙的"分身术"；它的意义不仅仅限于自身，甚至代表了"当代大陆小说"艺术探索的某种新动向。

如果一定要把《丰乳肥臀》当作"本土化"艺术标本来看待，那么，对批评家而言，就需要找到合理解释的根据。发现文本中新的叙述因子，组合人物、主题、题材与乡土观念、原乡气息的逻辑关系。在一些批评文章中能够看到，大地与感性认识如何结合，叙事与生命怎样衔接，庙堂话语和农民陈述又怎么对照，如此等等细碎的环节，都进入了研究者精心的考虑。陈思和为此作过专门分析：莫言的小说语言，"已经属于中国语言及汉字形态的文学因素，而且马尔克斯获得诺贝尔奖的事实，正是启发了中国作家可以用本土的文化艺术之根来表达现代性的观念。"《丰乳肥臀》

以后，他"在创作上对原本就属于他自己的民间文化形态有了自觉的感性的认识，异己的艺术新质融化为本己的生命形态"，"这对莫言来说就像是一次回归母体"。但他不同意莫言把自己近年小说创作风格的变化说成是"撤退"，而认为，这其实是本土"文化形态从不纯熟到纯熟、不自觉到自觉的开掘、探索和提升"，而不存在所谓由"西方"的魔幻到本土的"选择转换"[24]。然而，有人对《丰乳肥臀》的解读却明显有异。张军笔下的"本土"，就完全没有前一位论者精神与文化层面的美好定位，所谓"家园"，似乎更具有现代派文学那种非价值判断意义上的不稳定性："历史是什么？是战乱？饥饿？抗击外敌？革命？自相残杀？似乎都是，又似乎什么都不是"，"上官鲁氏一家在战火中的境遇就是一个绝望的历史反讽：为躲避逃离家园他们失去了历史（家园就是他们的历史），为找回历史他们返回家园，而此时，他们看到的却是正处在一片炮火中的家园。"[25] 也有论者对莫言的上述努力，甚至做了非常"严重"的质疑：向"'纯粹的中国风格'的'撤退'的失败"，"可以从他的叙述方式上看出来"。中国传统小说的叙述，一般是以第三人称的全知性叙述方式，所以，给人"一种稳定可靠、平易近人的感觉"，是一种"陪人聊天"的艺术。而莫言的创作，却像福克纳一样，人物对话的"欧化色彩极重"，"常常采用间接引语的方式"，"不断变换的视点"，显然走的是与传统小说南辕北辙却正是"他所反对的'西方文学'的路子"（李建军）[26]。

没有人会怀疑，批评家不是根据自己的方式评论作家作品的。在这一过程中，批评的基点既来自个人知识、艺术素养和眼光的积淀，显然又在"当下"话语环境的合力促成之中，也就是说，瞬息万变的知识信息、文化话题和各种文坛潜在压力，无时不在左右、干扰和改变着批评者对文本的看法和选择。如此一来，"纯粹"从文学史的角度看，是绝对不应该相信"这样"的批评文章的；然而，有张力的文学史研究又不能完全绕过批评文章和作家"创作谈"等纷乱芜杂、自相矛盾的材料，通过去伪存真和剔除辨识回到文学的"历史"之中。这恰如孙歌所指出的："假如我们把不脱离历史状况作为一个最重要的思想前提，假如我们不把事后诸葛亮式的廉价'正确观念'作为思考的出发点，那么如何判断这种'不脱离'的真实性？"她接着要说的意思是，我们是否把本应该成为一个问题的现象"并没有被问题化"？[27] 因此，我们的"问题"是：诸公所论是哪一个层面的"本土化"？存不存在一个几十年来固定不变并兼具理想化、浪漫化色彩的文学的"本土"？如果说，"本土"的概念在众多文学批评那里因为理解的不同而出现明显的分歧、扭曲、异质和多样性，那么，该怎么解释它因分歧而产生的多样性？如此的追问，就不能不涉及什么是新的社会语境中的"中国风格"、"中国民族文学"等问题。如上所述，莫言小说"撤退"之说——"中国风格"的提出，有其特殊的年代"背景"。20世纪90年代后，革命文化的撤离，使市场意识向中国城乡社会所有角落和每个人的神经领域大肆渗透，大众文化已不容置疑地成为新的"主流"文化和统治性的话语形态。大众文化不再安于与其他话语分治天下，而想独占"改革"的历史成果，通过层层渗透改变革命文化的历史正剧成分，使之向着"仪式化""话语化"和更加"浮层化"的方面而迅猛发展。但这种大众文化所酿造的显而易见的"历史空心化"，却是另一个无法否认的事实。这种现实格局，极大地改变了中国人的"世界观"——乃至"中国观"。十三亿的老中国儿女，被全面卷入世界的"经济框架"和"文化逻辑"之中。中国"意识"的危机，当然是彻底意义上的"文化"危机，而经济发展的持续高涨，则反而激起中国人内心深处强烈而无序（并偶尔带点仇外情结）的民族主义情绪的频繁发生。在我看来，正是在中国人新一轮的民族主义情绪和本土文化认同极不清晰，而且极其缺乏准确定位的历史关头，正是在这认识的断裂处，莫言出场了。莫言"撤退"的历史根据是什么？他小说要寻找的文学"本土"究竟在哪里？他能够找到文学真正的立足点吗？人们不能不表示发自心底的怀疑。在这个意义上，如果说文学批评对"本土化"的解读因而带有了很大的实验性和不确定性，那么可以说，莫言的"撤退"也是实验性的，是有极大的风险性的。这些忧虑，显然都进入了对《丰乳肥臀》文本的解读和思考。

如果这样看，《丰乳肥臀》当初遇到的"麻烦"，与其说来自它疯狂"恋乳"描写的表面文学效果，是它极深地刺痛了文学批评家的伦理耻辱感，不如说这种麻烦直接导致了文学批评解读"本土"概念时的困难与尴尬。那是因为，它直接向文学批评提出了一个无法规避的"难题"：全球化格局与中国文学的出路。但在我看来，与上述"难题"密切相关的，是一个更值得追问的问题：向"本土"撤退是否就意味着一种历史的进步？它是否在文学的困难期重新拨亮了"民族文学"的微弱曙光？与此相关的是，这一期间另一位著名乡土作家贾平凹的长篇新作《秦腔》在文学批评界引起的"轰动""惊讶"。毋庸置疑，莫言和贾平凹能否成为21世纪中国文学的"领路人"，这个"话题"已经在不小范围内半公开地流传。一些有识之士也许意识到，在当代中国文学的各种题材中，"乡村"题材的资源可能是最为丰富的。如果都市题材最能表现这个民族社会变革的脉动的话，那么乡村题材就最容易凝聚、集结和沉淀"中国"的历史经验，那里隐含着中国人最为隐秘的精神冲突和更深沉的隐痛。莫言、贾平凹"今天"的写作，已充分证明了这一点。在二十余年的文学探索中，他们几乎可以说是始终保持着高水平和旺盛创作势头的仅有的几个作家之一。但是，在今天，"乡村"是否就等于是唯一的"本土"？从事乡村题材写作是否就必然走向了成功？除"题材"因素以外，他们身上是否还拥有其他也许更为珍贵的素质？例如，一个作家的超常禀赋、心理素质、忍耐力和非同寻常的境界；又如，对"本土"多样含义的深透理解，对"文学"是什么的非凡见识，以及对文坛流俗意识顽强的警觉、对抗和超越等。这些疑问和问题，并没有在诸多文学批评中得到有效的回应。反之，类似的鼓动、怂恿和先入为主的主张，倒让人想起现代文学史上曾经有过的探索和争论——当赵树理证明"民族化"、"大众化"的抽象讨论可以落实到小说的实践当中，而工农兵文学据说到了"喜闻乐见"和"为人民写"的更高阶段，当"民间写作""底层文学"又表现出对精英文学的大胆反拨，认为它更具有面对"当代生活"的艺术勇气……在这些问题面前，文学批评该怎么回答？它们真的就标志着文学的进步或退步吗？倘若真是如此，那80年代为什么还会出现针对上述"进步现象"的"反思"和"批判"？（谁又能保证日后不会对"民间""底层"理论也有同样的诘难？）如此看来，近一百年来，在这些文学"本土""民族化"的字眼的背后有着可疑的含义。这是因为，这些概念所提出的问题，并没有随着它们的提出而自动解决。它们却以更加令人不安的方式，要求着回答。对《丰乳肥臀》的作者来说，他写作的障碍，并不一定是从叙述、文体、文字形态、反讽、文学地理、历史核心和安稳的心等"本土"话题所引起的，也不一定全部来自世界文学/中国文学、本土/全球等问题的纠缠和困扰。但"本土"并不是在讲述一个无效的话题，作为对我们生存环境的一个大体勾勒，也并非不会对作家的思考、写作毫无帮助。问题是，更清醒的辨识，也许还应该来自对人的自身的局限性的清醒意识，来自对今天复杂难辨的文化状况的谨慎的估计。

三　《檀香刑》《生死疲劳》
文本中的"民间资源"

对莫言小说来说，如果"本土化"更像一个笼统而无法把握的哲学命题，有诸多难以辨认、讨论的歧义和难点，而"民间资源"说则呼应了他创作的转移态势，奠定了"撤退"的某种"合理性"基础。近年来，莫言在谈到自己的创作时最喜欢用的一个词就是"民间写作"："作为老百姓的写作"者，无论他写什么，都与"社会上的民间工匠没有本质的区别。""《檀香刑》在结构上下了很大的功夫"，"具体地说就是借助了我故乡那种猫腔的小戏。"[28]他承认，"关于民间，现在也存在着许多误解"；但他相信，"提到民间，我觉得就是根据自己的东西来写"，并加强了肯定语气，"民间写作，我认为实际上就是一种强调个性化写作"[29]。"民间说唱艺术，曾经是小说的基础。在小说这种原本是民间的俗艺渐渐地成为庙堂里的雅言的今天"，"《檀香刑》大概是一本不合时尚的书。"[30]如果说，"《檀香刑》既是一部汪洋恣肆、激情迸射的新历史小说典范之作"，以"民间化的传奇故事"，充分展示了"非凡的艺术想象力和高超的叙事独特性"（洪治纲）[31]，"这种民间戏剧"，来自"高密东北乡的民情、民性和民魂"（张学昕）[32]，对于熟知莫言小说，同时因无法对"历史的终结"作出有效反应的中国文学深感揪心的人们来说（陈晓明）[33]，《檀香刑》《生死疲劳》的出版显示了"向中国古典小说和民间叙事的伟大传统致敬"的"神圣的'认祖归宗'"的"仪式"[34]，"是对魔幻现实主义小说和西方现代派小说的反动"，它是"真正民族化的小说，是一部真正来自民间、献给大众的小说"[35]。按照出版社的宣传提示去理解，它们将意味着启动了当代中国文学的又一个令人激动的"未来"。

《檀香刑》和《生死疲劳》的确是经历了当代中国文学二十余年来艰苦探索和诸多教训的重要之作，它们不仅是站在中国文学的立场，同时又是从作家个人立场出发而试图对纷纭复杂的文学实验、突破和挣扎作出的带有综合意思的"反省"。它反抗"理论符号"和"流行写作时尚"，拯救真正的"个性化写作"，同时自觉去发掘隐藏在社会生活深处的个人经验，而这一切正来自"感觉到还有许多让我激动的、跃跃欲试的创作资源"的巨大动力（莫言）。这是两部小说的最为难得之处。

发掘隐藏在社会生活深处的个人经验需要锐利的眼光，也不是"民间资源"都能概括的。批评家注意到，"复调型的民间叙事形态是莫言小说的最基本的叙事形态"，而"近年来小说创作风格的变化，是对民间文化形态从不纯熟到纯熟、不自觉到自觉的开掘、探索和提升"的结果[36]；有的论者认为，民间文化有四种类型，因而，"参照本土经验的分析"，并选择"一个自内向外、自地方到整体这样的视角，是我们考察民间审美意义的一种有效方式"（王光东）。[37]但"民间"的提倡者并不完全同意这类说法。"知识分子的民间价值立场并不是虚拟的"，不需要它"降临"民间社会，"照亮"后者的价值。"民间"的意义不是指"被用来寄寓知识分子的理想"；而"现实的自在的民间只是我们讨论的民间文化形态的背景和基础"，最能够"生发"出意义的则应该是那种"被严格限定在文学和文学史的范畴"里的"民间"，所以，"要说明知识分子的民间价值立场，也只能通过作家的具体创作及其风格来证明"[38]。针对"庙堂文化"出于自保而打压、排斥"民间文化"，从而导致了后者鲜活的文化形态彻底萎缩的那个年代，上述"判断"带有反省历史的性质。当然，也以新颖的视角丰富了我们对"过去"的认识。但是，从当时讨论的语境看，将知识分子/官方、民间/庙堂作为处理复杂文学现象的对立性词组来运用，尤其是所举的单独、罕见的例子，却也给人比较简单化的感觉。这次又从具体语境中拿出来讨论牵涉面更广的问题，是否反而造成了概念和表述之间的缠绕，分析的持续疲乏，以及讨论对象与问题本身的混沌难分状态？也同样是值得注意的问题。

莫言曾直言相告，"民间这个问题确实到现在也没有弄清楚。民间的内涵到底是什么东西，我看谁也无法概括出来"；他从来"没有想到要用小说来揭露什么，来鞭挞什么，来提倡什么，来教化什么"。但当有人问起"回到民间的意义究竟是什么"时，他却改而告知："它的意义就在于每个作家都该有他人格的觉醒，作家自我个性的觉醒。"[39]马上又返回刚被"民间"提倡者所否认的"知识分子"的"主体性"上。一会儿要"参照本土经验""自内向外"地考察"民间"；一会儿又怀疑知识分子对"民间"的"降临""照亮"的主体作用，说"民间"在文学、文学史中才有讨论价值；一会儿又反其道而行之，既强调"不教化"的非价值立场，又肯定作家的"人格觉醒"的价值标准……值得惊讶的是，时间未出三五年，关于"民间资源"的解释为何会流派纷呈，出现如此之大的差异性？由此不得不想到：人们还能否在同一历史空间中讲话和对话？我想，这种疑虑的出现是很自然的。因为，更大的质疑证明了这一点。在一篇"对话"里，我们听到了对"民间资源"论几乎具有瓦解性的言论：在早期小说《大风》《欢乐》《透明的红萝卜》中，"莫言从直接的生存体验出发，似乎随意抓取一些天才性的语言纵情挥洒"，"这种语言背景虽然没有鲜明的旗帜标志它具体属于哪一种语言传统"，但正因为如此，他的创作"才显得十分自由，从而更加有可能贴近他文学创作爆发期的丰富体验。""在这个意义上，我觉得他近来的创作相对来说是一种退步"，即从"一种混合语言背景"退回到"所谓民间语言的单一传统"，他是在"刻意依赖一种非西方（非欧化）非启蒙的语言"。为此，他激烈地质疑道："莫言所引入的传统语言如说唱文学形式，究竟是更加激发了他的创造力，还是反而因此遮蔽了他自然、真诚而丰富的感觉与想象？"（郜元宝）另一位对话者试图辩解：《檀香刑》的"声音"，明显在"颠覆'五四'对民间话本小说、戏曲语言的拒绝乃至仇恨"，这种声音不是莫言个人的，"它是我们民族在数千年的生存历史中逐渐找到的"，"莫言发现了它"（葛红兵）。但是，前面的论者对这种"发现"并不买账："我还以为应该警惕两个概念：一是民间。它是一个很大的文学史的或者哲学的概念，不能仅仅理解为具体的文学创作。二是莫言所说的'中国风格'，这是一个具有危险性和蛊惑力的概念。"他担心："在某些文人学者呼吁对'全球化'做出反应的今天，中国文学中仅仅出现了这种对声音的重视，对民间的重视，对'中国气派'的追求，这难道就是中国文学对'全球化'所能做出的唯一的回应方式吗？"[40]……有趣的是，就在文学批评接连不断怀疑小说实际成就的情况下，人们在 2006 年7 月 16 日新浪网"读书频道"、当当网的"新书推荐"中，却听到了与之截然不同的议论。前者称莫言的长篇新作《生死疲劳》通过"叙述者"的眼睛，让人深刻"体味"到了当代中国"农村的变革"；后者在"划时代的史诗性巨著"的通栏标题下，介绍了这部小说，肯定它的写作"充满了作家的探索精神"——该栏的编辑还写道，从中又"听到了'章回体'最亲切熟悉的声音"，云云。据说，该专栏在很短时间内就被网友"点击"了"39137 次"，可见这部小说在广大读者中反响之火爆的程度……

　　然而，按照我们的理解，"文学批评"的从业人员从来都是鱼龙混杂而且表述各异，既有学院派的批评，也有来自文坛圈子的指责，还有"读者"的外行提问，以及网友叫板等。在多种层次的批评中，"民间资源"当然会有更加混杂，甚至截然不同的解释，负载着不同的文学诉求，这是原不足怪的。而莫言在《檀香刑》《生死疲劳》对创作"资源"的思考、探索和艺术实验，就处在这些个分裂性话语的巨大争夺之中。因此，在某种程度上，与其说我们是从两部小说中"理解"了今天的"莫言"，还不如说是众声喧哗的"批评"重新描画了这个矛盾多变的"莫言"的形象；或者正好相反，是作家与众不同的艺术想象力和创造力，"塑造"了今天的"文学批评"，为它们提供了源源不断且充满对立气味的各种话题？对小说，尤其是对作家来说，他（它）们永远都处在文学批评的鼓励、压力、质疑、反对或赞美当中。某种意义上，他（它）们与文学批评既是对手，又是同路人；既是对话者，同时又站在难以对话的巨大鸿沟的两边——这是任何研究者都必须面对的复杂现实。

　　不过，对具体的作家创作来说，"民间"的经验从来都不是同质的，正如它也不是绝对异质的一样，这已反映在20世纪中国文学纷纭复杂的有关"民间写作"的论述中。它的"中国气派"的艺术追求，并不必然直接去回应"全球化"的宏大叙事。"天才性地""十分自由"和不受任何束缚的"纵情挥洒"，即使有再多"爆发期的丰富体验"，也未必就能向复杂、多层、有挑战性和相对更加成熟的伟大文学文本靠拢。在今天，对于作家具体的创作来说，更为紧迫的可能恰恰是"写作问题"，而非新的"概念预设"问题，它恰恰应该警惕和防范以"语言"为中心（过去是以"民间"为中心）的批评概念对它鲜活、生动和个体经验的新一轮的覆盖与损伤。在上述情况下，坚持继续重返作家个人生活痕迹上的"民间"，从大量沉埋于民间说唱文学的尘埃中（例如蒲松龄、家乡口头传奇的"传统"），汲取新的表现形式、想象力、话语形态和写作可能性，与将这些东西在文学势力、文学舆论的逼迫下"旗帜化""姿态化"，是需要同时注意的两个方面。我以为，这样的意见也许更显得珍贵："对莫言来说，我觉得重要的不是讨论他所选择的语言传统本身如何如何，而是应该仔细分析民间语言资源的引入对作家个人生存体验带来的实际影响。莫言所引入的传统语言如说唱文学形式，究竟是更加激发了他的创造力，还是反而因此遮蔽了他自然、真诚而丰富的感觉和想象？"（郜元宝）但是，什么是"自然、真诚而丰富的感觉和想象"，什么又是"语言传统"，这些本来就缠绕不清的问题，也需要在更严格的层面上来辨析和处理。

《檀香刑》和《生死疲劳》令人印象深刻之处，不是它们单凭个人才气，同时还借助丰富渊博的"传统资源"加以转喻、提升和整合的非凡写作能力。仅就一个世纪而言，乡村小说题材中恐怕还少有人如此从"大叙事"角度（鲁迅、赵树理所选取的只是某个精彩的"横断面"；而与莫言有同等艺术气象的恐怕要数贾平凹、陈忠实两人）来揭示中国农村社会的深刻变迁。但它们也有"英雄主义同时又是农民意识"（包括前期某些小说）的"格局"（王炳根）[41]；"创作心理上不健康的粗鄙习性"和缺少限制的"语言粗糙"（陈思和）。[42]在对作家小说创作"跟踪式"的评述中，文学批评觉察到不少小说"对这个时代本质的切入无疑又是准确而深刻的"，虚拟、写实相结合的手段，"没有把读者推离时代和现实"，反而体验到它"复杂得无法归纳和总结"（吴义勤）。[43]随着批评家对作品的阅读，关切莫言的读者当会明白，"《檀香刑》标志着一个重大转向"，"莫言不再是小说家——一个在'艺术家神话'中自我娇宠的'天才'，他成为说书人"，他"处理的题材是各种历史论述激烈争辩、讨价还价"，并甘愿与"唐宋以来就在勾栏瓦舍中向民众讲述故事（赵树理也曾自认是"地摊作家"）的人们成为了同行"（李敬泽）。[44]另外，也会让人感觉到，它其实是"一部外表华丽、实质苍白的游戏之作"，是"才华的消费"、"华丽的苍白"和"优点突出，缺陷明显"的小说（邵燕君、李云雷等）[45]……但书中对已从今天绝迹的钱丁等传统"士绅生活"的细致描写，对乡里俗人那贫贱快乐委婉曲折的说唱叙述，令人怀恋，也得到众多评家的欣赏；而《生死疲劳》对由人变驴再变为牛的主要"叙述人"百折不挠、忍辱负重精神状态一唱三叹式的细嚼、体察、同感和悲天悯人，也叫人掩卷感动。当然，还会为"主观性很强的叙事方式"、"人物的心理和行动的叙写是粗疏、简单的、缺乏可信的"、"这显然不是中国读者习见的'民族'风格和'民间'做派"的简单指责（李建军）。后者既觉得可以理解，也或者有些许不快。人无完人，金无足赤，千百年来何不如此，更遑论也与我们同在这烟火和生死人世间的作家？但从《檀香刑·后记》中急于"表白"与"民间说唱形式"血脉亲缘关系的文字中，又分明透露出极易被抓住"酷评"的某些成分。它或许是出自破碎后的"整体历史"的自我警醒、自况，又反映出希图"重返"那个被整体历史压抑、改写的原先的"大过去""大传统"时所投去的深情的一瞥和眷恋；而且从"火车的声音""1900年""我们村庄""地方猫腔""广场空无一人"等感性材料和重叠记忆中，隐约看出作者力图复活和呈现"各种历史论述激烈争辩"，理解"历史是戏""戏是现实"，同时理解"无论生死，人永远要承受一切""就是生活的真相"的无奈与挣扎，它们不仅指向浩渺和深奥的历史时间形态，而且也指向他本人的"内心状况"。

　　文学批评是对作品"第一时间"的阅读，是与作家的"对话"，但从来都是混合着"当下"时代意识、文化气候、文坛意气和个人痕迹的书写形式。可以看出，与20世纪五六十年代"政治第一"、80年代"文学自主"等二元对立式的批评模式明显不同，当前对莫言的文学批评显然是市场经济、大众文化的直接产物，它恢复了"文坛批评"的本来面目。文学批评从不承认对作家的"跟帮"角色，它最大的野心，就是通过"作家作品"这一个案来"建构"属于批评家们的"历史"。因此，在大量莫言小说的批评文章中，有的主观地把作家纳入自己的判断、预设、感受，让作品在失去主体性的情况下充任"见证历史"的"材料"或"旁证"；有的根据时代、文学的变化，跟踪作家创作的阶段和调整的步伐，作出"有效"的针对文本的评价和裁决，与作品发生"强烈的共鸣"并施以"设身处地"的分析，然而，也可以根据某些理由将这些"变化"重新推翻；有的以认可、赞同的方式，证明个人批评的始终"在场"，以作家本人的"声望"来决定观点的轻重、分寸和"结论"。正如批评会影响读者，读者也在潜在影响（如时尚、广告、酷评和猎奇风气等）批评，成为它文本内外的"杂语"，组成批评界驳杂难分的生存面貌。某种程度上，所有的批评都声称是对作品文本最真实、客观和贴切的体察，但是，在这一过程中，也难以避免它们对作品这一部分的夸大，和对另一部分的简缩；选择有利于批评基点的例证，或是作品本来突出的优点反而被稍微降低。根据我们的理解，这都属批评的"正常范围"，本来就是批评的风格。但毋庸置疑，这些年来的莫言批评已经深刻影响了文学史的写作，成为撰写者在考虑叙述框架、展开问题和形成定论时无法绕开的重要"观点"和"参照"，并具有某种强烈的暗示性作用。但文学史家也在拒绝文学批评话语更露骨的入侵，排除它的话语干扰。例如，有的文学史著作在评述《丰乳肥臀》这部小说时，接受了"奔放热烈"的"传奇性经历"

"丰沛的感觉和想象""感性体验""野性生命力"等批评话语，但拒绝在前面冠之以"伟大""重大的转向""震撼"和"史诗性"的夸张命名（洪子诚的《中国当代文学史》）；有的文学史选择这样一些词汇进入对莫言的叙述，如"家族回忆""民间价值""生命力""暴力""草莽特点""性爱"等，同时又尽量避免对这些判断做更大幅度的价值"提升"（陈思和主编的《中国当代文学史教程》），另外还有文学史著作，由于受到文学批评的影响，增加了介绍作家创作的篇幅，并把批评所"发现"的"童年视角"作为分析《透明的红萝卜》的基本立足点，然而也仅此而已（孟繁华、程光炜的《中国当代文学发展史》）。由此可见，文学史在借鉴和吸收文学批评成果的同时，也在"控制""过滤""纠正"或"修补"它的过度"叙事"。像文学史一样，二十年来"批评"一直在冲荡、影响着莫言的"写作"，给他的写作过程带来了某些阴影。"批评话语"纷纷进入他的小说，成为某种驱之不去的艺术想象"因素"。与此同时，他也在反抗、摆脱这些话语的改造和侵蚀，顽强地擦去留在作品文本表面的某些细微锈斑。例如，他终于抵御了"魔幻现实主义"等示范文本对个人创作的强大诱惑，毅然从批评话题的强势作用中重返"小戏猫腔"；又如，他尽管赞成关于"民间资源"的说法，一定程度上也认可由此而来的"评定"，但又竭力反叛"概念"的压力，和"话语"的篡改，强调其"感性""多面"等复杂的方面……以上种种，都让我们想到，漫长的文学史其实一直在重复着这些作家、批评家之间的陈旧"故事"。这是他们之间激烈争辩、驳难、分歧、合作、阐释和叙述时的话语游戏。就在这一话语游戏中，多少作品进入"正典"或"异类"，又出人意料地出现位置的更换；多少新的作家匆匆露面，多少老的作家黯然沉落，人们已不得而知。但是，不管作家是否愿意，文学批评都在对他做各式各样的文学史"定型"，并通过这一工作使自己的话语坦然载入皇皇史册。因此，所谓的文学批评史，无非是对作家创作一次次的"当下"评述，同时又是对这些评述的修改、变更和增删的过程；而作家留给后人的"创作史"，可以说就是批评家对作家主观愿望和创作意图的"改写史"。这就是众所周知的文学"规律"。

2006 年 7 月 19 日于北京森林大第

2006 年 8 月 9 日再改

注释：

［1］路晓冰编选：《莫言研究资料·附录》，山东文艺出版社 2006 年版。

［2］［美］韦勒克、沃伦：《文学理论》，刘象愚等译，生活·读书·新知三联书店 1984 年版，第 35 页。

［3］［美］金介甫：《中国文学（一九四九——一九九九）的英译本出版情况述评》，查明建译，《当代作家评论》2006 年第 3 期。

［4］徐怀中、莫言、金辉、李本深、施放：《有追求才有特色——关于〈透明的红萝卜〉的对话》，《中国作家》1985 年第 2 期。

［5］陈思和：《历史与现时的二元对话——兼谈莫言新作〈玫瑰玫瑰香气扑鼻〉》，《钟山》1988 年第 1 期。

［6］［7］季红真：《忧郁的土地，不屈的精魂——莫言散论之一》，《文学评论》1987 年第 6 期。

［8］雷达：《游魂的复活——评〈红高粱〉》，《文艺学习》1986 年第 1 期。

［9］朱向前：《深情于他那方小小的"邮票"——莫言小说漫评》，《人民日报》1986 年 12 月 8 日。

［10］胡河清：《论阿城、莫言对人格美的追求与东方文化传统》，《当代文艺思潮》1987 年第 5 期。

［11］周英雄：《红高粱家族演义》，《当代作家评论》1989 年第 4 期。

［12］莫言、陈薇、温金海：《与莫言一席谈》，《文艺报》1987 年 1 月 10 日、17 日。

［13］莫言：《我的故乡与我的小说》，《当代作家评论》1993 年第 2 期。

［14］季红真：《忧郁的土地，不屈的精魂——莫言散论之一》，《文学评论》1987 年第 6 期。

［15］程德培：《被记忆缠绕的世界——莫言创作中的童年视角》，《上海文学》1986 年第 4 期。

［16］李陀：《现代小说中的意象——序莫言小说集〈透明的红萝卜〉》，《文学自由谈》1986 年第 1 期。

［17］［美］韦勒克、沃伦：《文学理论》第 32 页，刘象愚等译，生活·读书·新知三联书店 1984 年版。

［18］李陀：《现代小说的意象——莫言创作中的童年视角》，《上海文

学》1986 年第 4 期。

[19] 莫言:《〈丰乳肥臀〉解》,《光明日报》1995 年 11 月 22 日。

[20] 转引自张军《莫言:反讽艺术家——读〈丰乳肥臀〉》,《文艺争鸣》1996 年第 3 期。

[21] 张清华:《叙述的极限——论莫言》,《当代作家评论》2003 年第 2 期。

[22] 李敬泽:《莫言与中国精神》,《小说评论》2003 年第 1 期。

[23] 王德威:《千言万语何若莫言》,《读书》1999 年第 3 期。

[24] 陈思和:《莫言今年小说创作的民间叙述——莫言论之一》,《钟山》2001 年第 5 期。

[25] 张军:《莫言:反讽艺术家——读〈丰乳肥臀〉》,《文艺争鸣》,1996 年第 3 期。

[26] 李建军:《必要的反对》,山东文艺出版社 2005 年版,第 65 页。

[27] 孙歌:《竹内好的悖论·序言》,北京大学出版社 2005 年版。

[28] 莫言:《文学创作的民间资源——在苏州大学"小说家论坛"上的讲演》,《当代作家评论》2002 年第 1 期。

[29] 莫言、王尧:《从〈红高粱〉到〈檀香刑〉》,《当代作家评论》2002 年第 1 期。

[30] 莫言:《〈檀香刑〉后记》,作家出版社 2001 年版。

[31] 洪治纲:《刑场背后的历史——论〈檀香刑〉》,《守望先锋》,广西师范大学出版社 2005 年版,第 280 页。

[32] 张学昕:《"地缘文化":中国文化建构的一个重要话题——读莫言小说〈檀香刑〉所想到的》,《作家》2004 年第 5 期。

[33] 陈晓明:《表意的焦虑——历史祛魅与当代文学变革》,中央编译出版社 2002 年版,第 394 页。"历史的终结"一说,是他经常用来批评当前中国文学"危机"的一个观点。

[34][35] 以上均来自小说《生死疲劳》《檀香刑》封底的"宣传词"。

[36] 陈思和:《莫言近年小说创作的民间叙述——莫言论之一》,《钟山》2001 年第 5 期。

[37] 王光东、杨位俭:《民间审美的多样化表达——二十世纪中国作家与民间文化关系的一种思考》,《当代作家评论》2006 年第 4 期。

[38] 陈思和:《莫言近年小说创作的民间叙述——莫言论之一》,《钟

山》2001 年第 5 期。

[39] 莫言、王尧：《从〈红高粱〉到〈檀香刑〉》，《当代作家评论》2002 年第 1 期。

[40] 郜元宝、葛红兵：《语言、声音、方块字与小说——从莫言、贾平凹、阎连科、李锐等说开去》，《大家》2002 年第 4 期。

[41] 王炳根：《审视：农民英雄主义》，《文艺争鸣》1987 年第 4 期。

[42] 陈思和：《历史与现时的二元对话——兼谈莫言新作〈玫瑰玫瑰香气扑鼻〉》，《钟山》1988 年第 1 期。

[43] 吴义勤：《有一种叙述叫"莫言叙述"》，《文艺报》2003 年 7 月 22 日。

[44] 李敬泽：《莫言与中国精神》，《小说评论》2003 年第 1 期。

[45] 邵燕君、师力斌、朱晓科、李云雷等：《直言〈生死疲劳〉》，《海南师院学报》2006 年第 2 期。

颠倒的乡村

——再读莫言的《透明的红萝卜》

莫言的第一篇中篇小说《透明的红萝卜》发表在 1985 年第 2 期的《中国作家》上。在此前后，他最好的中篇小说已悉数推出，例如《白狗秋千架》（《中国作家》1985 年第 4 期）、《枯河》（《北京文学》1985 年第 8 期）、《金发婴儿》（《钟山》1985 年第 1 期）、《球状闪电》（《收获》1985 年第 5 期）、《秋水》（《奔流》1985 年第 8 期）、《爆炸》（《人民文学》1985 年第 12 期）、《红高粱》（《人民文学》1986 年第 3 期）和《欢乐》（《人民文学》1987 年第 1—2 合期）等。在当代文学又一个活跃的转型期，这位名不见经传的青年人抓紧机会尽显个人才华，及时抢占了批评家和读者的眼球。《透明的红萝卜》叙及某个秋天，被后娘欺负的黑孩应公社征召，与小石匠、菊子、小铁匠等一百多号社员到滞洪闸工地义务劳动，白天砸石打铁加宽闸道，晚上睡在桥洞里。黑孩先跟菊子等一班妇女姑娘砸石头，继而被派去为小铁匠拉风箱，但他的诡秘心思完全被奇幻无比的乡村大自然吸引，把活儿干得一塌糊涂，被刘副主任和小铁匠歧视。幸赖一对善良的恋人菊子、小石匠相助，黑孩始感人间难得的温暖。但小说重心显然不想叙述这凡俗人生故事，而是对黑孩奇异感官做魔幻现实主义的夸张放大，于是一幅辛苦年代被极尽溢美的中国乡村图画经这位少年之妙手出现在我们面前。被"五四"、抗战和解放文学屡次建构的中国乡村，在这篇小说中再次经历了深刻的审美颠倒，凭此说莫言是继鲁迅、沈从文、孙犁和赵树理之后书写乡村题材的另一高手，也许并非虚言。

一　小说的开场

小说的成败，一定意义上取决于它的开场。能力非凡的作家，都会在极狭窄的篇幅中把人物周遭的社会关系和时代氛围交代得一清二楚，有些经典的开场往往很多年后还会令批评家和研究者津津乐道。这是《透明的红萝卜》的开局：

> 秋天的一个早晨，潮气很重，杂草上，瓦片上都凝结着一层透明的露水。槐树上已经有了浅黄色的叶片，挂在槐树上的红锈斑斑的铁钟也被露水打得湿漉漉的。队长披着夹袄，一手里着一块高粱面饼子，一手捏着一棵剥皮的大葱，慢吞吞地朝着钟下走。走到钟下时，手里的东西全没了，只有两个腮帮子像秋天里搬运粮草的老田鼠一样饱满地鼓着。他拉动钟绳，钟锤撞击钟壁，"当当当"响成一片。老老少少的人从胡同里涌出来，汇集在钟下，眼巴巴地望着队长，像一群木偶。队长用力把食物吞咽下去，抬起袖子擦擦被络腮胡子包围着的嘴。人就骂："他娘的腿！公社里这些狗娘养的，今日抽两个瓦工，明日调两个木工，几个劳动力全被他们给零打碎敲了。小石匠，公社要加宽村后的滞洪闸，每个生产队里抽调一个石匠，一个小工，只好你去了。"队长对着一个高个子宽肩膀的小伙子说。

经过盘算，队长决定把青壮年劳力留在队里干活，让"多余"的人应付公社没完没了的摊牌：

> 最后，他的目光停在墙角上，墙角上站着一个十岁左右的男孩子，孩子赤着脚，光着脊梁，穿一条又肥又长的白底带绿条条的大裤头子，裤头上染着一块块的污渍，有的像青草的汁液，有的像干结的鼻血。裤头的下沿齐着膝盖。孩子的小脚上布满了闪亮的小疤点。
>
> "黑孩儿，你这个小狗日的还活着？"队长看着孩子那凸起的瘦胸脯，说，"我寻思着你该去见阎王了。大摆子好了吗？"
> ……
> "你是不是要干点活儿挣几个工分？你这个熊样子能干什么？放个屁都怕把你震倒。你跟上小石匠到滞洪闸上去当小工吧，怎么样？回家找把小锤子，就坐在那儿砸石头子儿，愿意动弹就多砸几块，不愿动弹就少砸几块，根据历史经验，公社的差事都是糊弄洋鬼子的干活。"

熟悉赵树理《李有才板话》和梁斌《红旗谱》开场的人会发现，历史叙述在这篇小说里发生了深刻转型，苦大仇深的阶级叙述为公社体制夹缝中的庸常生活所取代，虚幻空洞真理神话转变成黎民百姓切切实实的生死病痛。而小石匠、黑孩儿等公社社员们，原来不过是延续千年的北方乡村宗族势力的权力对象，队长就是宗族的化身。队长的权威姿态，及对村民粗鲁霸道而不乏亲切的言谈举止，使沉睡千年的中国乡村恒定不变的权力网络跃然纸上。杜赞奇在研究 1900—1942 年的华北农村社会时发现："从外观看，这一网络似乎并无什么用处，但它是权威存在和施展的基础。任何追求公共目标的个人和集团都必须在这一网络中活动，正是文化网络，而不是地理区域其他特别的等级组织构成了乡村社会及其政治的参照坐标和活动范围。"[1]

这就是黑孩儿们的时代，中国的 20 世纪 70 年代。

这个开场连接着莫言小说的思想。1985 年，在与徐怀中、李本深、施放等人对话时，莫言承认："我这篇小说，反映的是'文革'期间的一段农村生活。刚开始我并没想到写这段生活。我想，'文革'期间的农村是那样黑暗，要是正面去描绘这些东西，难度是很大的。但是我的人物和故事又只有放在'文革'这个特定时期里才合适。怎么办呢？我只好在写的时候，有意识地淡化政治背景，模糊地处理一些历史的东西，让人知道是那个年代就够了。"但他强调："就我所知，即使在'文革'期间的农村，尽管生活很贫穷落后，但生活中还是有欢乐，一点欢乐也没有是不符合生活本身的；即使在温饱都没有保障的情况下，生活中也还是有理想的。当然，这种欢乐和理想都被当时的政治背景染上了奇特的色彩，我觉得应该把这些色彩表达出来。"施放把莫言这种小说哲学总结为在"压抑感"中产生某种"震撼力"[2]。但是显然，这种"压抑感"在小说里被充分"环境化"了。虽说作者不愿意"正面"描绘"文化大革命"，但"秋天的一个早晨，潮气很重，杂草上，瓦片上都凝结着一层透明的露水"的风景描写已经点出了那个年代人们郁闷的心情。民国时代的鲁迅，同样特别善于用"秋天""秋夜"象征自己沉抑不快的心态。高密东北乡小村庄村民的精神状态也比较糟糕：

> 老老少少的人从胡同里涌出来，汇集在钟下，眼巴巴地望着队长，像一群木偶。

　　这完全是一副逆来顺受的模样。然而，事情还不止这些，读者看到，处于这个乡村社会最底层的是那个"十岁左右的男孩子，孩子赤着脚，光着脊梁，穿一条又肥又长的白底带绿条条的大裤头子，裤头上染着一块块的污渍"，这番装束说明了他在自己家庭中的真实景况，他某种程度上还是村里随便什么人都可以开心的"社会弃儿"。我不知道莫言为什么选择这个可怜的孩子作为小说的主人公。"我十三岁时曾在一个桥梁工地上当过小工，给一个打铁的师傅拉风箱生火。中篇小说《透明的红萝卜》的产生与我这段经历有密切的关系。小说中的黑孩虽然不是我，但与我的心是相通的。"[3] 可这故意转移读者视线的自述仍然不能解开我的疑问。我猜想是黑孩奇异感官背后的某种东西吸引了莫言。

　　你们看，六七百字的开场把什么都交代清楚了，时代、阶层、环境和乡村社会网络。然而黑孩要做什么，却是读者对小说的主要兴趣。

二　黑孩的"世界"

　　1986 年初，小说发表刚半年，程德培就眼光独具地发现了作者对"感知器官的表现力"，他注意到，"《透明的红萝卜》中的黑孩，自始至终都表现出相当严重的不安全感，一种精神上的焦虑，对特定的事件、物品、人或环境都有一种莫名的畏惧"。"他得不到抚爱，便在水中寻求'若干温柔的鱼嘴在吻他'；凡是他在这个世界听不到的，便在另外一个世界听到，而且是更奇异的声音；凡是人世间得不到的欢乐，他便在另一个梦幻的世界中得到加倍偿还。"[4]

　　黑孩在家里毫无温暖。"爹走了以后，后娘经常让他拿着地瓜干子到小卖铺里去换酒。后娘一喝就醉，喝醉了他就要挨打，挨拧，挨咬。"在工地上，他是事实上的"弱者"。刘副主任站在大堤上向众人布置完任务，发现黑孩两根细胳膊拐在石栏杆上正对远处过桥的火车发愣，羊角锤也滑落到河中去了，"这个小瘦猴，脑子肯定有毛病"。刘太阳上闸去，拧着黑孩的耳朵，侮辱性地大声说："去吧，跟那些娘儿们砸石子去，看你能不能从里面认个干娘。"他为小铁匠当拉风箱的小工，也成为后者泄愤的对象。这就是黑孩的"现实世界"：

黑孩无精打采地拉着风箱,动作一下比一下迟缓。小铁匠催他,骂他,他连头都不抬。钻子又烧好了。小铁匠草草打了几锤,就急不可耐地到桶边淬火。这次他改变了方式,不是像老铁匠那样一点点地淬,而是把整个钻子一下插到水里。桶里的水吱吱地叫着,一股白气绞着麻花冲起来。小铁匠把钢钻提起来,举到眼前,歪着头察看花纹和颜色。看了一阵,他就把这支钻子放在砧子上,用锤轻轻一敲,钢钻断成两半。他沮丧地把锤子扔到地上,把那半截钻子用力甩到桥洞外边去。坏钻子躺在洞前石片上,怎么看都难受。

"去把那根钻子捡回来!"小铁匠怒冲冲地吩咐黑孩。黑孩的耳朵动了动,脚却没有动。他的屁股挨了一脚,肩膀被捅了一钳子,耳边响起打雷一样的吼声:"去把钻子捡回来。"

黑孩垂着头走到钻子前,一点一点弯下腰去,伸手把钻子抓起来。他听到手里"滋滋啦啦"地响,像握着一只知了。鼻子里也嗅到炒猪肉的味道。钻子沉重地掉在地上。

小铁匠一愣,紧接着大笑起来:"兔崽子,老子还忘了钻子是热的,烫熟了猪爪子,啃吧!"

相信看过这一幕人间惨局的读者大概都会永生难忘。莫言描写的"狠",恰恰证明了黑孩命运的悲剧感,然而作者又是从"局外人"的角度相当客观地冷眼去看这一切的,这就使读者愈发被这强烈的人生悲剧氛围笼罩了。

我不得不说,这正是莫言大肆渲染黑孩另一个"梦幻世界"的理由。熟读《透明的红萝卜》的人,相信都会对黑孩感官能力的经典描写记忆犹新:

逃逸的雾气碰撞着黄麻叶子和深红或是淡绿的茎秆,发出震耳欲聋的声响。蚂蚱剪动翅羽的声音像火车过铁桥。他在梦中见过一次火车,那是一个独眼的怪物,趴着跑,比马还快,要是站着跑呢?那次梦中,火车刚站起来,他就被后娘的扫炕笤帚打醒了。

黑孩的眼睛原本大而亮,这时更变得如同电光源。他看到了一幅奇特美丽的图画:光滑的铁钻子,泛着青幽幽蓝幽幽的光。泛着青蓝幽幽光的铁钻子上,有一个金色的红萝卜……红萝卜晶莹透明,玲珑剔透。透明的、金色的外壳里苞孕着活泼的银色液体。红萝卜的线条流畅优美，从美丽的弧线上泛出一圈金色的光芒。

"火车/后娘""工地/红萝卜"是对立性的词语关系，是现实世界与梦幻世界的奇异组合，在这种对比关系中，我们发现了在黑孩短短人生中激烈冲突后转向缓和的一个静场。千百年来，痛苦尤深且万般无奈的中国农民包括他们的子孙们，只有靠这所谓"精神胜利法"的麻醉和心理转移才能快活地活着。我们知道，余华的小说《许三观卖血记》就是因为"无视"深渊般的悲剧才如此强烈地吸引读者的。莫言在小说里用了一个更巧妙的办法：关闭。他关闭了黑孩感官与现实世界接触的所有通道，后娘打他屁股不痛，"只有热乎乎的感觉"，手指被石块砸破流出血来，他用一把黄土捂上，而手被小铁匠火热的钻子烧糊，尖锐的痛感也完全消失；但他感官与梦幻世界的通道则被作者全部打开，这就是我们刚刚看到小说对"趴着跑"的火车、"金色的红萝卜"等令人惊讶的描写。而且"红萝卜"的红色也是一种暖色调，是充满喜气、快乐、狂欢的人物心理的颜色，它证明黑孩在20世纪70年代就生活甚至沉醉在这种自我想象与自我满足的色彩里。而读到这里，再想想黑孩在小说中遭遇的所有不幸，我们的心则更加的被刺疼了；而那一种强烈到无法调和的冲突，最终征服了人们的阅读感受——它无疑是20世纪80年代中国最好的中篇小说之一。

小说中两次出现关于"社会主义"的历史叙述。在第一节，小石匠为争取黑孩"上工地"的权利，这样对公社刘副主任说："行了，刘副主任，刘太阳。社会主义优越性嘛，人人都要吃饭。黑孩家三代贫农，社会主义不管他谁管他？何况他没有亲娘跟着后娘过日子，亲爹鬼迷心窍下了关东，一去三年没个影，不知是被熊瞎子舔了，还是被狼崽子啖了。你的阶级感情哪儿去了？"这虽然是村里人之间在说笑话，但也指出了黑孩生活的历史情景。小说没有直接处理历史生活，可历史生活显然是作为一个"潜背景"存在着的。"《透明的红萝卜》中的黑孩，自始至终都表现出相当严重的不安全感，一种精神上的焦虑，对特定的事件、物品、人或环境都有一种莫名的畏惧。"批评家程德培前面说过的话再次提醒我们，这篇小说是可以作为"寻根"小说，也是可以作为"历史小说"来读的。黑孩的"不安全感"首先来自这以宗族势力为中心的乡村权力网络，其次来自他的后娘，最后则来自小说的舞台"工地"。而 20 世纪 70 年代的"社会主义"由于世事的混乱，并没有为黑孩的生存提供制度性的环境，当然"社会主义"的最终价值观却是为"最广大的人民群众服务"的。这被小说截取并加以艺术表现的"年代"意义上的"社会主义"，被 20世纪 80 年代的"伤痕文学"做了最为彻底和深刻的反思。在《透明的红萝卜》中，它却被作者巧妙地转换为北方农民某一时期特殊的精神状态，它经历了"历史被情绪化"的艺术的过程。正说的历史在黑孩奇特的感官中经历了一次美学的颠倒，这是人人都可以感觉到的。

但是，有人在论及小说历史意义的复杂性时，也警告过我们："有一些作品确实同世界无关，而仅仅同文学语境中的'世界'一词有关，这就是在杂志上诞生、存在和衰亡的作品，这种作品在当代期刊中连篇累牍，内容只限于自己的小天地。这些作品毕竟仍需要以内容的认识和伦理因素为艺术作品的构成因素，但不是直接从认识的世界和行为的伦理现实中汲取，而是从其他艺术作品中汲取这种因素，或者模仿其他作品。""这里主要是此一作品同另一作品相接触，辗转模仿，或者只不过是把另一个作品'奇化'一下，使人从另一作品的背景上'感觉到'它的新奇。"[5] 这段话说明两层意思：一是文学作品主要是存在于"当代期刊"上的，研究者更应该在"杂志"的范围内来理解它们；二是指出，"内容的认识和伦理因素"虽然是"艺术作品的构成因素"，但它并不一定"直接从认识的世界和行为的伦理现实中汲取"，相反，它们可能是对某一特定时期"流行文坛"的"其他作品"的"模仿"。我这样分析，不是推翻我在上面已经作出的某些结论，而是想从这些结论中再跳出来，从"文本分析"的角度再来看"黑孩的世界"。

在与人对话时，莫言直言："我觉得写痛苦年代的作品，要是还像刚粉碎'四人帮'那样写得泪迹斑斑，已经没有多大意思了。"[6] 莫言说这话时是在 1985 年。他说的"刚粉碎'四人帮'"是在 1979 年前后。这显然是两个明显不同的"文坛"，如果可以将"文学期"用"文坛"来做标志的话。也就是说，如果说 1979 年"伤痕文学"创作的发源地主要"是直接从认识的世界和行为的伦理现实中汲取"的（即"文化大革命"记忆），那么 1985 年后，由于外国翻译文学的涌入、文学自主性开始出现，这个时候作家创作最大的变化就是，他们开始将"内容的认识和伦理因素作为艺术作品的构成因素"。因此，"有一些作品确实同世界无关，而仅仅同文学语境中的'世界'一词有关"了。《透明的红萝卜》也可以从这一层面上来读解。

仍然是程德培，虽说"无意"却显然在今天提醒我们注意到了1985年前后"文坛"所出现的一个"普遍现象"。他说："莫言笔下的农村孩子都是或多或少患有身心障碍的，他们常常和父母的关系不亲密"，"莫言作品特别多地写到哑巴"，他的作品还"经常写到饥饿与水灾"。[7]我们显然都不能忘记，"身心障碍""哑巴""聋子""痴呆者"在1985年后的寻根、先锋小说中几乎形成了一个长长的"人物谱系"，像韩少功《爸爸爸》里的丙崽等都是如此。

这就提醒我们，当我们从"一般小说"的角度细读《透明的红萝卜》的时候，我们会对莫言关于"童年记忆""20世纪70年代"的说法深信不疑。然而，当我们将小说从这里拿到"1985年文坛"上来观察，我们会发现它其实也是一篇"文学杂志"上的"小说"。已经有很多人论述过，此间莫言的创作深受拉美魔幻现实主义小说的启发和影响。[8]"应该感谢加西亚·马尔克斯，感谢《百年孤独》的译者与出版者。这部书打消了我们在文化上隐隐显显的自卑。你喜欢这部书，甚至一反常态地几次在文章中流露出羡慕与景仰。""《百年孤独》爆炸了，为我们送来实证。为此，我们应当向加西亚·马尔克斯致敬。"[9]这段陈村与王安忆1985年五六月间的"创作对话"，深刻提醒什么叫"1985年文坛"，同时提醒我们不仅仅应该从小说也应该从"文学杂志"的流行话题中重新细读这篇小说。我终于明白了，黑孩不只是莫言家乡高密东北乡的黑孩，他小说的主人公，还应该是"1985年文坛"的黑孩。1985年需要推出这么个感觉奇异的孩子，它需要用他来彻底改造1985年以前的"当代文学"。他是"魔幻现实主义文学"意义上的黑孩。因此，痴呆、聋哑、身心障碍等，都无非是对当代文学那个以英雄为主体的所谓"正常人世界"的合法性的篡改。

在这个意义上，没有1985年的"文学杂志"，我们甚至不能真正理解这篇小说的全部含义。

三　莫言在做什么

要想了解作家写小说时的隐秘意图，还得从其中的一段描写开始：

小石匠和黑孩悠悠逛逛地走到滞洪闸上时，闸前的沙地上已集合了两堆人。一堆男、一堆女，像两个对垒的阵营。一个公社干部拿着一个小本子站在男人和女人之间说着什么，他的胳膊忽而扬起来，忽而垂下去。小石匠牵着黑孩，沿着闸头上的水泥台阶，走到公社干部面前。小石匠说："刘副主任，我们村来了。"小石匠经常给公社出官差，刘副主任经常带领人马完成各类工程，彼此认识。黑孩看着刘副主任那宽阔的嘴巴。那构成嘴巴的两片紫色嘴唇碰撞着，发出一连串音节……

人们究竟在这一场面中看到了什么呢？我认为是20世纪70年代中国乡村秩序的无常与混乱。这显然是作者莫言的视角，因为这就是他心目中"20世纪70年代"的中国乡村。他安排刘副主任、小石匠、黑孩在这里出场，是要用人物关系来暗示那即将崩溃的年代。广大"公社社员"的精神状态已经松散，"悠悠逛逛地走到滞洪闸上"，村民只能通过强制手段，才肯离开村落去"出官差"，而且权力掌握者的形象也接近虚拟，"他的胳膊忽而扬起来，忽而垂下去"……我们就不得不问了，莫言这样到底要做什么？

杜赞奇对中国乡村社会组织的精彩分析仍然能给我们的研究某种启发，他说："农业经济必然需要一定的组织或权威，这便是习惯法产生的基础。习惯法即村民们在劳动和生活中达成的一种默契或共识，是一种公认的行为规范或惯例。为了使契约有效，签约时要有中人，而这一中人往往由村中的保护人充任。在土地买卖和借贷关系中，因保护人联系广泛，他可以将普通村民与外界人士联系在一起。在'当面'关系为主的农业社会中，保护人所拥有的关系网对促进非个人的商业活动便极为重要。同时，保护人也逐渐建立起自己的拥护网，可在文化网络中为政治或名望目的而加以应用。"[10]该书本节是作者专门用来论述"保护人和中间人"在几千年来中国乡村社会逐渐形成的"习惯法中的权威结构"的，这些"保护人和中间人"有的产生于当地，是村民的"熟人"；有的可能来自外地不远的地方，与这些村民有这样或那样的地缘亲缘关系。在长期的劳动和生活中村民达成了一种默契和共识，产生了被公认行为规范认可的契约。这种契约支持着某种雇佣和聘用关系，如长工、短工等。然而，这一切"自然关系"在1949年的"土地改革"中走向了终结。之后紧锣密鼓

地出现的"互助组""合作社""人民公社"等崭新的村社关系，则把中
国农村彻底捆绑在国家机器上。事实证明，将"村民社会""国家化"的
设计是充满理想色彩的，几十年来激进的人民公社是社会主义经验中最为
失败的一种社会实践，人民公社的劳动形式也是效率最为低下、人民的劳
动热情最为低落的一种形式。它最直接的结果，是导致了当代中国农村生
产力的严重滞后和农民的普遍贫困。正因为贫困，莫言对 20 世纪 70 年代
最深刻的"历史记忆"就是"饥饿"："1976 年，我应征入伍当兵，从
此，吃不饱穿不暖的生活便结束了。将来会不会再次沦落到吃糠咽菜的地
步呢？我不知道。"[11]虽然没有确实的材料表明，莫言对中国乡村社会组
织由"自然关系"转变为"国家关系"的历史转型是不满的，他作为作
家是否真正意识到也是一个问题；但从这篇小说，包括他后来的《生死
疲劳》等许多小说看，他对这种"过于国家化"的乡村是失望的，尤其
讨厌那些作为"新的乡村保护人"的乡村基层干部，更是流露出深恶痛
绝的态度。这一历史观，直接带动了我们对"传统"的"保护人和中间
人"与"现代"的"保护人和中间人"历史关系的比较性分析。

可以明确认为，小说中的刘副主任不是那种"传统意义"上的乡村
社会关系的"保护人和中间人"，他不是借助"传统契约"这种中介因素
与村民发生联系的，而借助的是现代国家的"行政权力"。他是"干部"，
是以高于村民社会地位之上的"保护人"的姿态出现在作品里的。他并
不是杜赞奇所说的在"习惯法"基础上产生、经由在劳动和生活中达成
的默契和共识以及通过传统契约关系而出现的那种被广大村民自然而然地
接受的"保护人和中间人"，而是一个通过强势历史变动而强加给前者的
文化符号。正是在他身上，"人民公社"经历了由盛到衰的历史巨变，
"饥饿"成为他工作的某种副产品。如果说，传统意义上的"保护人和中
间人"由于与"当地人"那种近乎天然的地缘和亲缘关系，所以他们与
当地人的生产关系主要还是借助"契约"建立起来的话，那么刘副主任
这种"保护人"则是与当地人毫无地缘亲缘关系（如外地派来的工作队
等），因此，他们对当地人的生产关系则主要体现为一种"行政性的强
迫"。作为小说中黑孩没有出场的"原型"，莫言对刘副主任之类的历史
人物可以说厌恶至极，他通过目睹传统村社关系的被破坏，亲身体验了
"饥饿"和没有尊严的生活，因此，他才作为黑孩、小石匠等人"代言
人"对之表示了彻底的否定。在他看来，正是这些现代意义上的所谓

"保护人和中间人"们的出现，才直接导致了他和乡亲们几十年来物质和精神上的"饥饿"，经历了"吃不饱穿不暖"的人间耻辱。

凡是了解 20 世纪 70 年代报纸对这十年连篇累牍的"歌颂"的人，就会发现作家这是在通过他的小说来重建"另一个"20 世纪 70 年代。他要构建他自己亲身见证过的"20 世纪 70 年代的历史"。他是把被"官方舆论"颠倒过来的历史重新颠倒过来。张伟栋提出我们应该重视"年代学"的研究，我认为它非常重要。因为，只有在"年代学"的历史框架里，我们才能真正将研究与历史的关系有效地建立起来，与此同时才能深入到描述那个年代的作家创作和作品之中。我在一篇文章中，曾引用徐贲的观点来谈我的问题，"徐贲写道：'哈布瓦奇的集体记忆理论特别强调记忆的当下性。他认为，人们头脑中的'过去'并不是客观实在的，而是一种社会性的建构。回忆永远是在回忆的对象成为过去之后。不同时代、时期的人们不可能对同一段'过去'形成同样的想法。人们如何建构和叙述过去在极大程度上取决于他们当下的理念、利益和期待。回忆是为现刻的需要服务的。"[12]我的意思是，作家的写作一辈子都花在如何处理自己的"历史记忆"上，不管他的写作又如何受到当时知识界、思潮和时代氛围的影响。最近，李公明在他引人注目的文章《我们会回来——20 世纪 60 年代的多重遗产》中也涉及这一问题："遗憾的是那个被掩盖的文化转型并没有珍惜它留下的价值和实践的遗产——无论我如何坚持对中国'文革'的批判性，我并不赞同在这个问题上采取绝对的虚无主义。"[12]《透明的红萝卜》除了"寻根""先锋"文学的解读方式之外，其实也是一篇要表达"我们会回来"之特殊历史情结的小说。作家带着我们一起回到他的"20 世纪 70 年代"，他通过故乡村民与新的"保护人和中间人"历史关系的变化，让我们共同见证了一个"真正的 20 世纪 70 年代"。这个 20 世纪 70 年代就是，被埋在社会最底层的高密东北乡的黎民百姓，无法反抗强加给他们的"历史"，反抗强派劳役的刘副主任，他们于是采取了中国农民惯常的"磨洋工"的软弱的反抗方式来表达自己可怜的尊严。小说写道：

"黑孩呢？"姑娘两只眼睛盯着小铁匠一只眼问。

"等等，他扒地瓜去了。你别走，等着吃地瓜。"小铁匠温和地说。

"你让他去偷？"

"什么叫偷？只要不拿回家去就不算偷！"小铁匠理直气壮地说。

……

女人们脸上都出现一种荒凉的表情，好像寸草不生的盐碱地。待了好长一会儿，她们才如梦初醒，重新砸起石子来，锤声寥落单调，透出了一股无可奈何的情绪……

我们再读读同样是反映20世纪60年代和20世纪70年代"农村火热斗争生活"的浩然的《艳阳天》《金光大道》，那里面"热火朝天"的劳动景象与上面描写所形成的"历史差异性"，真的是令人感慨，当然它更重要的价值是应该成为我们重新研究"当代文学史"的对象。浩然显然是想告诉我们"一面之词"的"历史"，而莫言则明确地要为这一面之词的历史提供"新的证言"。

四　重新安排的"生活"

众多论者特别喜欢用"天马行空"来描述莫言不拘一格、非常自我化的小说叙述方式。因为这样很容易将他的创作与当时引进的拉美"魔幻现实主义"思潮相联系，并为把他归入"寻根"或"先锋"文学之中找到"合理逻辑"。这种说法本来没错，连作家也承认深受该思潮的影响。[14]然而，我们也必须注意到，除了"文坛结论"，作家采取什么叙述方式还有多种原因，其中之一就来自他对"故乡现实"的深刻记忆。

这就为小说何以通篇使用大量篇幅描写黑孩的奇异感官，寻找到另一条"理解小说"的途径。

他的手扶住冰凉的白石栏杆，羊角锤在栏杆上敲了一下，栏杆和锤子一齐响起来。倾听着羊角铁锤和白石栏杆的声音，往事便从眼前消散了。太阳很亮地照着闸外大片的黄麻，他看到那些薄雾匆匆忙忙地在黄麻里钻来钻去。

他双膝跪地，拔出了一个萝卜，萝卜的细根与土壤分别时发出水泡破裂一样的声响。黑孩认真地听着这声响，一直追着它飞到天上去。天上纤云也无，明媚秀丽的秋阳一无遮拦地把光线投下来。黑孩把手中那个萝卜举起来，对着阳光察看……

这条理解小说的途径告诉我们，作者感兴趣的不是叙述"故事"，而是随心所欲地表现黑孩对大自然的"特殊感觉"。我们还发现作品没有传统的现实主义小说那种贯穿始终的"矛盾红线"，也不去组织人物冲突，黑孩的感觉占据了它的大部分篇幅，甚至淹没了人物和故事。人们更惊异地觉察，这篇小说和很多作家的作品不同，推动小说发展的不是情节，而是主人公汪洋恣肆的感觉世界。而且这种莫言式的感觉"天马行空"，率性而为，可以说毫无章法。当他后来很多长篇小说继续没有节制地使用这种方法时，人们也许会感到厌烦。但"天马行空"的感觉表现在《透明的红萝卜》中却意义非常。因为前面我已经提到，黑孩的感官对"现实"是"关闭"的，它只对"现实之外"的幻想世界打开。这种特殊感官对后娘的虐待、刘副主任和小铁匠的欺负"毫无感觉"，但大自然却在他面前展现了自己的极端之美，极端之自由。黑孩正是为这现实之外、处于幻想之中的"自由"而活着的。在 20 世纪 70 年代，这也是一种"活着"的意义。

亨利·詹姆斯提醒我们："在小说提供给我们的东西中，我们越是看到那'未经'重新安排的生活，我们就越感到自己在接触真理；我们越是看待那'已经'重新安排的生活，我们就越感到自己正被一种代用品、一种妥协和契约所敷衍。"[15]人们在 20 世纪 70 年代，或许在更长的历史时空中所经历的"生活"，实际都是被"重新安排"并要求他们接受的。在 20 世纪 50 年代、60 年代大量出品的"红色经典小说"，所描述的就是这种"已经"重新安排过的"生活"，它们是在帮助我们建构对"生活的想象"。因此，前面开场时村民的低落情绪、黑孩世界中的不安全感、村民与村社组织关系的变化等，用意也许还不只是要纠正浩然对中国乡村生活描写的"一面之词"，它的真实企图事实上是告诉读者，随着这种"重新安排"的"生活"的历史真实性那极其艳俗色彩的最终剥落，生活在这种"重新安排"的世界中的人们的生活其实也毫无真实性、毫无意义可言。它同时也在暗示我们，应该到小说中去寻找那"未经"重新安排的"生活"。《透明的红萝卜》的结尾，进一步证实了我的判断，黑孩偷邻村队里红萝卜终于被抓：

队长睡眼惺忪地跑到萝卜地里看了看，走回来时他满脸杀气。对着黑孩的屁股他狠踢了一脚，黑孩半天才爬起来。队长没等他清醒过来，又给了他一耳光子：

"小兔崽子，你是哪个村的？"

黑孩迷惘的眼睛里满是泪水。

"谁让你来搞破坏？"

黑孩的眼睛清澈如水。

"你爹叫什么名字？"

两行泪水从黑孩眼里流下来。

"他娘的，是个小哑巴。"

黑孩不知道队长为什么要抓他，打他。即使他生活得这么苦难、不幸、屈辱，但依他小小年纪，还不明白和理解这就叫"现实世界"。所以我要说，从他眼里流出的是毫无设防的、近乎天使般纯洁无瑕的泪水。正因为他是天真无邪的，读者在这一刻才真正被震动了。最后，小说作者安排黑孩"钻进了黄麻地，像一条鱼儿游进了大海"，那里有"秋天阳光"照着。这段描写真是意味深长。它告诉我们什么呢？黑孩的"世界"与20世纪70年代或许更长时段中的历史生活完全是一种"游离"的关系，他只生活在自己那种"未经"重新安排的"生活"之中。作为这个小小村落中最没有地位、最为低贱的人，作为那个年代的弱者，他无力反抗和改变被人"重新安排"的命运。但他却用奇异的感觉悄悄给自己"重新安排"了"另一种生活"。在这个意义上，黑孩就是代表了千百万生活在20世纪70年代"边缘上"的人。他用"感官颠倒"的方式，让读者在最近距离中看到了被掩埋在历史尘埃之中的小人物的真实生活。同样也在这个意义上，《透明的红萝卜》既可以说是中国式的"魔幻现实主义小说"，同时也应该说是真正的"批判现实主义小说"。

2009 年 8 月 13 日于北京森林大第

注释

[1] ［印度］杜赞奇：《文化、权力与国家——1900—1942 年的华北农村》，王福明译，江苏人民出版社 2003 年版，第 10、11 页。作者经

过对这一时期华北农村社会大量社会学、统计学的考察，发现村民日常生活中充满了各种权力的争夺、重组和妥协："在邢台县的水利体系中，最为引人注目的单位是'闸'——它是用水者联合组织的名称，可能与'闸门'相关。这些用水的村民集团，我将其称为'闸会'，其成员包括2村至10村不等，控制着灌溉用水的分配。但这并不是管理用水和控制水源的唯一集团，实际上存在一个多层次的等级组织：从家庭、小集体到闸会、闸会联合，直至更大的单位——全河流域灌溉区。用水户根据距离远近和不同需要等环境变化来参加不同层次的水利组合体，换句话说，在水利体系中，不断出现分裂和组合。"于是，"当闸会中某些村庄比其他村庄更为强大之时，这种倾向表现得更为明显。有时，位置上的优势可能使某些村庄在闸会中处于主导地位，而一旦得势之后，它又利用在组织上的主导地位来维护它对其他村庄的控制"。但他同时承认，"集镇和强大的村庄能够利用其组织资源控制闸会，这样，闸会的领导机构又能较好地发挥其领导作用，从而维持闸会的内部安定并保护闸会利益不受外界侵犯"。（见该书第17、18页）巧合的是，《透明的红萝卜》写的就是"滞洪闸"上的乡村故事，所以，杜赞奇的著作对我们讨论这个故事与自己年代的关系颇有启发。

[2] 徐怀中、莫言、金辉、李本深、施放：《有追求才有特色——关于〈透明的红萝卜〉的对话》，《中国作家》1985年第2期。

[3] 莫言：《我的故乡与我的小说》，《当代作家评论》1993年第2期。没有作家愿意承认他就是小说主人公的"第一原型"，这是因为他们怕作品在读者心目中失去生活的原生态和某种真实性，他们更愿意用"虚构"手法使这一切显得扑朔迷离。

[4] 程德培：《被记忆缠绕的世界——莫言创作中的童年视角》，《上海文学》1986年第4期。实际上，不光是程德培，众多批评家如季红真、李陀、李洁非、丁帆等都对莫言小说极富想象力的"感官描写"大加赞扬。

[5] 《巴赫金文论选》，佟景韩译，中国社会科学出版社1996年版，第281页。

[6] 徐怀中、莫言、金辉、李本深、施放：《有追求才有特色——关于〈透明的红萝卜〉的对话》，《中国作家》1985年第2期。

[7] 程德培：《被记忆缠绕的世界——莫言创作中的童年视角》，《上海文学》1986 年第 4 期。

[8] 这些评论有：张志忠《奇情异彩亦风流》，《钟山》1986 年第 3 期；晓华、汪政：《莫言的感觉》，《当代文坛》1986 年第 4 期；李洁非、张陵：《莫言的意义》，《读书》1986 年第 6 期；莫言、罗强烈：《感觉与创造性想象》，《中国青年报》1986 年 7 月 18 日；李书磊：《文体解放与观念解放》，《文论报》1986 年 12 月 21 日；雷达：《历史的灵魂与灵魂的历史》，《昆仑》1987 年第 1 期；季红真：《忧郁的土地，不屈的精魂》，《文学评论》1987 年第 6 期，等等。

[9] 陈村、王安忆：《关于〈小鲍庄〉的对话》，《上海文学》1985 年第 9 期。

[10] ［印度］杜赞奇：《文化、权力与国家——1900—1942 年的华北农村》，王福明译，江苏人民出版社 2003 年版，第 128、129 页。

[11] 莫言：《我的故乡与我的小说》，《当代作家评论》1993 年第 2 期。在作家很多回忆性的文章和电视访谈中，"饥饿"大概是出现频率最高的"关键词"之一，这一方面说明他当时的生活状况，另一方面也可看出他对 20 世纪 70 年代历史的某种看法和态度。

[12] 引自拙作《"伤痕文学"的历史记忆》，《天涯》2008 年第 3 期。

[13] 李公明：《我们会回来——20 世纪 60 年代的多重遗产》，《上海文化》2009 年第 3 期。

[14] 参见杨庆祥《民间·先锋·底层——莫言访谈录》，《南方文坛》2007 年第 2 期。可能是受到学者"民间理论"的影响，莫言近年在许多场合大谈所谓"民间立场"，这种说法其实反映了有时候作家也会受批评的影响，他们对自己创作的深层因素还缺乏自觉反思的能力。

[15] ［美］布斯：《小说修辞学》，华明、胡晓苏、周宪译，北京大学出版社 1987 年版，第 25 页。这本我 1987 年在江苏扬州一书店购买的著作，对我"80 年代"的文学观影响甚大，就是在这本书里，我知道了"传统小说"与"现代小说"的差别，与此同时，它也建构起了我"先锋小说"的艺术趣味。这一"事实"，是需要重新反思和讨论的。

批评对"贾平凹形象"的塑造

文学作品集封二封三照片上的"作家形象"往往是千姿百态的，有的停留在晚年如鲁迅，有的停留在青年如柔石，有的是受难状态的如胡风，有的是摩登时尚和苦难的叠加镜像如丁玲，有的带有先锋小说的神秘感如残雪，有的还可能永远都那么的温丽含蓄如王安忆。然而文学史上的作家形象则来自多种因素的塑造，例如文学创作、个人照片、文艺风波、奇闻逸事、小报炒作、同人追述、文学批评和后人的研究等，头绪繁多实难厘清。我这里谈的是文学批评。贾平凹从 1978 年正式登上文坛到 1993 年《废都》批判，个人形象经历过多次修改和反复塑造，文学批评无疑在其中起了最重要的作用。对贾平凹和作品的批评当然反映出批评家对他的看法，但这种看法中又包含着那个年代社会思潮的变化，这种看法有时会受到作家新作问世的冲击和影响，这种看法中还包含了这些批评家自身文学观念、知识结构和批评方法的变化。总而言之，出于对贾平凹形象的塑造，文学批评不可能停留在某一历史阶段，静止在一种文学观念中，不是一个静态的而是一个动态的过程。正是这种动态式的文学批评，形成了作家形象参差不齐的矿层，我们是在这个意义上认识 1978 年到 1993 年间多层化的当代文学样态的。下面我想就几种批评方式将问题略作展开。

一　20 世纪 80 年代的"优秀作家"

贾平凹在 80 年代达到了他前半期文学创作的巅峰状态，一有小说问世就好评如潮，他被戴上了有前途的而且会越写越好的"优秀作家"的桂冠。

孙犁评价贾平凹说：

我同贾平凹同志，并不认识。……这位青年作家，是一个诚笃的人，是一位勤勤恳恳的人。他的产量很高，简直使我惊异。我认为，他是把全部精力，全部身心，都用到文学事业上来了。[1]

李陀评价贾平凹说：

如果把他近来发表的有关商州的小说，如《商州世事》等与《商州初录》一起加以研究，则《史记》的影响就相当明显。贾平凹似乎在做将小说与史结合起来的尝试，不过他不是写历史小说，而是使他的写商州的小说有一种地方史的价值。在某个悠远的将来，人们重新阅读这些小说的时候，我相信他们不仅会得到一个优秀的文学作品必然会给予读者的那种审美的满足，而且一定可以从中得到一个逝去的时代的种种信息……[2]

贾平凹最早"发现者"之一的费秉勋评价说：

很明显，《小月前本》、《鸡窝洼的人家》、《腊月·正月》、《浮躁》这些作品，得到社会广泛热烈的赞誉，这是谁都看到的事实。[3]

孙犁虽然并不认识贾平凹，但他毅然得出了"他是把全部精力，全部身心，都用到文学事业上来了"的结论。李陀老早就能想到，贾平凹的小说即使过了很多年，也"必然会给予读者""那种审美的满足"，"而且一定可以从中得到一个逝去的时代的种种信息"。批评家费秉勋说得更是事实，80年代贾平凹确实一直处在被人追捧的高潮状态，文学批评、各种媒体、领导和广大读者都在密切关注着这位才华横溢的优秀作家的一举一动。他的作品，甚至还成为街谈巷议和人们饭桌上的热门话题，如《浮躁》等。

不过，我们不要以为文学批评都在文学层面上，它其实还涉及更为深刻的社会思潮。80年代的社会思潮将如何界定呢？我以为尽管可以众说纷纭但有一点是必须明确的，这就是它的"理想性"。这种理想性一方面表现在文学艺术非常繁荣，另一方面表明人们的精神生活和时代生活都充满了"文学性"的色彩。所以，作家尤其是"优秀作家"在80年代社会上的地位非常高，几乎到了今天各类明星那样众星捧月光芒四射每天走红地毯的热烈程度。已逝台湾女作家三毛描述了贾平凹"优秀作家"的形象，效果就像激动的粉丝仰望台上的明星：

> 今年开笔的头一封信，写给您：我心极喜爱的大师。恭恭敬敬的。
>
> 感谢您的这支笔，带给读者如我，许多个不睡的夜。虽然只看过两本您的大作，《天狗》与《浮躁》，可是反反复复，也看了快二十遍以上，等于四十本书了。
>
> 在当代中国作家中，与您的文笔最有感应，看到后来，看成了某种孤寂。……平凹先生，您是大师级的作家，看了您的小说之后，我胸口闷住已有很久，这种情形，在看《红楼梦》，看张爱玲时也出现过，但他们仍不那么"对位"，直到有一次香港有人讲起大陆作家群，其中提到您的名字。一口气买了十数位的，一位一位拜读，到您的书出现，方才松了口气，想长啸起来。对了，是一位大师。一颗巨星的诞生，就是如此。[4]

三毛尽管像她在其他场合一样，说话夸张而且不太着调，但毕竟从港台读者的角度印证了"贾平凹热"确实不独是大陆现象。孙犁、李陀、费秉勋和三毛等这么集中并从不同角度热评贾平凹，以一种非常理想性的眼光为我们塑造贾平凹的形象，正像前面我所说是由于1978年到1988年这十年中国人的心态都充满了理想性的时代情绪所产生的，人们往往以"文学性"的眼光取舍评价人物、社会历史以至预期未来，当然大多数的苦恼也来源于此。"优秀作家"不过是反映这一巨大社会情绪的"特殊符号"，它是那个时代的"晴雨表"之一。

当然，透过人们授予贾平凹"优秀作家"称号的象征举动，也揭示出80年代理想性社会思潮中更为深刻的问题。这就是说，80年代的理想性很可能来自人们当时对自己生活的一种"虚构性"评价，它超越了当时的历史状况，通过"改革开放"这一认识性枢纽，把人们生活的普遍性理解成了摆脱"文化大革命"噩梦、迅速超越70年代末较低经济发展水平的一座光彩夺目的沙漠模盘。这种沙漠模盘终究要垮塌，但它的垮塌不会在短暂的80年代，而可能在漫长的90年代，《废都》就在此种意义上成为一部标志性的小说，它生逢其时也难逃此劫。当我在课堂上津津乐道地向学生大讲"80年代文学"的"光荣历史"时，我想我经常会在学生半信半疑的眼光中遇到"考据的历史学家"那样的问题："考据的历史学家是这样一个人，他不再满足于说：'权威材料是说发生过如此这般的一件事，所以我相信它发生过。'他说：'权威材料说它发生过，现在就要由我来决定究竟它们所谈的是否真实。'因此，考据的历史学家就必然要问，《新约全书》的叙述在这一点或那一点上是否报道了历史事实，还只是作为一个新宗教派别的传说的组成部分而产生的虚构。"[5]这种质疑确实给人添堵，心情不快。不过，人们越是这样思考问题，我们就越应该对人们思考的问题本身加以重温。我想到的是，即使如人质疑的社会思潮中也许存在着某种历史虚构性，也难掩授予贾平凹"优秀作家"这一象征性举动带给我们这代人的历史的激动，它似乎并没有因为有人质疑而在我们今天的生活中有任何减弱。因为作为一种历史记忆，它不会由于新生活的干扰而逆转方向，它只会在历史中永埋。80年代在塑造贾平凹"优秀作家"形象的同时，实际也为我们每个人的生活塑造了理想性的历史想象方式。一个"作家形象"中也许至今还饱含着像李陀所说的"一个逝去的时代的种种信息"，因为即使会遭到"考据的历史学家"的种种质疑，它们也会在"另一群"确实经历过"80年代"的人们的心灵中难以抹去。它们在那里挣扎着艰难地生存。

二 "《废都》批判"与"贾平凹形象"

我一直想找一个重返"《废都》批判"的机会，但始终未能如愿。原因是"90年代"就像中印边界的历史边界那样过于模糊和漫长，我找不到重新进入它的适当路径。所以，我还是摒弃对它的文化考察，主要看文学批评是如何塑造"贾平凹形象"的。

20世纪90年代初，邓小平南方谈话、市场经济兴起，80年代的理想浪漫色彩急剧褪去，人文知识分子所主导的文化市场被书商和各类小报全面占领。贾平凹写作《废都》的真实目的由于争论不休很难裁断，但从当时许多读书人心灵中弥漫着的浓厚的"废都情绪"中却可明察。在强调"文化抵抗"的关键时刻，贾平凹却走到了文化抵抗的反面，这是他招致绝大多数批评家反感的主要原因。在陈晓明眼里："贾平凹并非不闻世事，只作圣贤文章。只要稍加浏览一下他近十年的作品，不难看出他是个正宗的主流派作家"和"20 世纪 80 年代中期作为历史主体叙述人的角色"。他不同意《废都》只是描写了溃败的文化现状的看法，"那未免过于抬高了贾平凹的文化自觉性"；"相反，贾平凹把这次'自我确认'当成一次重返历史主体的虚假满足，变成一次毫无节制的精神意淫，变成一个自欺欺人的性欲神话。"[6] 在李洁非心目中，"过去，贾平凹作为小说家"（除此之外，他还是卓然成家的散文作者……），"显然正属于那种才华横溢的作家之列"。然而，在阅读《废都》时的震惊之余，他断然认为："庄之蝶的这一'名人角色'的神话风格，更集中体现在小说给他安排的性关系当中。在这里，我们可以把《废都》概括成'一个男人和许多女人的故事'。"[7] 很多批评家都把《废都》看作是"性描写""性小说"，这种评价对作家形象的颠覆性作用是显而易见的。

从上述批评中我似乎朦胧地看到了一个重返"《废都》批判"的路径，这就是两位批评家关于 80 年代/90 年代的比较性视角。他们对 80 年代贾平凹"主流派作家""才华横溢的作家"的评价与前面孙犁、李陀等的观点基本一致，而 90 年代他们对贾平凹的恶感则与一部长篇小说密切联系起来。"好的 80 年代"/"坏的 90 年代"在人文知识分子那里不约而同地成为一种共识，两位批评家正是在这种知识结构中对贾平凹的形象重新定位的。他们对"90 年代思潮"的反感决定了他们对《废都》的看法。与此同时，我们应该看到对 80 年代的过分理想化的看法是不是也影响到对 90 年代的简单化的理解。也就是说，"90 年代思潮"为什么成为重新塑造"贾平凹形象"的决定性因素之一，这个问题并没有被放在为什么"这样去塑造"的考虑方案之内，也没有被纳入今天研究贾平凹小说的视野当中。因此在我看来，对"90 年代思潮"复杂性的全面、细心和客观的研究，也许将来会成为"重审《废都》批判"进而更缜密深入地了解"贾平凹形象"是"如何塑造"的一个必要前提。从 90 年代思潮的众多线索和谜团中，才能梳理出纠缠在贾平凹形象周围的众多线索和谜团，90 年代思潮作为一个绳结估计会是我们需要以后一点点去解开的东西。这种认识，其实正是在 80 年代/90 年代的比较性视角中重新被发现的。

正是在这种情况下，我们可能会因为今天文学史研究中明显存在的

80 年代对 90 年代的话语压抑而影响到对 90 年代更全面的把握，由于"《废都》批判"中在京批评家的悉数卷入而忽视了另一种不同批评声音的存在。[8]这种不同声音，使得"贾平凹形象"中内含着异常丰富的差异性。这种不同声音，来自两位"中年批评家"雷达和王富仁。两位批评家不愿意像上述"年轻批评家"以断裂式的批评方式把贾平凹认定"蜕变为通俗作家"的"性书写者"，他们希望在一座城市和文学史的包容视野里来解读贾平凹的形象。雷达冷静地指出："面对《废都》，面对它的恣肆和复杂，我一时尚难作出较为准确的评价，也很难用'好'或'坏'来简单判断。"如果从"文学研究的范畴看"，从 80 年代到 90 年代，贾平凹一直在"积极进取与感伤迷惘"、"注重社会现实与注重自我精神矛盾"、"温柔敦厚与放纵狂躁"这"两种倾向之间摇荡，《废都》不过是其中一种倾向的走向极端罢了"。按照这种"创作论"的叙述方式，他认为要理解贾平凹小说的"《废都》意识"，不能仅仅从"现代都市意识"角度，还应看到是庄之蝶身上的中国传统文化人的观念遭遇了深刻危机。"渗透全书的废都意识，主要还不是对于古玩、丰臀、小脚之类的迷恋，而是被传统文化浸透了骨髓的人们"，"无力应对剧变的现实，在绝望中挣扎的那种心态"。他坚持认为《废都》描写的不是年轻批评家希望看到的那种"现实生活"，而是"关于世情的描绘"："贾平凹写街景，写市风，写女人钩心斗角，写闲汉说长道短，真是着墨无多，跃跃欲试，他确是得了真经，得了神韵。"这都得自作家古典小说的修养和观察生活的功夫。雷达虽然批评"庄之蝶终究是个缺乏使命感的知识分子，正如一些批评者指出的，他缺乏现代性，更像一个被突然捧上声名高位的乡土知识分子，他的活动太多地陷溺于声色玩乐，与几个女人的关系也太闹剧化、轻薄化、感官化了"，"感性的狂潮淹没了精神的求索"等。但他却主张："从经典现实主义重视典型性格刻画的眼光来看，庄之蝶并不棱角分明，有些模糊，有些虚飘，但是，若把庄之蝶看作一个精神载体，典型心态的寄寓体，甚至符号化的人，那就很富于底蕴。"[9]如果说雷达上述评论是对贾平凹"性作家"形象的纠正和修复，则这种修复也是在"作家创作论"的范围内进行的。这种修复要求批评家给作家尊严感和对小说文本最起码的尊重而不是随意鞭挞。

王富仁是以"王富仁方式"认识贾平凹《废都》的"精神资源"的，这种方式就是将小说纳入"一座城"即西安历史文化特殊性的视野当中来认识："我是曾在西安生活三四年的，它就是贾平凹《废都》中的西京，是一座'废都'。"他对西安的"历史感觉"是："到了西安，你首先就得进坟墓，昭陵、茂陵、始皇陵，都是古人的坟墓，连半坡遗址都有一片掘开的墓葬地。""大雁塔、小雁塔，你在李泽厚先生的《美的历程》中就能看到它们的照片，它们是美，并且至今不失其雄伟浑厚，但你又总觉得它们是风尘仆仆的，站了一千来年，站得有些累了。"他认为贾平凹的精神气质、小说、审美观念都早沉浸在这种氛围里，这是认识《废都》精神资源的一个关键。不这样去认识，批评者就无法真正深入到《废都》内部。为此，他认为贾平凹80年代的小说虽然很好，但那些"乡土题材"、"改革题材"对于作家创作来说不过是"文学的衣服"，它们并不真正反映作家贾平凹的内心真实，而是他受社会思潮和文学思潮而影响的一种结果。于是"在这里，我得提出这样一个问题：你觉得在贾平凹过去的作品里说话的那个贾平凹更像是真的贾平凹呢，还是在《废都》里说话的这个贾平凹更像真的贾平凹呢？"[10]正是从一个人／一座城的历史文化关系出发，而不是像上述年轻批评家们在批评贾平凹时更多的是从80年代／90年代、传统社会／现代社会和社会转型理论等角度出发，王富仁坚定地相信《废都》就是一个生活并深陷在西安这座"坟墓"式的城市和特殊文化记忆中的贾平凹的"一个人的小说"，是任何人都无法替代和复制的。正是在"与社会产生了精神的裂缝"之后的贾平凹这里，才会出现像《废都》这种无论在中国现代文学史还是中国当代文学史上都很罕见的小说样本。为此，他特别反驳了有人拿《废都》与《金瓶梅》在主题、人物、描写风格上简单类比的做法。

雷达、王富仁与众多年轻批评家在批评贾平凹《废都》时角度的不同，是因为他们不愿意在80年代／90年代和中国社会转型的知识结构中看待这位作家，而试图从"作家创作论"的角度深入到小说分析当中。如果说在"《废都》批判"中，"贾平凹形象"已经与"性作家"的评价联系在一起，那么雷、王的文学批评显然是一次对这些结论的虽然没有引起人们注意然而又是非常重要的改写。这是一种不是将80年代与90年代的历史叙述对立起来，而是将二者的叙述重新进行历史联系的文学批评方式。在不同年龄阶段的批评家身上所反映的文学批评的差异性，既是一种知识结构的差异性，也是历史认识的差异性，更是90年代本身已经具有的各种差异性。由于这种差异性的存在，它使我们在如何进入90年代的历史分析时变得异常犹豫和困难。

三 纵向角度中的"成熟作家"

"社会思潮"随着八九十年代的落幕从文学评价系统中退隐，21世纪标志着中国当代史的又一次轮型，因为它在作家评价中加入了冷静、理智的审视眼光。这种眼光更喜欢把作家的创作放在纵向角度的时间长河之中，用阶段性相互比较和细心掂量的方法使这位作家重回他本来拥有的文学史位置。

2004—2005年，郜元宝和他学生张冉冉编辑了《贾平凹研究资料》。他在该资料的"序"里写道：

> 贾平凹是当代中国风格独特、创作力旺盛、具有世界影响的作家。70年代末至今，他的勤奋见证了近二十年中国文学发展的全过程。
>
> 尽管被称为"奇才"、"怪才"、"鬼才"，但贾平凹登上文坛，靠的还是长期不懈的努力。70年代中期以来，他就积累了大量习作，从现在能够找到的少数发表的作品中，我们不难看到一个由农村基层来到城市的青年知识分子艰苦探索的足迹，和多愁善感的内地青年在匮乏年代的一颗火热之心……
>
> 很长一段时间，他并没有找到适合自己的道路，只是靠着散漫的阅读、丰富的农村生活经验、中国当代文学某种惯性推动力，以及韧性的投稿，来表达一份朦胧的感动。
>
> 70年代末"新时期文学"兴起，贾平凹个人文学自觉也随着开始，他的文字明显浸润了那个热烈的时代的共同气息。写的还是山里人平凡小事，却已经有了参与时代精神建构的目标指向。

郜元宝惯于从大格局的视野中观察作家创作的发展脉络，但他也经常注意在小处落墨，于是他发现了贾平凹在理解文学时相对个人化和土气化的微妙一面：

他显得相对迟钝一些，也正是这种迟钝，反而使他多少避免了过于直白地迎合时代主题……

和具有群体认同的"右派作家"、"知青作家"相比，贾平凹的时代意识并不明显。他加入"新时期文学"的合唱，主要不是依靠"右派作家"或"知青作家"的可以迅速社会化、合法化的集体记忆和思考，而是与生俱来的乡村知识分子难以归类的原始情思，以及西北落后闭塞的农村格调特异的风俗画卷。有人因此认为他在文学传统上属于孙犁所开创的"荷花淀派"，他和那位蛰居天津的可敬的文坛隐士之间为数不多的几封通信，确已成为一段佳话。然而……从《山地笔记》以及后来的《二月杏》、《鬼城》、《小月前本》、《腊月·正月》、《商州初录》和"又录"、"再录"、《鸡窝洼的人家》里吹来的，并非40年代荷花淀和冀中平原清新温润的风，而是80年代黄土高原一股燥热的生命气息。

在强调贾平凹文学创作的个别性之后，郜元宝又回到纵向思维的批评主轴上来，他用递进式的思维方式看到了贾平凹如何走向"成熟作家"的道路：

从80年代初开始，与时代精神若断若续的连接，对民间文化暧昧的寻求，一直是贾平凹小说创作的两翼。这两翼看上去那么不协调、不平衡，却奇妙地交织、共存着……

他虽然身处西北古城，却不肯局促一隅，总是心怀天下，遥望将来。特别是到了90年代，也许因为意识到地位日益重要，他的一系列长篇小说往往暗含着某种直指历史方向的寓言乃至预言意味。1993年的《废都》，便企图概括90年代初中国知识分子的普遍精神状态……这些作品，虽然无一例外地萦绕着贾平凹特有的暧昧诡异的民间精神，却也始终关注着时代精神的最新发展，努力以自己的方式参与主流社会对时代精神的讨论。这种突破"本地化"走向"全国化"乃至"全球化"的积极姿态与宏观视界，属于贾平凹后天习得的一面。[11]

郜元宝也像雷达、王富仁一样强调了地域环境、作家创作个性对认识贾平凹文学创作道路的意义。这种以纵向角度为根据的文学评价希望挤出"社会思潮"和"文学事件"的泡沫，还贾平凹一个"本来面目"。因此它带有某种反省八九十年代文学批评方式的意味。批评家是将贾平凹从社会思潮中抽离出来，用一种纯文学的批评方式来重塑贾平凹的作家形象。批评家显然对将一位优秀作家放在标准不一的文学评价中被任意抹黑的现象感到焦虑，他想恢复文学批评的尊严感和严肃性，甚至可以说他有"成熟作家"的文学情结，正如，他在这里为我们塑造了贾平凹"成熟作家"的形象。

在一般情况下，"成熟作家"的塑造是以挤压、减削作家"成长期"历史故事和自我选择完成的；作为一种参照，"成熟作家"的塑造只有在认为作家过去创作"不太成熟"的预设中才能够成立。我们看到的很多"作家论"都采用了这种"抑前扬后"的叙述方法。不过难得的是，郜元宝在指出贾平凹 20 世纪 80 年代的创作带有摇摆性、犹豫性的"不成熟"状态，也暗讽了前面思潮批评的片面化之后，敏锐地看到了他的思想、人生和文学观念与 80 年代"文学整全性"的某种差异性："和具有群体认同的'右派作家'、'知青作家'相比，贾平凹的时代意识并不明显。他加入'新时期文学'的合唱，主要不是依靠'右派作家'或'知青作家'的可以迅速社会化、合法化的集体记忆和思考，而是与生俱来的乡村知识分子难以归类的原始情思，以及西北落后闭塞的农村格调特异的风俗画卷。"……"论才学，他基本还是传统型乡村秀才，很难真正从现代文化立场审视传统，他也无意对民间生活诸种俗态作理智的分析、客观的批判或冷静的抉择。"[12]于是，就在这种与右派作家、知青作家"时代意识"比较性评价和他"基本还是传统型乡村秀才"的评述中，郜元宝为我们塑造了一个不同于"思潮批评"框架的"另类贾平凹"的作家形象。

正因为有了郜元宝"当代中国风格独特、创作力旺盛、具有世界影响力"的"成熟作家"的评价做底衬，我们才会感到他之后对"另类贾平凹"形象的塑造不仅没有矮化贾平凹，反而使这个"作家形象"更加周折、真实和丰富。在文学史的图谱上，它更加亲切了。"另类贾平凹"是对"成熟贾平凹"的充实和提炼，它使整全性的 80 年代文学形象也不再那么宏观、模糊和虚夸了，反而有了更切实的历史内容。当然，郜元宝所看到的"另类贾平凹"的形象并不是 80 年代文学批评意义上的贾平凹形象，而是 2005 年经过历史淘洗和批评家个人反省之后才出现的作家形象；批评家对贾平凹形象的描画具有了新世纪典型的理智和学术的成分，但同时也少了一点点历史"当下性"的随便性的情绪化色彩。所以，回过头来看"思潮批评"固然有诸多问题，但我们也很难说它不比理智和学术性文学批评更鲜活、更生动，那里面传出的是一阵阵历史的回声，是一代人思想情感脉搏的跳动，在这种文学批评中存活的贾平凹形象，也许比学术批评中的贾平凹形象更能唤起人们温馨而复杂的历史回忆。建构在书斋里的贾平凹形象，无疑增添了书斋的气息，它纠正了思潮批评比较感性化和模糊化的毛病，但它能否真正得到作家本人的认可也将是一个问题。

四　纠结着作家形象的多种力量

从以上文学批评对贾平凹形象的塑造、改写和修复等现象，可以看出不同年代人们的文学观、社会观的不稳定性。继承着"灵魂工程师"的传统文学认知视角，20 世纪 80 年代"优秀作家"的评价表明那个年代的作家在社会上仍然拥有崇高的地位；围绕着"《废都》批判"展开的作家形象重塑，则显示出文学在 90 年代的全面危机，和批评家当时的惊慌状态；新世纪对贾平凹形象的修复，是一种理智性的批评结果，它反映了文学不再成为社会中心，同时也不再成为文化争论焦点的历史状态。也说明在走过三十多年的文学创作生涯之后，贾平凹在众多研究者心目中已经成为无可争议的"成熟作家"。不过，用"回放镜头"的研究方式重演不同时期文学批评对贾平凹形象的塑造，清点思想争论与历史陈迹，也许能使我们对文学批评与作家的关系有一些新的理解。[13]

其一，在作家创作和作家形象的研究中，我们过去对文学批评所起到的作用一直估计不足。其实，不仅仅有上述孙犁、李陀和费秉勋等人的热情推荐，在 20 世纪 80 年代贾平凹几乎所有小说的周围，一直密布着大量的文学批评文章。例如，1980 年的小说《头发》与黄伟宗的批评《人物多样化与手法多样化：读贾平凹的短篇小说〈头发〉》；1981 年的小说《瓦罐》与孙理的批评《人生心灵的剖析——读〈瓦罐〉》；1981 年的小说《晚唱》与梁湃、梁建和于朝贵的批评文章……这还不包括我们在翻阅当年杂志看到的许多知名批评家对贾平凹小说的评论。[14]我们知道，有孙犁"这位青年作家,是一个诚笃的人,是一位勤勤恳恳的人"的高调评论,以及在贾平凹小说发表过程中许多批评家对小说的解释、展开和丰富这样一些工作,他作为 80 年代"优秀作家"的形象才能够最终确立。我们同时也看到,当年有不少与贾平凹同时起步但文学批评寥寥的作家,最终却都被人忘却。与其说黑氏、金狗、雷大空、庄之蝶等人物的历史内涵和文学意蕴是小说中本来就有的,不如说,它们在经过文学批评的加工、充实和扩容后更加鲜明、集中和立体,文学批评对这些小说进行"二次创作"已成为一个毋庸置疑的文学史事实。进一步说,文学批评既是贾平凹形象的批评者,与此同时也是他小说文本的密切合作者。如果有时间,我们可以从容地对其具体小说和文学批评的复杂关系进行个案研究,那么一些更有趣的东西就会更多地浮现出来。

其二,在塑造、改写和修复贾平凹形象的过程中,文学批评也会裹挟着大量社会评价和信息挤进来,它们会增加作家本人不愿接受的东西,它们所精心建筑的那座作家"精神世界"的大厦恐怕都难以得到作家们的认可。然而,作为"局外人"的广大读者和后代研究者,也只能走进这座大厦中,从这里开始对贾平凹形象的接受、理解和研究。因此,文学批评在建筑一个作家形象的过程中,往往都带有某种强迫性的具有社会语言暴力性的因素,而作家往往都是这种批评活动的受害者。对此,我们也应该有相当清醒的认识。可以看出,即使到了 90 年代,整个社会和文学批评界仍然在作家评价中持有"好作家"的观点,否则不会有那么多批评家站出来指责《废都》"精神的堕落和荒谬",判定它是一部"失败之作"。"最荒诞不经的,倒是孟云房替庄之蝶找来的那个暗娼。不知怎的,她一见庄之蝶,便放弃了营利的目的,而只想纯粹出于感情目的与他睡一次。此妓如是言道:'我原本路上想好还要向你再要钱的,来见了你,你是我遇到的最动心的人,我心里说今日我才不一个小时就走的……谁知你看不上我,还要付我钱,我不要的。'妓言何出?莫非庄之蝶体内藏有夺魂香不成?是个女人就要被他迷倒了?"[15]批评家对作家作品叙述的愤怒是情有可原的。此论是要彻底颠覆贾平凹小说的"名人论",从而完成"精神堕落形象"的重塑。但是我们也应该同时想到,90 年代文学的所谓"欲望描写"已经全面铺开,道德沦丧在一些人行为中并非鲜见,而社会对之的评价也极其尖锐、激烈。"社会思潮"显然已经包围在《废都》周边,《废都》的问世正好撞在社会批评的枪口之上。因此让人们看到社会思潮及其文学批评事实上卷入了对小说《废都》的认定，同时也卷入了对贾平凹作家形象的重新认定之中。社会性文学批评以一种强势之态，对《废都》发起了猛攻，作家贾平凹的形象就这样经历了全面颠倒的过程。确切地说，我们对这一现象的重新研究，不是要重新修复贾平凹过去的形象，还他一个所谓的清白。我们的重新研究，是应该注意90年代社会思潮及其文学批评在卷入贾平凹小说和他形象重塑时所采取的是什么样的想象方式，把这里设为研究起点，而不是随波逐流地跟着这些文学批评来认识贾平凹小说全部的复杂意义。

其三，在八九十年代塑造贾平凹作家形象的历史过程中，批评家的文学观念和知识结构也在发生深刻的变化。这使贾的形象不可能停留在固定位置上，而会随着这些因素的参与而不断地变化和移动。例如，过去人们都是在审美批评的知识结构中批评贾平凹的小说的，在"《废都》批判"中，"审美批评"开始向"文化批评"急剧转移，后现代主义知识和概念开始成为这种批评的支撑点。"《废都》是一种移位式的写作，它为诸多的假象所遮蔽，在每一个插入点上它都似是而非。那些观念、姿态和动机，在写作的推进运动中不断退化、逃避和萎缩，宏伟的所指空间在自行瓦解"。[16] "这个贾平凹的形象并不孤立。"因为"'后新时期'为贾平凹重新作了定位。他变成了最成功的散文作家，他创办了充满着玄妙的词语消费的《美文》杂志。他为我们提供着'闲适'的消费"。[17] 批评家开始不耐烦用审美批评的知识来观照贾平凹，而更愿把他的小说放在"狂化""所指""能指"和"消费"的知识平台之上，这就使贾平凹的形象从"纯作家"被挪到"狂欢消费型作家"的位置上。由于90年代后"文化批评"成为主流，80年代的"审美批评"处于压抑状态，贾平凹的形象也就被稀里糊涂地裹挟在这一知识洪流之中。如果说80年代人道主义的文学观念赋予了贾平凹"优秀作家"的形象的话，那么90年代的后现代主义知识则把他塑造成了"消费型作家"。而面对这样的历史趋势，不光是批评家和研究者，连作家自己也被迫卷入其中。在某种意义上，恐怕连作家潜在的文学创作意识都在接受这种观念和知识转型的深刻影响。一个作家如果想跟上文学形势，使自己的创作融入批评家的视野，他就不得不经常在做这种妥协，反复包装自己的文学形象，这是自进入"现代"以来的中外作家都无一幸免的。

围绕着贾平凹形象的不断建构、改动和修复，我们可以发现这二十多年批评家们文学观念和知识结构发生了多么大的变化。这些变化所形成的多种力量都在参与这位作家形象的建构过程，影响他的创作，改变着读者对他的认识，但这种充满矛盾的积累也使得贾平凹作为一个"成熟作家"的形象日益矛盾、丰富和深厚起来。我们看到，存在于多种批评阐释之中的"贾平凹形象"已经随着他的小说和大量文学杂志上的批评文章被分散在全国大大小小的图书馆中，需要研究者通过耐心整理和分析才能逐步重建它们内在的整体性。然而文学批评围绕这位作家而出现的分歧却给我们带来了难得的研究契机，文学批评对贾平凹"经典作家形象"充满矛盾的积累，让我想起一位研究者这样的评价：虽然"经典包括那些在讨论其他作家作品的文学批评中经常被提及的作家作品"，但是"不同的知识、经验和兴趣会产生不同的阐释效果"，因为我们没有意识到而事实上就是，"主体在很大程度上是由有效的知识型所决定的"[18]。上述贾平凹小说的各种批评莫不如此。

2010 年 8 月 1 日于北京亚运村

2010 年 8 月 3 日修改

注释

[1] 孙犁：《贾平凹散文集〈月迹〉序》，1982 年 7 月 5 日《人民日报》。

[2] 李陀：《中国文学中的文化意识和审美意识——序贾平凹著〈商州三录〉》，《上海文学》1986 年第 1 期。

[3] 费秉勋：《生命审美化——对贾平凹人格气质的一种分析》，《当代作家评论》1992 年第 2 期。

[4] 《三毛致贾平凹的信》，《贾平凹文集》第 12 卷，陕西人民出版社 1998 年。

[5] ［英］柯林武德：《历史的观念》，何兆武、张文杰译，商务印书馆 2007 年版，第 200 页。

[6] 陈晓明：《废墟上的狂欢节——评〈废都〉及其他》，《天津社会科学》1994 年第 2 期。

[7] 李洁非：《〈废都〉的失败》，《当代作家评论》1993 年第 7 期。

[8] 在 1993 年的 "《废都》批判" 中，北京的批评家几乎全部介入，如李书磊、韩毓海、戴锦华、张颐武、陈晓明、雷达、李洁非、孟繁

华等。全国出版的批判著作，据说有 13 本之多。

[9] 雷达：《心灵的挣扎——〈废都〉辨析》，《〈废都〉大评》，香港天地图书公司 1998 年版。

[10] 王富仁：《〈废都〉漫议》，《〈废都〉大评》，香港天地图书公司 1998 年版。

[11][12] 郜元宝、张冉冉编：《中国当代作家研究资料丛书·贾平凹研究资料·序》，天津人民出版社 2005 年版。

[13] 杨晓帆的《知情小说是如何"寻根"的——〈棋王〉的经典化与寻根文学的剥离式批评》一文，对此问题做了有意思的探讨。她以阿城的作品为例，详细分析了文学批评怎样改变他对自己小说的看法，又因为受到这种看法影响而将自己原来的"知情小说家"修改成"寻根小说家"的形象。该文为中国人民大学文学院博士生 2010 年 4 月"80 年代文学研究"课堂上的发言。

[14] 详细情况，可参考郜元宝、张冉冉编《中国当代作家研究资料丛书·贾平凹研究资料·评论文章索引》，天津人民出版社 2005 年版。这些索引也许并不完整，但足以说明文学批评在贾平凹小说的定性、争议或经典化过程中的特殊作用。

[15] 李洁非：《〈废都〉的失败》，《当代作家评论》1993 年第 7 期。

[16] 陈晓明：《废墟上的狂欢节——评〈废都〉及其他》，《天津社会科学》1994 年第 2 期。

[17] 张颐武：《闲适文化潮批判——从周作人到贾平凹》，《文艺争鸣》1993 年第 5 期。

[18] [荷兰] 佛克马、[荷兰] 蚁布思：《文学研究与文化参与》，北京大学出版社 1996 年版，第 51、102、117 页。

贾平凹与琴棋书画

一　圈子

人们对贾平凹的研究是以小说为立足点的，鲜有人注意他对琴棋书画的痴迷。倘不注意这一点，他小说的节奏、氛围、文字气韵和精气神就没有了，他的文学王国就骨架崩塌了。1983 年 7 月，他在家书《读书示小妹十八生日书》中告诫妹妹："读书万万不能狭窄。文学书要读，政治书要读，哲学、历史、美学、天文、地理、医药、建筑、美术、乐理……凡能找到的书，都要读读。若读书面窄，借鉴就不多，思路就不广，触一不能通三。"[1] 这是他较早地提到天文、地理、美术和乐理，由此可知他与中国传统琴棋书画的结缘已有三十年之久矣。

贾平凹 1952 年农历二月二十一日出生于陕西南部的丹凤县棣花村。父亲在乡间教书，母亲为农民。"文化大革命"中因父亲的历史问题，遭社会歧视。1972 年入西北大学中文系学习，三年后分配到陕西人民出版社做编辑。后在西安文联、陕西省作家协会做专业作家。贾平凹在陕南乡间生活二十年，在西安生活了四十年。这种经历交织成乡下人与城里文人的双重身份。西安古称长安，是西汉、唐朝两大朝代的首都，政治和历史的传统积淀深厚，兵马俑、秦始皇陵、碑林、大雁塔乃镇城之宝，是中国传统文化鼎盛期的象征之一。推至当代，西安城更是文人辈出，柳青、杜鹏程、王汶石、路遥、贾平凹和陈忠实等当代小说家极尽一时风流，写字、绘画、玩赏古乐和陶罐古董之风，则盛行于士绅民众之中。在今天西安，写得一手好字、作得一幅好画，不仅在文人圈子，更在社会各个阶层中被刮目相看，是万众注目的对象。贾平凹四十年沉溺于此，长安古文化的浸染熏陶恐怕早就潜入他魂灵深处，可以说是一方水土养一方人。如果说他的文章气质与莫言、王安忆、余华等当代小说大家有什么不同，不同就在这里。

　　贾平凹在西安和周围县市有若干个以作家、书法家、画家、戏剧家、音乐家和古董家为依托的文人圈子，这颇像当年寓居长安的李白、杜甫、白居易等古代文人的游历交往故事。他们携手游玩街肆，饮酒纵乐，切磋艺术，留下千百年前一段风流倜傥的历史记载。他在 1999 年的一篇文章中写道："去年我在我的书房写过四句话贴在墙上：'圣贤庸行，大人小心，静坐玄思，不知不觉。'"[2]这句古语，有些把贾平凹绘入这幅传统文人长卷之中的意思。但我们也不妨想象，静动相对，遂成默契，也许是对他在这个艺术家圈子里心态的最好的观摩。他将赠答友人的书札、序跋结集出版的《朋友》一书，详细生动地记载了自己与艺术家圈子的交往。在这本书中出现的作家、书法家、画家和音乐家有穆涛、孙见喜、方英文、孔明、匡燮、贺荣敏、吴三大、李正峰、李世南、侯志强、陈其道、郭钧西、何海霞、王炎林、马治权、陈云岗、金伟、李梅、杨毓苏、李饶、马海舟、叶炳喜、张和、芦苇、谭宗林、杨晓杨、李杰民、刘宽忍、陈兆朋、徐义生、西丁等。贾平凹与这些圈子的关系有深有浅，有亲有疏，有的是他欣赏的艺术家，有的只是与他有浅浅的交往。贾平凹性情木讷、软弱，然而观察力极其敏锐。他少言寡语，但内心丰富细腻，对字画古玩有一种近乎天然的鉴赏能力。在一种古代文人"相见亦无事，不来忽忆他"的率性随便交朋友的境界里，贾平凹对这些朋友言谈举止的记述实在是活泼生动而极有趣，可供我们一一观赏。马海舟是陕西画坛的怪杰，作画极认真，画成后凭一时高兴，任人拿去。但遇上不待见的人，又分明声色容貌严厉，失去了圆通世故，几乎把人逼到难堪地步：

　　　　"这四幅画你俩多挑两幅吧！"马海舟送我了三件古玩后，突然说。

　　　　他从框子里又取出四幅画来，一一摊在床上。一幅梅，一幅兰，一幅菊，一幅竹。都是马海舟风格，笔法高古，简洁至极。如此厚意，令我和谭宗林大受感动，要哪一幅，哪一幅都好。谭宗林说：贾先生职称高，贾先生先挑。我说：茶是谭先生带来的，谭先生先挑。我看中菊与竹，而梅与家人姓名有关，又怕拿不到手，但我不说。

　　　　"抓纸阄儿吧"，马海舟说，"天意让拿什么就拿什么。"

他裁纸，写春夏秋冬四字，各揉成团儿，我抓一个，谭抓一个，我再抓一个，谭再抓一个。展开，我的是梅和菊。梅与菊归我了，我就大加显摆，说我的梅如何身孕纯色，我的菊又如何淡在秋风。正想闹着，门被敲响，我们立即将画叠起藏在怀中，进来的是一位高个，拉马海舟到一旁叽叽咕咕说什么，马海舟开始还解释着，后来全然就生气了，嚷道："不去，绝对不去！"那人苦笑着……[3]

贾平凹看中马海舟的菊和竹两幅，还惦记着另一幅梅，可以说已经"痴画"了，作家贪心之憨态活灵活现地跃然纸上。在朋友圈子中，他对石头、陶罐的痴迷是尽人所知的。1998年，他听说友人芦苇家中藏有巨大土罐，顿生"窃夺"之意，作家在《古土罐》一文中的自画像令我们大饱眼福：

> 我是很懒惰的人，不大出门走动，更害怕社交应酬。自书画渐渐有了名，虽别人有金来购，也不大动笔，人骂我惜墨，吝啬佬，但凡听说哪儿有罐，可以弄到手，不管白日黑天，风寒雪雨，我立即就赶去了……
>
> 一日去友人芦苇家，竟然见得他家有一土罐大若两人搂抱，真是垂涎欲滴，过后耿耿于怀，但我难以启口索要，便四处打听哪儿还有大的，得知陕北佳县一带有，雇车去民间查访，空手而归。又得知泾阳某人有一巨土罐，驱车而去，那土罐大虽大，却已破裂。越是得不到越想得到，遂鼓足勇气给芦苇去了一信，写道——
>
> 古语说，神归其位，物以类聚。我想能得到您存的那只特大土罐。您不要急。此土罐虽是您存，却为我爱，因我收集土罐上百，已成气候，却无统帅，您那里则有将无兵，纵然一木巨大，但并不是森林，还不如待在我处，让外人观之叹我收藏之盛，让我抚之念兄友情之重。当然，君子是不夺人之美，我不是夺，也不是骗，而要以金购买或以物易物。土罐并不值钱，我愿出原价十倍数，或您看上我家藏物，随手拿去。古时友人相交，有赠丫环之举，如今世风日下，不知兄肯否让出瓦釜？
>
> 信发出后，日日盼有回复，但久未音讯，我知道芦苇必是不肯，不觉自感脸红。正在我失望之时，芦苇来电话："此土罐是我镇家之

物，你这般说话，我只有割爱了！"芦苇是好人，是我知己，我将永远感谢他了。我去拉那巨大土罐时，特意择了吉日，回来兴奋得彻夜难眠，我原谅着我的掠夺，我对芦苇说：物之所得所失，皆有缘分啊！[4]

　　贾平凹此处所言所语，自然有夸张成分，也不免有附庸风雅之嫌。不过，他的中心含义还是一个"玩"字。与朋友纵酒撒欢，议论比较字画优劣，四处收集购买石头古罐，或引人前来观赏自己家中所藏稀罕之古物而怡然自得，这本来是中国传统文人延续数千年积习难改的艺癖嗜好。80年代后，此风渐次在文人墨客、达官贵人群体中兴起，繁衍传染开来。贾平凹如此痴迷收集字画古物，正是这古老风俗之历史归来使然，并不足怪。

　　贾平凹出版个人书画集十二种，它们分别是：《中国当代才子书——贾平凹卷》《贾平凹书画集》《玫瑰园的故事》《禅思抱散》《贾平凹书道德经》《当代名画家精品集——贾平凹》《贾平凹手稿珍藏版·西路上》《语画》《西路上》《大堂书录》《贾平凹语画》《贾平凹千幅作品精选》。从上述收罗不全的书法画集出版情况就可见出，贾平凹字画数量惊人，仅"精选"就有"千幅"之多；流向民间的更是不计其数，我们已知这二三十年来，前来他家索买求画求字者络绎不绝，已成社会和文坛神话。他犹嫌不够，不但自己写字作画，同时还把观赏职业画家书法家的创作，当作经常功课，经常陶醉其间。他在《读吴三大书品》里写道："我初遇三大是八年前，见他头大口大臀大，其相如虎，敬畏而不敢前去搭讪。后满城牌匾多是他字，我一路慢走，一手在口袋里临摹。"[5]因佩服他书品非凡，又羞涩于当面恭维，所以便一边在街上慢走，装着在那漫无目的地观摩商肆、女人和风景，一边却偷偷在口袋里临摹学习。又在《〈侯志强画集〉序》中记述："世南作画，我与侯执纸，我们互不多嘴，礼以一笑，过后两忘。那是1984年的事，世南南徙，西安空疏，以说不尽的世南艺术，竟和侯日渐往来，成了很熟很熟的同志。"[6]李世南是贾平凹称道不绝的西安著名画家。《画家轶事》里他本来是西安的一名工人，十年浩劫中大画家石鲁蒙受冤屈，"枯坐家中，人争避之"，唯李世南不避风险常去探视。他答应石鲁先生，遂冒险化装成农夫，长途奔袭上海寻找钱瘦铁先生求索石印。知钱被斗死，家人被赶出城，下落不明，"世南摔倒门下，捶地而哭。又搭车去北京见石鲁好友黄永玉"。世南因此缘由拜石鲁为师，遂得真传。[7]可见贾平凹观其作画，意义已超出字画，而俨然是站在石鲁先生身旁，观摩中国传统绘画绵绵不断之长河巨流，自己沉醉其间，早已浑然不觉。中国传统的字画，向来讲究气脉贯通，心性精神寄存，字面只是形式，而魂灵则在其中流转不已，这是普通人士完全觉察不到的精髓所在。贾平凹偷学人书法，为画家执纸肃立的画面固然可笑，然他知道就像文史哲不分家一样，文学艺术也是一母所生，难分彼此也。小说的一切，仿佛也都与它们结缘。那里有小说的来路，只是很多小说家和读者不知道罢了。为此他感叹道：

> "寻君千载后，
> 而我一能无。"
> 每相识于一个画家，我就常想起这句名联。我不作画，也不会作画，却真喜欢读，易坠画境，为画而至相忘画，但所作议论，常与小儿邻。……其病让人讥笑了。[8]

二 书 法

在古城西安，经年累月潜心习字研摹书法的风气在文艺圈中相当流行，此举不但获得社会荣誉，而且卖字也有相当丰厚的经济收入，贾平凹就是城内外一字难求的著名书法家。这些年，本城人士耐心专等他好字，或外地风尘仆仆专程前来求购者，大概是络绎不绝，成为故都内外一道独异的风景。他的字古朴憨拙，含义微妙深厚，自成一家风格，众多知名文人皆把索得的贾氏笔墨视为珍贵藏品。贾平凹的字在国内同龄作家中可能无人能比。

有一手好字才敢给别人写书法评论，而写评论正是与专业书法家切磋交流的机会，反过来又能暗中调整、充实和丰富自己的书法艺术，贾平凹的书法评论在这方面可以说相得益彰。他评别人的文字真可谓独具慧眼，在给佩服的书法家吴三大写的文章中说："三大的字有侠气，粗观透冷森，久读有暖感。它不雍容，也不轻佻，笔画柔行，柔的是龙泉剑的绕指，结构随意如崖畔松根，随意中却凝聚了破土裂石的硬倔，悬钟馗逼鬼，挂三大字增勇。"[9]文末虽略奉承，但仍锐利地看出了吴三大貌似随意不拘的字里行间的独特结构，以及其字与天地气象之间气息的交融会同。他观叶炳喜的书法，既赞赏他的隶书，也不避讳对其行草的批评，以非常诚实恳切的笔调道出了自己的看法："他的书法功夫相当深厚，劈面相见，其强悍之气逼人，如风扫残叶，如兀隼下落。这种神采使他超越了当今柔靡书风。但细细品读，叶先生的字属于上品，还未达到大家的境界，原因是气雄大而浑厚不足"，他"应是隶书第一，次之行草，两者相比，隶书有他独创的东西，行草则有时犯花哨气，可能受世俗影响。"[10]在贾平凹心目中，天地神灵、万事万物和人性之间原来是相通的，是彼此相存的关系，他常引用的一副对联就是："寻君千载后，而我一能无。"[11]意思是说，真正的艺术无所谓古代、现代，而人实际存在于过去、现在和未来的三维空间中，人生在世不过是过渡性的、暂时性的行为，所以他总会在某一时刻，与古代某个人某种存在相逢。也就是说，书法评论不一定都要写出具体的文字来，这与文学批评毕竟不同。因为评品书法还有另一种方式，即把别人的作品挂在客厅里，三天两头地细细观摩。这些作品有的是精品，有的却不一定是。这种观摩、把玩、细揣，就慢慢在时间的流逝中，与观摩者自己的书法艺术产生了融会贯通的奇妙作用。据作家说，在他朋友中，马治权并不是一个名气很大的书法家，也像他一样是一个业余习字者，可对他的字，就有一种说不出的喜欢。

　　我家的客厅从来不挂他人的书法作品的，挂了马治权的字，每日一抬头即见，它给我总体的感觉是静谧。我家的房子小，生活无助劳累，又不会养花，不会饲鸟和鱼，没有一块心得栖地，就全然寄情于这片字。马治权的作品肯定学过何绍基的体，但它不是何马氏，是纯马家的精神和做派。它纯正而生静气，却不呆板，不艳不俗，没有顽石状或枝蔓状，是湖水而流水活活。一切艺术当然讲究风格，但这全要建立在功夫基础上，这幅作品所透出的古典味，淡泊和宁静的气质，使人更了解和喜欢马治权的人。[12]

文章写于 1994 年夏，贾先生现在的"房子"肯定已经不小了吧，足以存放很多书法作品。不过，从他每日神情专注地观摩细揣朋友的作品，可见他当时陷入之深。书法一如绘画，对他精神生活的影响、熏陶和塑造，已经不在一般的意义上了。因为书法的结构气韵连通天地神灵和万事万物，是来世的暗示，是未来的期许，是对观摩者当下生存的定义。总之，贾观书法，书法观他，二者之间突然如"湖水而流水活活"——由此看来，贾的艺术世界是跳出了绘画、书法了的——它们不过是一个中介，帮助他深刻认识了天地神灵和万事万物的神秘复杂而已。贾平凹这个人特别敏感，感觉怪异，不同于常人。他的志业虽在文学，却不完全在文学上，而在许多许多别的地方。它集中于一个"玩"字，玩中则有无穷的乐趣。而玩也不是目的，却在这样一些莫名其妙的过程之中。他读古书太多，又陷入字画、佛教、陶瓶等远离尘世的东西中不能自拔，而这些东西对他都没有边界，是你中有我和我中有你的神秘关系。这都是我们无法理解的地方。在贾平凹的文字里，像这样神秘莫测的内容比比皆是："鸟为半灵，人为灵，人都有灵，人却用灵各异。"[13] "穆涛：这是真正意义上的闲人。心闲而虚，虚而能容，文闲则美，美则致远。"[14] "我并不是佛教徒，但我好佛。一位教徒说，佛法是从来没有表示自己垄断真理，也从来没有说发现了什么新东西，在佛法之中，问题不是如何建立教条，而是如何运用心的科学，透过修行，完成个人的转化和对事物究竟本性的认识。"[15] 如此一路观察下来，我发现贾平凹竟十分迷信风水，他说："在我的书房，除了书，堆放的是大大小小百多个古陶瓶罐。许多人问我为什么爱这类东西，我说或许瓶与平谐音吧，说不清什么原因。一日有甲骨文专家和我谈起我的姓名三字，说贾字上半部的'西'来源于陶瓶的象形，下半部的'贝'就是古时的货币，古人的钱是在家时压在炕席底下的，出门则装进陶瓶了，顶于头上。"[16] 在他的风水观中，既没有过去也没有未来，古人即我，我即古人。在他的潜意识里，这些交往的朋友，原来都是一千年前的那帮长安文人，大家因某种缘由在某家某酒店中相逢。在这个意义上，大家究竟是谁，谁的书法挂在客厅里并不重要，关键是这些朋友的存在带来诸多人生的乐趣，而这才是作家真正应该"寄情之处"，那才是一种浑然不清的至高的境界。

贾平凹在西安也有一个书法家圈子。贾氏和马河声、费秉勋、肖云儒一帮朋友，经常去李杰民家聚会。不是李在书法界如何有名，而是他家画案大，是个习字比赛的好地方，况且他太太能做一手商州糊汤，李杰民又为人慷慨大方，"平日买一件衫子为省几元钱跑几条街，却不时数百元数千元买纸买笔，且将好笔好纸分送大家"。贾氏还以他灵动的笔法，为读者描绘了业余书法家们相聚时的有趣之态，"于是，我们三五相好也常聚在一起，虽然是书协门外之汉，却也热情蛮高，到谁家去要吃要喝，展纸磨墨，涂得满墙是画，一地是字。这些朋友中最痴情的是肖云儒，他口袋里总捆着印章，凡见面就问今日写不写字？一旦电话打过去，费秉勋是第一个骑了儿童自行车要先到的。"[17]这段记述把研究者的观察视角，延伸到了贾平凹日常生活的细节当中。由此可知，他几十年的文学生活和创作，并不是凭空产生的，或是个人的才情使然，或是得益于这片艺术的风水，是与这种氛围长时期的浸染、滋润而相契相合的。贾平凹半文半白的小说气韵，古典文学和文化在他心底得以立足，并日渐形成一个较大的气象，难以离开他日常生活和文学生活的这种深切沟通。贾平凹这人除迷信风水，性格中还有一个大巧之中的拙字，或说憨字。就像他上面评价散文家穆涛的为人为文时所说，是"心闲而虚，虚而能容，文闲则美，美则致远"。这句话倒可以用在他自己的身上。就像街头的算命先生，他心知肚明地为路人算命，为赚取吃饭的钱的时候，久而久之，由于职业习惯与周易八卦之类内容的长期相随，已经是真假浑然不分了。他算别人，也是在算自己，自己便常常掉进去了。贾平凹的这种状态，可以他写的《李正峰先生》一文为证。李当时是西安联大（后改为西安文理学院）的教授，贾氏恭敬地称他为"老师"，可双方并无授业的关系。可能因李是西安城资深散文家、书法家，又极欣赏和推崇贾氏，出于感恩之心，于是便以"老师"相称，自贬"弟子"。贾这人名气大，但做人胆怯，因此对拜访前辈常感畏惧为难。听人说李老师常夸他，心里发虚，不敢探望，却以远远观望目之。这时的李正峰的形象，就是一个痴人看到时的效果：

先生性恬淡，不善交际，职业又在课堂教书，总不愿在文坛圈子里纠缠，所以自后相见极少，几次欲去请教，传说搬了新居，苦不知住处。曾有一个冬日的清早途经城南门口，夜来的雪落得很厚，全在来来往往的人脚下肮脏不堪，忽远远望见先生独自在城门东边的一块雪地上站着，一件黑棉衣很臃肿的样子。呼喊一声，他并没有听见，还在盯着城墙根一棵树看，随后就走过去一片冰冻得如玻璃枝的石榴树丛去。他拿着一截树棍或是一根手杖吧，但并没有拄，却是双手后抄提了一头，一头就拖在地上，雪地上划出一道痕来，雪粉如烟在冒着。我不知先生在看什么，走过去见那树很秃，身子一半注着雪，一半黝黑如石。

待到一日贾氏登门拜访，他在李正峰先生家看到的也是这种亦真亦幻的景象。他见李家临窗之外是曲江雁塔，李先生脸比先前胖了点，却是"木木的"，"这正是做学问的人常见的那种表情"。李进书房抱自己写的一卷轴字而出，供来客欣赏。贾氏看着看着却走了神，"先生的字十分沉静，这最使我喜欢，想到他的为人为文，认作是他情操的又一种形式的显现。"于是，"抬头看看窗外远塔和凉台上的一只粗笨木椅"，因而便想，"我说先生的字如此静气，恐怕得之于这木椅上望着雁塔坐意，雁塔是忘了雁塔存在，先生是忘了先生自身，两物俱忘，天地合一了"。[18] 你看贾平凹这个痴人，竟糊涂到人和书法浑然不分的地步。

三 古乐

贾平凹虽不精通，但好古乐。他较早写到古乐的文章是《听金伟演奏二胡》。90 年代的某日去听金伟演奏，没想到他居然把这个古乐器拉出了有别于南方音乐的地道的秦腔秦韵来。此时通俗乐坛正盛行一股西北风，这让他联想了很多，但依据贾平凹浓厚的乡野气质和接受心理，他更愿意聆听出金伟二胡里流出的与秦汉两朝古乐相合的风味来。他这样理解金伟的二胡艺术：

> 歌坛上已经刮过了一阵西北风，它虽然长长短短、是是非非，反正引起过轰动，但音乐上真正有秦韵的还当金伟的作品。听那畅美的行音中，我的眼前总是浮现了广漠厚重的妊娠着一轮火日的黄土地，是那隆起的十三朝帝王的陵墓和一片紫云般的野苜蓿，是那一簇簇白杨与苍榆下的版筑而成的院落，是那犍牛拉动了木犁翻开的沃土而随时可见的残的秦砖缺的汉瓦，是那晨钟暮鼓，是那浓烈的西凤酒，线

辣子和粗瓷海碗里的羊肉泡馍。古气在幽幽回荡，新生活的气息又扑面而来，它使我有了理性的深刻的启示，又享受了一种感性的弥漫其中的如烟如雾的情趣。[19]

　　贾平凹性格有两面，好雄浑和善感伤。好雄浑是由于他长期居住于八百里秦川的缘故，能日日感知到那里地理人文对他的熏陶和影响。善感伤来自他的身世和羸弱的身体，这种与生俱来的东西对他看待世界和人生的影响是深入骨髓的，是挥之不去的。他曾对友人说，自己幼年时体弱，有病也不治病，用一种民间叫"立柱子"和"提筷子"的巫术来消灾。19岁上大学后一直生病，以后年年住院，直到快 50 岁时才慢慢好起来。他对生病的感受是，得病之后必然产生孤独、寂寞和凄凉感，短时期生病住院常有朋友来看，住院一久，人便渐渐稀少，这种感觉就越发强烈。有人说他太敏感，说他文章里有鬼气，这大概都跟他心事重和生病多有关。[20]由于善感伤、多生病和自卑，就用雄浑的想象作为心理补偿，这种互补的性格竟成就了贾平凹今天的事业。这种互补性更容易接通与金伟二胡和它传达的秦汉两朝文化气质的联系。这样一来，虽不精通，但贾平凹对金伟的演奏已经有了另一样的感觉："我在细细地品味这些秦派乐章，寻觅着之所以为秦派的原因，他是太会取博制简了。把古老的秦腔音乐加以改造，形成一种团块状，突出其粗犷强劲，如冰山忽塌，如沙漠疾移，势挟了碎块细石，虽然固体而具流性。""他的演奏再也不是一种外在的形式，也不仅是乐曲的内容，而真真正正是'万里长空'中他这个秦人的'一朝风月'的感悟和体验了。"[21]

　　1992 年，整整一个秋天，贾平凹都感觉内心的苦闷无处排泄和转移。一天深夜，他和一位朋友到西安城南外的一片荒野地里溜达，正要返回家去的时候，"突然听到了一阵很幽怨的曲子，当下脚步便站住了，听过一段就泪流满面。朋友骂我太脆弱，说那是音乐学院的人在练习吹埙的，差不多的夜里都要来吹一阵的。埙？埙是什么？隔着苍茫月色往荒地的南边看去，地头上是站着一个人，我走了过去，这就是刘宽忍了。"因为不认识贾平凹，又是突然出现的生客，吹埙人显然不太高兴，只敷衍几句就走开了。待他和朋友走到二百米之外，埙又在另一处响起，在贾平凹听来，那是一种"如泣如怨，摄魂夺魄"犹如天籁的神乐。而他久蓄心底无法排遣的情绪，终于找到了知音，让他不由得寄情于此。[22]不久，贾平凹去音乐学院寻刘宽忍，一来二去，两人成了朋友，还和几位朋友组织了一个乐社，隔三岔五在那里吹拉弹唱，不亦乐乎。他们用泥捏埙，从三个孔的到十一个孔的，到处去搜寻购买笛箫和古琴，跟刘宽忍学着记谱作曲。也许是贾平凹太缺少音乐细胞，不论刘宽忍怎么教他吹埙弹琴都半途而废，所以心甘情愿地成了乐社的热心的欣赏者。

从贾平凹这篇文章中我们得知，他之所以如此痴迷于埙，是因为他这时已经开始了《废都》的构思和起草，但一直不知道如何下手。就像演员要去体验生活一样，埙就这样带着贾平凹再次来到了古代的境界，找到了写小说的感觉。"小说里自然就有了关于吹埙人的描写。可以说，在整个的小说写作中，埙乐一直萦绕在心头，也贯穿于行文的节奏里。"[23]在小说完成并交出版社出版的过程中，已经迷恋埙到"几乎是着魔"地步的贾平凹约几个朋友，决定自己出版一个盒带，自己作曲，也请一些名家作曲，全部由刘宽忍演奏。经过几十天没日没夜的努力，盒带才录制好，贾平凹却住院了，且刘宽忍和孙见喜也都大病了一场，但贾氏作序的埙乐专集《废都》却因此广泛流传开来。十多年后，那个乐社已不复存在，朋友也风流云散。不过，乐器店里渐渐开始出售埙，如今在陕西的各个旅游点上都可以看到多种多样的埙，很多电影里也有了埙的乐曲，更有越来越多的人喜欢上吹奏埙乐。按照贾平凹的解释，这是由于现代文明已经遗忘了这些弥足珍贵的古代音乐，现代人遗忘了自己精神上的原乡，现代人都已成了没有故乡的多余者的缘故。而埙在民间的再次流行，正是人们无意中对自我的寻找。他不由深深地感叹："埙是泥捏的东西，发出的是土声，是地气"，"埙那样虚涵着的一种魔怪，上帝用泥捏人的时候也捏了这埙，人凿七窍有了灵魂，埙凿七孔有了神韵"。[24]贾平凹写长篇小说《废都》多年后，又意犹未尽写了一部与秦乐有关的长篇小说《秦腔》，这些都是试图与八百里秦川的地气接通的气象恢宏的作品。

以往的贾平凹研究，很少有人注意到他小说的周边，尤其是绘画书法理论这个重要侧面。由于不注意这个侧面，就很难对他的小说创作方法有延伸性和纵深性的观察理解，例如他说："同音乐一样，在我看来，一切歌曲都是把说话放慢拉长。而节奏是什么？是情绪的表现，也可以说，为了表现一种情绪来调整节奏。节奏与作家的气息的高低快慢急缓断续有关。这也就是说，语言与生命有着直接的联系。""能善于闲话的作家差不多都是文体作家，有性情，艺术天赋高，有唯美倾向，又是不过时的作家。"[25]如果不知道他小说的周边，就以为贾平凹生来就是有鬼气的，是神神道道的作家，故而他说："我喜欢着国画，忠实着生活，又突破生活的极限，工笔而写意，含蓄而夸张。'冗繁削尽留清瘦，画到无时似有时'，在有限之中唤起了无限的思想和情趣。""我喜欢着戏曲，融语言、诗词、音乐、舞蹈、绘画、雕塑、工艺、建筑、武术、杂技为一体，表演的不是生活的真实幻觉，而通过表演，又让人感到是生活的幻觉"，于是，"当我欣赏学习国画、戏曲的妙处的时候，我就忘却不了我的山石和明月了。夜里我在山地上行走，明月总是陪伴着我，我上山，它也上山，我下沟，它也下沟。山石是坚实的，山中的云是空虚的，坚实和空虚的结合，使山更加丰富。明月照在山巅，山巅去愚顽而生灵气；明月照在山沟，山沟空白而包含了内容。这个时候，我便又想起了我的创作，悟出许许多多不可言传的意会。"[26]诸如此类对小说的说法，散布在贾平凹许多文章中，只是我们从不注意罢了。仅仅在小说里打转转，是许多当代小说家、批评家也包括过去的我的通病，这样去写小说、读小说，就显得眼界狭隘了，格局太小了。如果我们注意到鲁迅与木刻、绘画、杂书、魏晋文章和酒等的联系，注意到沈从文与书法、古代服饰的联系，注意到张爱玲与传统大家庭文化的联系，注意到汪曾祺与书品、画品的联系，也不觉得贾平凹是一个超出文学传统的特例。他只是承袭鲁、沈、张、汪等作家的衣钵，而将此在当代小说中发扬光大而已。他这样一发扬，就显示出他与大多数当代小说格局和气质的不同，就显得他古色古香、半文半白了。如果再往博大深厚的中国古代小说传统中去寻觅，便知道这种风格是早就发展到高度烂熟的地步了的，其中大家云集，蔚为大观。可惜这一传统在大多数当代小说家，尤其是50后作家身上断裂了，而贾平凹把它捡起来，这么一走就走了四十年，使这一传统薪火没有灭绝。仅此一点我们就应该感谢他。

2012 年 8 月 30 日于北京亚运村

注释：

[1] 贾平凹：《读书示小妹十八生日书》，《朋友》，重庆出版社 2005 年版，第 21 页。

［2］贾平凹：《〈对视〉书系序》，《朋友》，重庆出版社 2005 年版，第 266 页。

［3］贾平凹：《天马》，《朋友》，重庆出版社版 2005 年版，第 223 页。

［4］贾平凹：《古土罐》，《朋友》，重庆出版社 2005 年版，第 259 页。

［5］贾平凹：《读吴三大书品》，《朋友》，重庆出版社 2005 年版，第 83 页。

［6］贾平凹：《〈侯志强画集〉序》，《朋友》，重庆出版社 2005 年版，第 98 页。

［7］贾平凹：《画家轶事》，《朋友》，重庆出版社 2005 年版，第 87、88 页。

［8］贾平凹：《三人画读感》，《朋友》，重庆出版社 2005 年版，第 92 页。

［9］贾平凹：《读吴三大书品》，《朋友》，重庆出版社 2005 年版，第 83 页。

［10］贾平凹：《叶炳喜的书法》，《朋友》，重庆出版社 2005 年版，第 211 页。

［11］贾平凹：《三人画读感》，《朋友》，重庆出版社 2005 年版，第 92 页。

［12］贾平凹：《马治权的书法作品》，《朋友》，重庆出版社 2005 年版，第 153 页。

［13］贾平凹：《读安黎》，《朋友》，重庆出版社 2005 年版，第 253 页。

［14］贾平凹：《〈五人集〉序》，《朋友》，重庆出版社 2005 年版，第 191 页。

［15］贾平凹：《释画》，《朋友》，重庆出版社 2005 年版，第 137 页。

［16］贾平凹：《女人与陶瓶》，《朋友》，重庆出版社 2005 年版，第 331 页。

［17］贾平凹：《李杰民的书法》，《朋友》，重庆出版社 2005 年版，第 312、313 页。

［18］贾平凹：《李正峰先生》，《朋友》，重庆出版社 2005 年版，第 84、85 页。

［19］贾平凹：《听金伟演奏二胡》，《朋友》，重庆出版社 2005 年版，第 159 页。

［20］《贾平凹、谢有顺对话录》，苏州大学出版社 2003 年版，第 99——

103 页。

［21］［22］［23］［24］贾平凹：《听金伟演奏二胡》，参见《朋友》，重庆出版社 2005 年版，第 159 页。

［25］贾平凹：《关于语言——在苏州大学"小说家讲坛"上的讲演》，《当代作家评论》2002 年第 6 期。

［26］贾平凹：《山石、明月和美中的我》，《贾平凹文集》第十二卷，陕西人民出版社 2008 年版。

王安忆与文学史

　　没有一个作家会轻而易举地承认与文学史的联系（我所说的"文学史"，这里仅仅是指写作经验、范式和经典作家"影响的焦虑"等），正如很少有作家不是为文学史而写作一样。从他（她）踏上文学之路的第一天起，文学史经典既源源不断地赋予其写作以灵感，又对写作本身构成了某种潜在的敌意。所以，大凡有野心的作家，都会把对犹如众神傲视的文学史殿堂的戏仿、规避或超越，当作一生努力的事业。这一二十年，王安忆和她的小说就生活在这一悖论性的话题里。她起先是不自觉的，但当她"盛名显赫，以致为盛名所累"时，她就不可能不在乎了。在诸多对话和访谈中，我们可以看到她一直在为自己写作的独特性而辩解、而强调，以至于偶尔会波及别人（当然这只是"偶尔"）。[1]如此而三，她名气越大，便越敌视文学史对她的解说、评论和复制，反感拿她与别人比来去。因为，你为什么不说她是"这一个"，而偏偏说她是"其中之一"？而在我看来，研究王安忆，尤其是当南帆、王德威和王晓明把她的小说多半评说尽净的情况下，再单纯在她作品上做文章已毫无意义，所以，考察她与文学史的复杂关系，或许不失为另一种尝试。[2]因此，我今天重读王安忆的小说，不单要看其文本内部，还将会特别注意那些文本以外的现象。重读她的小说，更要重读文学史，读它们之间的联系，也读它们之间的不同和差异；我看王安忆的小说叙述，除了看她的中性叙述，更要看她的女性感觉、女性经验和女性书写特点；也要重看她写了什么，还不仅看她已经写出的东西，更要看这写作本身。

一　王安忆与张爱玲

　　平心而论，在遭遇张爱玲之前，王安忆应当是一个不错的作家，但很难说是一个风格卓越的作家（1978—1988）。即使她相当抢眼的《流逝》《本次列车正点》，也未脱当时"伤痕文学"的写作陈套；即使她有一鸣惊人的《小鲍庄》《荒山之恋》《小城之恋》和《锦绣谷之恋》，那不过是在暗中戏仿"拉美魔幻"（所谓"寻根"）和"西蒙·波娃"等文坛新模本。她没有建立稳固的立足点，或者她还没有找到观察这个世界的"独特"角度。1989 年，发表在《文化月刊》第 12 期的小说《好婆和李同志》是一个巨变。而揭示这一巨变的标志性文章，则是在此前后的两篇谈写作的文章《"上海味"与"北京味"》和《妇女问题与妇女文学》（对话）。她说："上海与北京是我国的两个规模最大的城市，事实上却有着本质的不同。""于是，当我们面对了这种差别我们本能地选择了北京的、正统的、我们所习惯的、已拥有了批评标准的文化"，对"上海的那一种粗俗的、新兴阶级的、没有历史感的、没有文化的文化"，却"失去了评判的能力，还来不及建设全新的审美观念。"[3] 这段自述表明，王安忆开始走出小说家的角色，拥有了某种文学史的视野。如果说"伤痕文学"范式使北京"正统文化"在新时期初期再次证明了它在中国社会（包括文学）中的"权威性"的话，那么急于摆脱这种影响的王安忆，则突然发现了一个更符合自己艺术个性的"文学史经典"——张爱玲。"上海"和"妇女"不单是张氏小说中最为经典的两个话题，更重要的是它恰恰从文学史的角度尖锐地指出了王安忆小说的"再生之地"之所在。而此时的上海（包括北京和江浙），早已为"张氏风潮"所席卷。此地彼处的许多优秀作家，都为她烂熟、冷静、世故老练且那么贴心贴肉的叙事（后半句为王安忆语）所倾倒。"80 年代以来，张爱玲的作品在大陆重新登台，得到热烈回响"，"张的创作中，多以都市（上海、香港、南京）为场景。铺张旷男怨女，凤夕悲欢，演义堕落与繁华，荒凉与颓废，毕竟得有城市作衬景，才能写得有声有色"。研究者更关心的是："是否有作家能突破限制，另谱张派新腔呢？我以为女作家王安忆是首选。"[4]

　　但王安忆之注意张爱玲显然没那么简单。一个作家找到文学史上另一个作家，也并不仅仅为摆脱"困境"。王安忆比谁都更明白，1978—1988年这十年中，大部分中国作家实际都是依赖"思潮"而写作的，相当多的人没有后续创造力，许多"著名"作家被人视为没有"代表作"的作家。然而，更大的文学野心也并不是通过一个张爱玲才能获得。说到底，王安忆之"发现"张爱玲，很大程度上是出于"个人写作"的考虑。她对张爱玲的"解读"，是在对自己的心态和文学处境加以重新反省；她将张爱玲与苏青比较，或许可以说是要对自己的写作做一番严峻剖析。张爱玲和苏青们在此时的王安忆这里不过是一个文学史符号，作家大概是拿她们来说她自己罢了："苏青即便在文章里，也不讲艺术的。这是她好的一面，就是真实。""张爱玲却是远着的，看不清她的面目，看清了也不是你想看的那一个。张爱玲和她的小说，甚至也和她的散文，都隔着距离，将自己藏得很严。"王安忆所在意的，实际是与她更"贴心贴肺"的上海：一些生活细节，"抑或还有些环境的气息"，例如"那弄堂房子里的起居，夹着些脂粉气，又夹着油酱气的，从公寓阳台上望出去的街景，闹哄哄，且又有几分寂寞的；还有女人间的私房话，又交心，又隔肚皮。"王安忆发现，与许多当代作家相比："张爱玲的风情故事，说是在上海的舞台演出，但这只是一个说法"，"张爱玲看穿了的底下是'生死契阔'，茫然之中却冉冉而起一些诗意，是人的无措无奈因而便无可无为的悲和喜，是低伏了人仰视天地的伟岸而起的悲和喜，是有些悲极而喜的意思。"[5]于是王安忆看"文学史"中的张爱玲，就不像王德威教授那样拥有理想化的眼光，而是一针见血的："张爱玲小说里的人物，真是很俗气的，傅雷曾批评其'恶俗'，并不言过"，但"她对现时生活的爱好是出于对人生的恐惧，她对世界的看法是虚无的。"她"喜欢的就是这样一种熟稔的，与她共时态，有贴肤之感的生活细节。这种细节里有着结实的生计，和一些放低了期望的兴致"，"在她的小说里扮演角色的多是些俗世里的人——市民。最具俗世的特征的，怕就是上海了"。她看张氏小说里地道的"辩证法"，纯粹是以"小说"为视角的："而张爱玲对世俗生活的爱好，为这苍茫的人生作了具体、写实、生动的注脚，这一声哀叹便有了因果，有了头尾，有了故事，有了人形。于是，在此，张爱玲的虚无与务实，互为关照，契合，援手，造就了她的最好的小说。"[6]……

我读王安忆的小说，很长时间里一直存在着误区。像许多研究者一样，我会相信她频繁地写上海和蚌埠两地是因为这就是她最"熟悉"的生活。按照这种文学理论的指引，我们都被拒绝在作家的艺术世界之外。而通过她对张爱玲的上述评论，我才慢慢地明白了，《好婆和李同志》之后，王安忆为什么会一路"这样"写来：《"文革"轶事》《香港的情与爱》《米尼》《长恨歌》《我爱比尔》《忧伤的年代》《富萍》《上种红菱下种藕》……《"文革"轶事》为什么一反"伤痕文学"的叙事常态，把政治相框从小说中拿出，花这么多笔墨尽写赵志国、胡迪菁"俗世"里的"生死契阔"；她何以不让张家儿女们徒然反抗时代的暴烈，却让赵志国以"探亲者"的视角去看透那从"无可无为"又"悲极而喜"的彻骨体验中所显示的"茫然"与"诗意"："他一拐一拐地走着，队伍小跑着从他身边过去。""许多陌生的脸从他面前过去，还有些熟悉的脸也从他面前过去。他忽然想哭，心被什么打击着似的发痛。""耳边全是沓沓的脚步声，还有粗暴的口令声。他觉得他好像不是走在天地之间，而是走在地狱里，他们都是一群罪人，正在受罚的历程。"人们还发现，《米尼》宁可牺牲女主人公堕落的时代深度（例如与"知青插队"历史相联系），而专在她的心理过程上做曲折文章；《长恨歌》有意避开40年代的残酷争斗与王琦瑶的命运纠缠，它更关注的则是生活细节后的虚空和无着；就连《富萍》，也不好好重续"五四"反抗包办婚姻和走向革命的主题，偏偏让她回到庸常、无序和主体零乱的日常生活，当然也会不自觉地走过平淡无奇的一生……如此等等的文学描述中，到底携带、夹杂着多少张爱玲的经验与叙述成分是无法讨论的，其实也是无法计较的。但它们分明与《本次列车正点》《流逝》和《小鲍庄》们不同，它们没有大家一块儿"起哄"的文坛气味，是在自觉从"大历史"撤回到"常态生活"当中。然而，王安忆的创作为什么突然有了这么一个"急转弯"？这当然与90年代后中国社会的变化有关。但更深层次上是否也牵涉到作者自己"人生观"的某种微妙调整？"张爱玲的人生观是走在两极端之上，一头是现时现刻中的具体可感，另一头则是人生奈何的虚无"。不过从小说角度看，"从俗世的细致描绘，直接跳入一个苍茫的结论，到底是简单了。"[7]但丰富的文学史经验仍然告诉我们：此时此刻，也许并不是王安忆比别人更在意"上海"和"妇女"问题，而是她发现，这些东西其实是直逼着她的写作和心灵深处的。她的欲望世界之中，原本早早就存放和堆积着这些东西。她既然写小说，就不能不把它们以讲故事的方式表达出来。由此当会想到，既不要把作家站在文学史之外统统看作是他们清高，也不要以为所有的作家都有明确的文学史眼光和意识，也是我们在研究王安忆时必须记住的戒条。

更值得注意的是，90年代后，文坛一边是所谓"60后""70后"和"80后"们的甚嚣尘上，一边是重要的作家都在纷纷"各归其主"。他们重新回到陈旧的文学史当中（中外文学史），在那里翻捡着文学的旧档案；他们突然发现，所谓的"文学才能"并不是与文学史毫无干系的，文学史上有作为的作家，都在自己的秘密经验中珍藏着若干个心仪的"经典作家"和"经典文本"。格非回忆道："我记得马原带来了一本台湾翻译的安德烈·纪德的《窄门》。上海有六个人等着看"，"我们打电话把时间定好，六个人排着队看"，"这是一段多么令人愉快的时光！"[8]莫言明确承认：当年"马尔克斯就像一列火车一样，用巨大的惯性带你往前横冲直闯，所以我想我的《金发婴儿》、《球状闪电》等小说里面确实是受到了马尔克斯或者说拉美的爆炸文学的影响，当然这种影响也不是很单纯的，因为同时我也读了福克纳的小说，同时我还在'军艺'的图书馆里面反复阅读了欧洲印象派画家的很多作品，像凡·高、高更等。这些现代派画家的作品带给我的震撼一点也不亚于《百年孤独》。"[9]如果文学史"经典"乃是一种积累的结果，是无数个"文学经典"组成了我们所见到的文学史的话，那么有理由相信，若干年后王安忆、莫言、格非的小说也将会加入这一漫长的行列，成为文坛新人所戏仿、超越的"对象"。因此，文学的创作，就是在一次次与文学史的"告别"与"重返"的过程中完成的，它意味对前辈作家的质疑，同时也意味着一种更高意义上的肯定。为什么胡适宣布中国古典文学是"死文学"，几年后又转回到"整理国故"的原始起点？鲁迅为什么劝青年少读或不读"中国书"，他的小说和杂文恰恰却是对丰富浩繁的"中国书"最到位、最深切的重新阐释？当"五四"作家宣告上帝死了之后，30年代长篇小说和话剧对中国传统文学"家族叙事模式"的发扬光大，可能正好说明传统文学这个"上帝"又被当年反对它的人们请了回来吧。于是在我看来，作家与文学史是一种"历史循环"的关系，它们之间签订的是长河与船队的一份秘密的契约。在文学转折之际，契约是可以顷刻间撕毁的，然而当转折过去，文学又回到"积累"的巨大罗盘上时，下一轮的"循环"就开始了。举凡中外所有的文学史，不都是这么过来的吗？……

　　为什么不愿意直截了当地说，我们的作家都活在"文学史"当中？为什么要将作家与文学史粗暴地剥离？而把他们徒然的挣扎，统统放大成艺术的"创造"和"探索"？我们的批评家，也都是在文学史的知识里要求王安忆这样那样的："由于她富于变化的多产，致使对其创作的描述和概括，多免不了马不停蹄式的浮光掠影。"[10]她"虽出身于知青但却不擅长于知青题材。"[11]"王安忆最多也不过是发现了'叙述'的功能，关键的倒是作者还有一种'玩叙述'的倾向"[12]。"从'情态小说'到'事态小说'的转化，这个过程大抵发生于一九八四年"[13]。之后，还有更严厉的，"如果说王安忆小说在艺术上存在缺陷的话，我认为就在于小说应有的相对性空间被毁坏。""作者太专注于她的情节逻辑了"，却"无力担当小说的精神功能"[14]。然而与文学史书架上的知识和种种苛求相比，作家毕竟都是活生生的"个人"。诚如我们前面所说，作家的创作既是对文学史经典有意无意的戏仿，与此同时也是一种挑战。当文学批评代表文学史为作家制定各种规则时，作家对这些规则的厌恶、规避或化用恰恰可能是他（她）创作的一个新的起点。在王安忆不算漫长的整个文学生涯中，张爱玲的"影响"也许并不像人们想象的那么"神乎其神"。王安忆的小说创作，某种程度是建立在对张爱玲小说经典的质疑、研究、摒弃和改造之上的。我们不难理解，像王安忆这代人，长在乱世，游走于混乱世象之中，她自然拥有比张爱玲更大、更尖锐和更纠缠的历史时空。她小说的某些技法、想象和语言，可能来自文学知识的启发，但她对当下上海多样社会的体悟，对农民生活带着个人痛感的认识，却不能说不比这些知识更为丰富生动和具体（如《文工团》《蚌埠》《轮渡上》《姊妹们》《大刘庄》《米尼》等）。由此或者这样觉察：她为什么不安于上海的繁花似锦和命运无常，而要返身回叙蚌埠乡下的简朴、艰难，一遍遍地重嚼那难堪的个人记忆？或者痛感于乡下风景的寂寥，而要重返上海淮海路的奢华？她的写作为什么总徘徊于这两个不同的世界，不愿意固定在一个观察的视点，这些写作行为，与我们所熟知的文学史到底是一种什么关系？却是应该值得深思的地方。……她难道真的不知道，"文学史"是既"养"作家，又是极"伤"作家的吗？你看她在《心灵世界》中，把这种关系讲得那么清楚和透彻："困难在于小说这样东西，它的技术和材料同我们日常生活贴得太近"，那么，"我们怎么区别这是我们平时所说的话而不是小说里的话？""20世纪的作家，都很难对他们有很高的估价，我觉得他们创造的困难越来越大，自由越来越少"[15]情况可能的确如此。一部小说之所以成为经典，需要经过文学批评、文学史等多种认定程序，即使作家"拒绝"这些因素的约定，也难逃这一文学宿命。但事情可能还不像"玩叙述""无力担当"的评语这么简单，作家的"生存之道"，就在于他（她）要在文学史中"另立门道""故作姿态"和"改弦更张"。他（她）要激活死的题材，与被文学史遗忘的作家对话，当然主要是与自己的写作对话，也同时是不可避免的事实。

可能产生的猜测也许还有，正是文学史为作家的创作"铺平"了道路，是张爱玲免去了王安忆诸多烦琐、无谓的探索？但毕竟可以确信，她站在张爱玲的起点，同时难能可贵地意识到了自己与张爱玲的不同。她从30年代上海"海派文学"的局限中，发现了自己创作天然存在的种种困境，因而强烈地渴望有一种新的脱身术。而在我看来，王安忆应该有比张爱玲更大的文学野心，因为经过被近六十年风雨翻天覆地改造过的上海，毕竟需要作家有更大、更丰富的"综合"和"概括"的能力。

二　王安忆与女性文学

20世纪90年代初，"女性主义"理论在中国大兴之后，很多当代女作家就被粗暴地划入"女性主义文学"的范畴，王安忆当然也不例外。但她在很多场合都否认对自己的这种"命名"。在与一位研究者的"对话"中，她曾尖刻地回应道：你们的"用意是什么？是把我们作为一个证明材料，还是想了解我们这些人的女性主义观点？"但她承认，即使写女性，仍然是"很注意理性东西"的。她强调说，作为一个"职业作家"，写作并不完全是为了"感性""情感"和"倾吐"的需要，"我觉得要遵守什么原则，对我来讲小说就是原则，当我选择写什么或不写什么或者怎么写时，我的考虑都是：它是不是小说。"不过，她又意外地告诉采访者，她的小说也许有一定与"女性主义有关联"，"我觉得我写那么多女性，就是因为我觉得女性比男性更具有审美性质"。[16]

是否与"女性主义"有关，是无法严格"量化"的，正如即使是，也不会颠覆承认者的文学价值和社会影响力。但问题是，作家为什么不愿被局限于这一狭窄话题？一是凡有所作为的作家，都是愿意让人相信能够成功尝试各类奇怪"题材"的，从二十余年王安忆的表现中可见，她确实是以善变为特色的，而且变到哪里都有上乘的小说拿给读者；二是不希望把写作角色"固定化"，因此与其将自己视作"女性理论"的人，还不如当自己就是"写小说"的人，所谓"对我来讲小说就是原则"即是；三是反对将"女性主义"理论"本质化"的做法，以为那损害的正是一个作家自由的艺术想象力和创造力……这些"理由"都令人无法不去相信。但我们的质疑也接踵而来，因为对于研究者来说，最不应该相信的就是作家的各类"声明"。既然是一个女性，她就无法完全摒除女性固有的心理、眼光和经验；她的性别意识，即使受到小说那么严格的约束、净化和训练，也很难说都发展到了"零度状态"；或者满纸写的都是都市、现代、石库门、舞厅、咖啡馆，但那里，那些细节深处，难道真的绝对遮蔽了作者的主观气息、意图、心灵世界？这样"大胆"的立论，简直是难以置信的。

翻开王安忆的大部分小说，最为精彩的"小说意识"，也许正是大多数男性作家天然缺乏细致、密集的女性感觉。她小说"言语"里外的信息量之大，可能恰恰证明了写作者丰富而细腻的"性别身份"。有时候，你都无法不为她稠密、急速而又变幻多端、真真假假、难以辨认的语言暗示，而击节叫好。那份纯属女人"小心眼式"的精明和意外，怎能从贾平凹、莫言、余华和阎连科等男性作家那里获得？

> 流言总是带着阴沉之气。这阴沉气有时是东西厢房的薰衣草气味，有时是樟脑丸气味，还有时是肉砧板上的气味。它不是那种板烟和雪茄的气味，而是带着些阴柔委婉的，是女人家的气味。
>
> ——《长恨歌》第7、8页

> 赵志国的笑话她都明白，心里暗暗惊讶，他看上去像一个大少爷，骨子里却原来是个下等人啊！她为张思叶委屈，又有点称心如意的快感。凭她的聪慧和敏感，她一进张家便觉察到了张思叶对她的鄙夷。她想，尊贵的张思叶最终也不过如此。她还想，女人有两次投胎，一次是出世，二次是嫁人。
>
> ——《"文革"轶事》

> 平头的摩托在南京路东亚的饭店面前停住了，她就随了他上楼。有穿了制服的年轻朋友给他们开门。电子音乐如旋风一般袭来，灯光变幻着颜色，光影如水，有红男绿女在舞蹈。米尼茫茫地跟在平头后面，绕过舞池，她感觉到灯光在她身上五彩地流淌过去，心想，这是什么地方啊！……窗外是一条静河般的南京路，路灯平和地照耀着，

梧桐的树影显得神秘而动人。米尼惊慌地发现，上海原来还有这样美丽的图画，她在此度过了三十余年却刚刚领略。

——《米尼》

这些堪称经典的描写，没有非凡的女性感觉和触官是难以完成的。而描写中的这些"女性意识"，为什么不能说它也是一种经过沉淀的"文学史意识"？文学史是经过千锤百炼而出现的一种理性的结果，即如千百年来的女性感受描写，也是经过一代代作家的反复琢磨、推敲、实验和研习才最终变为"经典叙事"，并传之于后代作家的。《红楼梦》中就充满了"女性感觉"，曹雪芹的伟大身份却没有因这样的评价而丝毫降低。但是，我们的作家为什么要避讳同样的"评价"和"认定"反而逃出"文学史"的这一常识，确又是叫人无法理解的。而在我看来，正是因为王安忆小说上述片断的大量、密集的存在，才真正凸显出她在众多优秀男作家中"独立不倚"的奇异身影；她以女性视角和经验尽写社会乱离，在自冰心、丁玲、萧红、凌淑华和张爱玲所完成的繁杂不一的女性肖像系列中，更增添了异样的甚至更夺目的光彩。然而，王安忆的女性经验处理又是有底色的，那底色即是生命的大无常、大苍凉。即使是在流言四起的女性王国中，以爱来托底，或以抛弃为结局，那大苍凉也是彻心彻骨，不可挽救的。所以，单说她与女性文学是一对一的关系，是极其表面和浮泛的。王安忆这种超乎寻常的心理体验是那么的持久而绵长，是那么的固执而沉痛，以至于使她获得了连张爱玲也少有的那种女人与时代相夹杂、个性与共性浑然一体的叙述的深度——如果这样看，她在文学史上的价值又怎能是一个"女性文学"所能涵括的？

但南帆的提醒仍然是必要的，他批判性的评论有一种到达王安忆小说文本最底处的穿透力：在文中，他对作家"丰盛的语言"感觉给予了极力赞扬，但他注意到，这些旗袍的式样，点心的花样，咖啡馆的香味，绣花的帐幔和桌围，紫罗兰香型的香水等"肌理细密，纹路精致"的都市意象所透露的"种种女性对于这个世界的小感觉"，毕竟"同波澜壮阔的主流历史疏离了"，"这个巢穴里面的杯水风波已经远远地离开了那个时代的宏大叙事"。他很怀疑，这些拒绝了历史"惊涛骇浪"的"许多小感觉、小风波、小事件以及一批小人物"，"使小说具有了某种类似于流言的性质"，那么，它是否因此而失去"历史的分量"？它的叙述风格究竟能否算是"长篇小说"？[17]当众人交口称赞这部"力作"时，我确实也产生过类似怀疑。她这种"故意"偏离历史的写作，显然是在暗中响应当时"新历史小说"的思潮。但读遍王安忆此前的所有小说，她其实也一直没有满足我们对"惊涛骇浪"历史表现的高度期待。她善于从历史的边边角角中搜集人生的困局，擅长在人事关系中发现现实的荒谬，更超出一般作家能以小见大地呈现时代风云。但王安忆这种"擦边球"的技法，恰恰说明她终究是一个女人，表现出她难以驾驭大题材、大历史的写作的局限。女性感觉，既是她小说之长，也应该是她小说的之短，这是不应该隐讳的。她的笔力的震撼性的不足，使她在登攀更高的小说高峰时，面临着一道无形的障碍。

然而，能使作家再一次摆脱创作困境的却是所谓的"中性叙述"。"我确实很少单单从女性的角度去考虑东西，好像并不是想在里面解决一个女性的问题"[18]，"回顾我十年写作小说的过程"，"我以为最高的境界，应当是思想和物质的再次一元化"，为此她把它总结为四条，即"不要特殊环境特殊人物""不要材料太多""不要语言的风格化"和"不要独特性"[19]。这样的表白使研究者意识到，作家在运用女性经验的写作优势时，也在有意拉开与它的距离；当她的女性"意识"在小说中到处充斥的时候，她则使用语言的"物质"因素将之稀释、掺杂并令其充分的陌生化。于是，读者看到，在《我爱比尔》中，当马丁"合法性"地抛弃阿三，而痛苦至极的她最终陷入绝境，只能向女作家"倾诉"才能把自己解救出来时，叙述者突然要跳出"女性"视角，像是在冷漠、平静地讲述"别人的故事"：

> 女作家认真起来，注意地听着。阿三眼睛里闪着亢奋的光芒，她说着比尔和她的恋情，好像在说别人的故事。她隔一会儿就须重复一句：怎么说呢？她真的找不到合适的词汇，可以把这段传奇描述得更为真实，好叫人信服。一切都像是叙述一部戏剧，只有结尾那一句是肯定无疑，有现实感的……

这就是王安忆，而不是一般意义上的"女性写作"。她有文学史的视野，虽非学者但有功夫极深的训练，她知道怎样躲过批评家的无端指责而令其必须重视自己山重水绕的多层文本。在你期待她"犯错误"的时候，她总能不着痕迹地调整慌乱的步伐，而跟上"小说叙事学"前进的脚步。她在"女性写作"（例如某些"女性作家"）的热闹场面中，突然又会抽身离去。她与绝大多数女性作家的不同就在于，她能充分、自信地控制自己，也包括控制小说的叙述。她的所谓的"中性叙述"，实际并不表明这是一种价值悬置，她的这种理论的支撑除了烂熟的"叙事学"理论，还有上海人那种惯常的精明、灵活和多变在里面。王安忆这个人就是为小说而生的，"其实我选择写小说作为我的倾诉活动的时候，就潜伏了另一个需要，那就是创造的需要"，"我的人生参加进我的小说，我的小说又参加进我的人生。"[20]

说到底，"女性文学"不只是一个文学批评概念，它在今天已经俨然是一个文学史的概念。文学史概念的一个重要职能就是对历史的清理与反省，"女性文学"一词的出现，正说明了"无女性"年代的终结，表明了历史在获得巨大的腾飞式的进步之后的深刻省悟。这个世界，并不是都为男性而准备的，那个只为男性而存在的金戈铁马式的历史性神话，早已在历史的大踏步进展面前不堪一击，衰腐至极。在这个意义上，对王安忆来说也许并不很恰当的"女性文学"的命名，可能正好预示了文学史将会有更加细腻和合情合理的叙述分工。但是，也正是这种命名让读者看到了王安忆写作的"真实面目"，发现了她远非"女性文学"所能涵纳的丰富、复杂和多元的特征，这种风格上的两面性，构成了我们迄今为止对这位作家的最得体的把握。

但我们确实可以说，"女性文学"所代表的文学史归类，对作家并不含有任何藐视的成分。作为文学研究者，他们（她们）可能习惯用王安忆个人不喜欢的方式对她进行"访谈"。不错，这里面的确有"西蒙·波娃热"留下的某些年代痕迹，还带有"女性研究中心"的固化视角，但我们为什么不想想，这不也是一种将作家"经典化"的方式？同样的例子，也来自"文学革命"年代钱杏邨对鲁迅所谓"二重反革命"的猛烈攻击，以及郭沫若针对胡适而展开的所谓"翻译问题"的"争论"。当然二者的性质完全不同。钱、郭对后者的"文学史归类"，作为一种"结论"自然是大可怀疑的，但它作为对后者历史形象丰富而多侧面的构件之一，早已沉淀为一种文学史知识，成为研究文学史形成诸多复杂性的一个难得的材料，却是一个无法否认的事实。

如此看来，王安忆其实有着"作家"与"女作家"的两张面孔。它们在不同场合的差异与重合，无疑大大增加了对这位优秀作家进行文学史定位的迷惑性，也增加了人们对于她莫名其妙的好奇心。她是有着与众多男性作家"一拼高下"的文学野心的，然而在小说文本中，却乐此不疲地玩着小女人的种种叙述花样。她对历史与人性的剖析深度，一点儿也不亚于那些异性作家们（如《叔叔的故事》对"叔叔"英雄、智者与堕落过程的多方叩问和犀利解剖）；而中国社会从"文化大革命"到改革开放的巨大变迁，也在《文工团》《悲恸之地》《民工刘建华》等中被精彩地浓缩，有如《清明上河图》的微缩胶卷；与大多数"妇女解放题材"截然不同的是，其作品令人惊讶地揭示了离家"出走"的女人无须借助"逃婚""个人解放"的历史动力，也能找到自己自在的活法（如《富萍》）。而她更懂得，即使再宏大的历史题材，也必须填充进细密、庸常和无端忧烦的日常生活、家长里短，才能生发出博大、丰厚的光晕来。这二十年来，王安忆在文学史和文学批评的各种"热门话题"中坦然地出出进进，交错地举着两张个人招牌，任人评说，却掌握着个人写作的某种主动性。她指出："女人与文学，在其初衷是天然一致的。而女人比男人更具有个人性，这又与文学的基础结成了联盟。因此，在新时期的文学中，涌现了大量的女性作家。这些女性作家一旦出现总是受到极大的欢迎。她们在描写大时代、大运动、大不幸和大胜利的时候，总是会写与自己那一份小小的却重重的情感联络。"但她同时指出：这种女人式的"自我意识，因是不自觉的状态，所以也缺乏其深刻度，仅仅是表面的"。[21]于是我们看到，她从"女性"立场出发，指出了本性别"个人性""自我意识"对丰富"新时期文学"的特殊意义。她又能从作家的视角，理性探讨、分析"女性文学"思想生活上的明显不足。她巧妙地拥有两张面孔，却能冷静地卸下来，将其中的某一张当作剖析的研究对象。这个王安忆，简直有一种匪夷所思的文学生存的魔力，而在我看来，这也是她二十余年立于文坛而不败的文学秘诀之一。

三　王安忆与汪曾祺

关注王安忆的研究者，大概没有人把她与这位文坛老人直接联系起来。最近，重读她写于 1987 年 11 月、看似不起眼的《汪老讲故事》一文，我突然有了眼前一亮的感觉。这就是说，冥冥之中，它好像打通了王安忆与40年代京派文学的某种通道，在众多话题之间建立了一种有启发性的联系。这也证实了我早先就有的一个预感：在八九十年代的中青年作家中，曾经受惠了汪氏小说资源的，何止是王安忆一个人（我记得格非也曾谈到汪氏对他的"影响"）。

王安忆这样看汪的"作者角色"："汪曾祺老的小说，可说是顶顶容易读的了。总是最最平凡的字眼，组成最最平凡的句子，说一件最最平凡的事情。轻轻松松带了读者走一条最最平坦顺利的道路，将人一径引入，人们立定了才发现：原来在这里。诱敌深入一般，坚决不设障碍，而尽是开路，他自己先将困难解决了，再不为难别人。正好与如今将简单的道理表达得百折千回的风气相反，他则把最复杂的事情写得明白如话。他是早洞察秋毫便装了糊涂，风云激荡过后恢复了平静，他已是世故到了天真的地步。"继谈他的"讲故事"：他"总是很笨拙很老实地讲故事，即便是一个回忆的故事，他也并不时空倒错地迷惑，而是规规矩矩地坦白出什么时候开始回忆了"，"笔下几乎没有特殊事件，都是一般状况，特殊事件总是在一般状况的某一个时节上被不显山不露水地带出，而事实上，汪曾祺的故事里都有特殊事件，堪为真正的故事"，且与"特殊的结构"形成默契，"实是包含了一种对偶然与命运的深透的看法"。她更是"大肆"赞扬其语言道，"几乎从不概括，而尽是详详细细，认认真真地叙述过程"，而且"很少感情用语"，"然而，时常地，很无意的一句话，则流露出一种心情，笼罩了之前与之后的全篇"……[22]

查查她的文章，在此前后与人的"对话"和"创作谈"中，也多次说过类似的观点："我忽然发现，'难'也是一种境界，不是每个人都能达到的。因为，感到'难'的时候，往往是发现了一个余地，还可以努力做得更好一些却不知如何去做的这么一个余地。"[23]在她心目中，小说的写作，"在大的不合理当中，有时是会有些小的合理，而在大的合理当中，有时又会有些小的不合理。"[24]"站到一个高处，俯瞰全景：马路纵横交错，楼房鳞次栉比，车辆走通了马路，灯光照亮了楼房，不由得看愣了。我发现这也是一个自然，新的自然"。[25]"小说这东西，难就难在它是现实生活的艺术，所以必须在现实中找寻它的审美性质，也就是寻找生活的形式。"[26]因而她强调说：在写作时，"我的考虑都是：它是不是小说。"[27]她还认为，"纠缠于细枝末节，潜心构思的精致与巧妙，使人忽略了大的悲恸与大的欢乐的情节，陶醉于趣味之中，而趣味性也是我不要的。"[28]到后来，作家还在表示："我个人也觉得最好的小说应该用最日常化的语言。比如我说你应该吃饭了，那我无论如何都得用'你应该吃饭了'而不能用别的语言去说。这是一个很要命的事情。"[29]……

但是，我并不想夸大这种"影响"的存在。对一个作家来说，尤其是对一个相对独立和成熟的作家来说，她的创作"资源"实际是多方面的。但有意思的是，当时的王安忆（也包括格非等人）是把汪曾祺的小说当作一个"文学范本"来看待的。作家与文学史家的一个主要区别就在于，作家是从"具体""个别"和"写作本身"来观察前辈作家的，他（她）通过对前者创作经验的吸收、纠正或偏离，来重建纯属"个人"的叙述方式；而文学史家更具有"系统"、"概括"的知识眼光，他不会把同一时期的众多作家都看作千奇百怪的"个人"，而愿意从"类型学"角度对这些作家的创作进行"归纳"。因此，在文学史研究者心目中，汪曾祺对王安忆不妨就是一部40年代"京派文学"意义上的文学史，汪氏小说中的种种"技法"，与其说是他个人的，也同时可以说是整个"京派传统"的。而在王安忆看来，汪曾祺仅仅是一个"作家"个案，他的小说比当时大多数作家（也包括那些"归来"作家）都要写得好，达到了当代小说的一种少有的境界。在她的同龄作家差不多都被"魔幻化"的背景中，王安忆的这种见识可以说非常了不起，她将眼光投向"本土"而不只是"域外"，说明她早就有了自觉的"小说意识"，是懂得"怎样"写小说的。事实证明，王安忆先于不少人而回归了本民族的"文学传统"，通过汪曾祺，她进一步确信了那属于她个人的"文学之路"。

在她1987年前后的小说创作中，这种残存的"痕迹"是随处可见的。《姊妹们》是用"最最平凡的字眼，组成最最平凡的句子，说一件最最平凡的事情"，刘侠子、大志子和小辫子们，与其说是活灵活现的人物塑造，不如说更像是中国传统小说的"白描"，是非常简洁的速写式的；《蚌埠》的风格是"节制"，那种汪曾祺式的"减法"的写作，"往来于蚌埠的船上，午饭供应的是面条和面包。面条是一角二分一碗，面包八分一个。面包自然是稀罕物，面条因是机压面，便也稀罕了。""知青命运"被隐于文本之后，从而也得以"淡化"；《天仙配》的语言可能又夹杂着王安忆式的"啰唆"，但那"都有特殊事件，堪为真正的故事"，且与"特殊的结构"形成默契，"实是包含了一种对偶然与命运的深透的看法"

的叙述特点，却分明又是汪曾祺的——或说也是漫长而悠久的中国传统小说的；《遗民》几乎是生活的"原生态"的，小说作者的"世故"，真可谓像她批评汪曾祺的，似乎到了"天真的地步"；而《轮渡上》则有了一点儿《受戒》或《大淖纪事》的气味，朦胧的人生状态，与浑然的天空和水声混在一起，那大概就是有意味的东西，"被不显山不露水地带出"的意思了。……写到这里，我会突然想，为什么是同一个作家，在写上海和蚌埠时却采取了繁简不一的手法。她写上海时，那笔法是张爱玲那种繁复和纠缠的，还有许多难耐的啰唆和绕口；而当她一旦回到"蚌埠"的简单中，那份简洁的风格就出现了，表现出了与汪曾祺的某种亲近。这其中，究竟是什么因素在决定着这种"选择"？或是这种城乡的差异，是否就是作家前后不一的理由？说老实话，在研究王安忆的"文本"时，我遇到了一个难以面对的难题。

一个值得讨论的问题是，为什么大多数同龄作家都沐浴在"欧风美雨"之中的时候，王安忆为何要如此重视40年代意义上的汪曾祺小说？她的小说、心灵和生活，果然天然地与那个早已沉寂的岁月有着某种血肉相连的关系吗？而这种"联系"是怎么建立起来的？这些疑问，很难一时半会儿谈得清楚。但显然，90年代，是中国"当代"社会的另一次"转型"，我们的文化、经济和生活都似乎有了一种"向回转"的意味。"高潮"中的历史经验早已走向低迷，而人们又回到了庸常的日子，这种转变，再没有人比王安忆更敏锐、更直接地察觉到了。作为中国改革开放的先头阵地之一，上海率先以"重返过去"的暧昧姿态，引领着这一社会转型的历史过程。新世界、衡山路、南京路和时光倒流酒吧等"老上海"的经典形象，被复制在普通市民的生活经验之中，同时也急剧地刷新着人们的社会价值观。而"老上海"，恰恰又是与"现实""庸常"和"宿命"的价值观血肉相连的，这正是张爱玲、女性文学和汪曾祺之与王安忆小说发生紧密关联的一个重要历史契机。"寻根"思潮后，王安忆小说的一个最醒目的审美特征就是一个"旧"字。旧的街道、记忆、故事、传闻和乡间历史，纷纷涌入她小说的艺术世界，这些负载着三四十年代中国文学史的艺术经验和文学想象，其重要性甚至超过了欧风美雨的巨大声威——在这里，王安忆重新投胎于文学史的神秘母体，并在她小说的转型之中呱呱坠地。社会转型和作家创作的转变，都促使人们重新思考"当今"与"历史"的关系，将曾经"断裂"的历史线索接续起来。在这个意义上，"老上海"表面上是崇洋援西的，骨子里却是地道的中国经验和气味的，这个文化背景，似乎已经遍布到了王安忆小说组织的每一个骨架和经络当中。

当然，二十年来王安忆的创作，无论题材之繁多，还是小说之技法，都远远超过了上述作家。孤立地看，王安忆的创作也许"纯粹"是"个人"的，它意味着"创造"所带来的惊喜和满足；但是站在文学史的立场上，这种工作显然又渗透着前辈作家的经验和教训，是文学经典"积累"过程中必不可少的一个环节。因此，当我们从个人角度看时，我们很大程度上会受制于作家本人和文学批评的强烈暗示与引导，而我们以文学史为参照，那么就无形中获得了很大的自由。这么多年来，与王安忆的写作纠缠最长、关联最深的恐怕就是张爱玲和女性文学了（而汪曾祺可能还是一个技术问题）。如果离开了上述"参照"，那么人们的判断就很难说是全面的和稳妥的。因为，一个作家，就生活在浩大的历史时空之中，经典经验、文学历史、写作范式和当时的文化氛围，实际都环绕在他（她）小说作品的周边，是一种信息相通、生死与共的关系。也许正像王晓明所说的："在这样的社会、精神和文学的背景中，王安忆的转变显出了格外重要的意义。"[30] 如此说来，一个作家，实际不仅仅是为"自己"而写作的，他（她）身上还背负着更大的"文学史"的使命。因此更值得讨论的是，在当今时代，他们的写作是降低还是提升了已有的文学史水平？即以王安忆为例，她是中国 20 世纪最好的女作家之一吗？她的成就在当代，是否已在许多男作家之上，或是少有的几个人之一？这些判断，都无法通过作家本人和文学批评来认定。最后也是最权威的参照，终究还是那无处不在的"文学史"老人。时间也许能给我们最恰当的答案。

2007 年 1 月 31 日于北京森林大第

2007 年 3 月 1 日再改

注释：

[1] 读者不妨注意，在近年来的各种"访谈""对话"里，王安忆最不愿谈的两个话题就是与张爱玲和女性文学的"关系"。当然，这也是她谈得最为精辟、出彩的地方。参见王安忆、陈思和《两个 69 届初中生的即兴对话》，《上海文学》1988 年第 3 期；李昂、王安忆：

《妇女问题与妇女文学》（对话），《上海文学》1989年第3期；《我们的时代和我们的小说》（对话），《萌芽》1994年第7期；《王安忆访谈》（对话），《作家》1995年第10期；《探视城市变动的潜流——王安忆谈长篇新作〈富萍〉及其他》（对话），《新民晚报》2000年8月6日；《〈感受土地的神力〉——关于文坛和王安忆近期创作的对话》，《文汇报》2000年8月19日；《王安忆注视文坛和乡村》（对话），《作家》2000年第9期；《〈长恨歌〉不是怀旧》，（对话）《新民晚报》2000年10月8日；《从〈长恨歌〉谈开去：访第五届茅盾文学奖得主、上海市作家协会副主席王安忆》，《文汇读书周刊》2001年1月29日；《为审美而关注女性》（对话），《中国妇女报》2002年12月11日；《王安忆、刘金冬：〈我是女性主义者吗?〉》，《钟山》2001年第5期；周新民、王安忆：《好的故事本身就是好的形式》，《小说评论》2003年第3期，等等。

[2] 在我个人看来，南帆的《城市的肖像——读王安忆的〈长恨歌〉》（《小说评论》1998年第1期）、王德威的《落地的麦子不死——张爱玲的文学影响力与"张派"作家的超越之路》（见《想象中国的方法》第248—255页，生活·读书·新知三联书店1998年版）和王晓明的《从"淮海路"到"梅家桥"——从王安忆小说创作的转变谈起》（《文学评论》2002年第3期），是目前对王安忆小说分析最为深入和精到的评论文章。

[3] 王安忆：《"上海味"与"北京味"》，《北京文学》1988年第6期。

[4] 王德威：《落地的麦子不死——张爱玲的文学影响力与"张派"作家的超越之路》，《想象中国的方法》，生活·读书·新知三联书店1998年版，第253—255页。

[5] 王安忆：《寻找苏青》，《我读我看》，上海人民出版社2001年版，第154—165页。

[6] 王安忆：《世俗的张爱玲》，《我读我看》，上海人民出版社2001年版，第187—194页。

[7] 王安忆：《世俗的张爱玲》，《我读我看》，上海人民出版社2001年版，第193、194页。

[8] 格非、李建立：《文学史研究视野中的先锋小说》，《南方文坛》2007年第1期。

[9] 莫言、杨庆祥：《先锋·民间·底层》，《南方文坛》2007 年第 2 期。

[10] 程德培：《面对"自己"的角逐——评王安忆的"三恋"》，《当代作家评论》1987 年第 2 期。

[11] 席扬：《王安忆十年创作批判》，《批评家》1989 年第 4 期。

[12] 吴义勤：《王安忆的"转型"》，《文学自由谈》1992 年第 1 期。

[13] 李洁非：《王安忆的新神话——一个理论探讨》，《当代作家评论》1993 年第 5 期。

[14] 李静：《不冒险的旅程——论王安忆的写作困境》，《当代作家评论》2003 年第 1 期。

[15] 《心灵世界——王安忆小说讲稿》，复旦大学出版社 1997 年版，第 6、35 页。

[16] 王安忆、刘金冬：《我是女性主义者吗?》，《钟山》2001 年第 5 期。

[17] 南帆：《城市的肖像——读王安忆的〈长恨歌〉》，《小说评论》1998 年第 1 期。

[18] 王安忆、刘金冬：《我是女性主义者吗?》，《钟山》2001 年第 5 期。

[19] 王安忆：《自述》，《小说评论》2003 年第 3 期。

[20] 王安忆：《自述》，《小说评论》2003 年第 3 期。

[21] 周新民、王安忆：《好的故事本身就是好的形式——王安忆访谈录》，《小说评论》2003 年第 3 期。

[22] 王安忆：《汪老讲故事》，《我读我看》，上海人民出版社 2001 年版，第 115—124 页。

[23] 王安忆：《"难"的境界——复周介人同志的信》，《星火》1983 年第 9 期。

[24] 王安忆：《生活与小说》，《西湖》1985 年第 9 期。

[25] 陈村、王安忆：《关于〈小鲍庄〉的对话》，《上海文学》1985 年第 9 期。

[26] 王安忆：《生活的形式》，《上海文学》1999 年第 5 期。

[27] 王安忆、刘金冬：《我是女性主义者吗?》，《钟山》2001 年第 5 期。

[28] 王安忆：《自述》，《小说评论》2003 年第 3 期。

[29] 王安忆：《心灵世界》，复旦大学出版社 1997 年版，第 15 页。

[30] 王晓明：《从"淮海路"到"梅家桥"——从王安忆小说创作的转变谈起》，《文学评论》2002 年第 3 期。

批评的力量

——从两篇评论、一场对话看批评家
与王安忆《小鲍庄》的关系

　　作家是始终活在自己作品中的，在作品之外则往往处于弱势地位，所以他们只能靠作品替自己说话。没有任何读者愿意从作家的"访谈"、"序跋"中了解这些作品的全部内容，这是因为批评早已管制和转移了作者希望暗示的东西。批评对作品做出的解释和定型，使得受到一定教育的读者都乐于从批评家指出的那些问题中对作品进行"联系性阅读"，而不会在意作家想极力宣讲的也许更为隐秘和重要的内容。正是在这种情况下，批评所解释和定型的作品的一些叙述层面有可能被扩容、被放大从而成为作品的主要内容，而作家本人想强调或作品本已存在的另一些叙述层面则被压缩、被忘却因而可能会逐渐消失。所以，我把这一切的发生归结为"批评的力量"。1985 年 4 月，王安忆的中篇小说《小鲍庄》在《中国作家》第 2 期发表。1986 年第 1 期的《当代作家评论》，刊发了李劼的《是临摹，也是开拓——〈你别无选择〉和〈小鲍庄〉之我见》和陈思和的《双重迭影·深层象征——谈〈小鲍庄〉里的神话模式》两篇评论文章。1987 年，以"《小鲍庄》·文学虚构·都市风格——青年作家王安忆与复旦大学中文系学生对话"为名的座谈会在复旦大学举行，座谈会"纪要"发表在杭州大学的杂志《语文导报》第 4 期上。这两篇文章和一场对话是我在读《小鲍庄》时感兴趣的案例。

一　小说缘起、人物原型和故事原生态

　　就在这次座谈会上，王安忆谈到了《小鲍庄》的写作过程：

  《小鲍庄》里描写的都是真实的故事。故事的原型是我在一次采访中获得的。其实这次采访本身与小说无关。但我沿途听到了许多故事，且都是同一区域的故事——那是我当年插队生活过的地方。这些故事引起了我对插队生活的许多回忆。小说中关于拾来的故事，开始我获得的只是断断续续的片断，动笔写时才将它串起来。拾来有他的生活原型，他是一个补锅匠（当地称做"巴锅的"），他家的女人比他要大十五六岁，两人结婚后，人们都说是很好的一对——只是在称道时都带着一种诡秘的神色，这倒引起了我的兴趣。于是便去拜访他。从外表看，他很像是他女人的儿子，女人叫他"巴锅的"，他也觉得很自然。我说"你也挺不容易的"。——当然指他们的经济生活和感情生活，他却一本正经地说："只要感情好……"，我奇怪一个一字不识的农民会说出这句话，问起他的生活经历，他说到，他在很小的时候，父母就"分手"了，他就与母亲生活在一起，后来长大了，觉得再住在一起就"不大好……"，于是母亲让他到父亲那儿去，父亲是"巴锅的"，就也让他去"巴锅"。后来我才知道，那地方的生活很单调，男性的"爱"、"性"都是由母亲处起源的。这是一件事。另一件事是我写作《小鲍庄》的大动机。就是那地方正好出了一个小英雄，是"上面批准的"小英雄（据说英雄是有级别的，那小英雄是省级英雄）。我去那儿时，这事过去已经一年了。这小英雄对村里的影响很大，各地都有人去参观、扫墓，使那村的人见识了很多，也改变不了许多人的命运。巴锅的就是一个。当小英雄倒在血泊中时，村里人很迷信，没人敢抬他，最后是巴锅的去抱的，他为了洗去死者身上的血迹，"洗了整整一个晚上，洗红了几条河水……"巴锅的后来对采访他的所有人都这么说，村里人也都这么传说。我觉得这件事很有意思，这就是《小鲍庄》的初衷。①

  这段话清楚地叙述了小说写作的"缘起""人物原型"和"故事原生态"。从作家角度看，他们都愿意促使读者相信其创作的文学作品是来自"生活原生态"的，尤其是其中的一些细节，而不是来自批评家喜欢搬弄

---

① 《〈小鲍庄〉·文学虚构·都市风格——青年作家王安忆与复旦大学中文系学生对话》，《语文导报》1987 年第 4 期。

的那些概念。这些细节在某一时刻汇聚，会突然激发作家的艺术想象，再调动其他生活经验，就会组织起一篇与"原生态故事"可能完全不同的小说来。

但受过职业训练的复旦中文系学生刘福和显然不相信王安忆对"《小鲍庄》写作初衷"自圆其说的描述，他"不太友好"地提问：

您的《小鲍庄》是不是受到《百年孤独》的影响？

王安忆一怔，但很快反应过来，答曰：

我很喜欢《百年孤独》，但《小鲍庄》没有直接受它的影响。《小鲍庄》写的环境，人和事都是真实的，我觉得这些事就应该用这样的方式来叙述。

另一位学生韩建伟更敏感和尖锐地问：

王安忆老师，您以为《小鲍庄》的问世与您的美国之行有没有关系？

王安忆坦然说道：

我认为是有的。美国之行为我提供了一副新的眼光：美国的一切都与我们相反，对历史，对时间，对人的看法都与中国人不一样。再回头看看中国，我们就会在原以为很平常的生活中看出很多不平常来。

刘福和再问：

我以为在《小鲍庄》中，您本人在作品中隐没得更深了，不像"雯雯系列"小说，雯雯简直就是您的影子，是不是？

王安忆：

雯雯的身上的确有我的影子。……① （以上引用文字，均与注释相同。过去不是总是说文学批评到"90年代"才转向"学院化"吗？但我们发现，这两位同学的提问方式和意识都已经非常"学院化"了。）

以上丰富的信息呈现出三个值得注意的层面：一是《小鲍庄》作者王安忆的自我陈述。从"作家作品"研究的方面看，这种自述是基本可信的，作家如果不这样看人物和想问题，他们是无法创造出非常感性而鲜活的作品文本的。二是文学批评的层面。刘福和、韩建伟当时虽然仅仅是在校学生，还不是职业批评家，但他们的提问方式却是文学批评的，从这种方式可以明显看出与王安忆方式的不同。三是文学史研究的层面。这是一个至今没有"暴露"的层面。是我今天在做《小鲍庄》研究时才注意到的。这个层面就是刘福和、韩建伟上面提到的问题，如"《百年孤独》影响"、"美国之行"等。它显然变成了"作家自述"和"文学批评"层面之外的另一个"旁观者"。我们如果从"旁观者"的角度想问题，就能清楚地看到刘福和、韩建伟与王安忆考虑问题的差别了。

另外，我们还可以看出王安忆从"雯雯系列"向"《小鲍庄》"写作过渡时某些没有来得及被抹去的细微痕迹，如她声称"《小鲍庄》里描写的都是真实的故事"、"《小鲍庄》写的环境，人和事都是真实的"，"我觉得这些事就应该用这样的方式来叙述"，但她同时承认，"美国之行为我提供了一副新的眼光"……这样说，是因为我觉得在研究一个作家的创作过程时，一定要特别尊重作家写作时的非常个人化的经验。我们的工作，是在充分尊重他们创作过程的基础上，分辨出作品文本与文学批评、文学史研究有哪些不同的地方，这些不同对我们的研究究竟会有什么帮助，等等。

---

① 《〈小鲍庄〉·文学虚构·都市风格——青年作家王安忆与复旦大学中文系学生对话》，《语文导报》1987年第4期。

二 批评家对《小鲍庄》的取舍

批评家在从事批评活动时，都会对所批评的文学作品做一些这样或那样的取舍。李劼也不例外。他对《小鲍庄》的基本态度是欣赏的：热情称赞它"用现代意识现代手法写一个古老家族的艺术技巧，对一个古老的村庄展开了不慌不忙的叙述"。他肯定这篇小说是它对马尔克斯《百年孤独》创作手法不露痕迹的借用：

> 《小鲍庄》凭借《百年孤独》的那种笔法，相当成功地勾勒出一幅中国农村生活画……
>
> 与马尔克斯笔下的画面不同的是，《小鲍庄》以说书代替了神话，以麻木代替了孤独。若要找出相近的地方，也许只有在愚昧的程度上两者相差无几。不过，鲍氏家族没有激情，他们讲求淳朴的仁义……
>
> 尽管技法上是一种临摹，但与《你别无选择》一样，《小鲍庄》显示出了自己的创造，自己的个性。①

李劼所选取的内容与王安忆上面的自述大致相同，也没有超出作者对小说结构的设计和组织，即它的初衷是忠于对"人物原型"和"故事原生态"的描写的。但显然应该注意，从这篇评论文章发表在《当代作家评论》1986 年第 1 期，而它的写作可能是 1985 年下半年或更早的时间，无论批评家还是作家头脑中还未形成后来那种自觉明确的"寻根意识"来看，李劼是倾向于从"揭示人性深度"和"艺术创新"的角度来解释它的。

然而李劼又对《小鲍庄》表达了不满，这种不满中明显有 1985 年"文化热"中"反思民族文化"等知识逻辑的渗透，这种知识成为他批评王安忆的立足点：

① 李劼：《是临摹，也是开拓——〈你别无选择〉和〈小鲍庄〉之我见》，《当代作家评论》1986 年第 1 期。

《小鲍庄》写出了它的古老却没有写出它的神秘。小说误以为愚昧麻木等于纯朴简单,从而没能把笔触进一步伸到深层的地方。小说极为出色地写了拨浪鼓神秘的"叮咚"声响,但后来又忍不住推入一个对拾来十分关心的老头,将拾来和大姑的关系交代得明明白白从而失去了回味余地;小说相当深刻地揭示了拾来对大姑的蒙昧爱恋,但在拾来和鲍二婶结合后却把笔触转向了生活的烦恼而没有对拾来那种既合乎人性又不无扭曲的性爱作进一步的开掘;小说非常富有情趣地写了文化子和小翠的相爱,但末了那个喜气洋洋的结局却把这种沙漠中的爱恋拉回到小二黑结婚的境界。①

应该注意的是,李劼写这篇评论时,卡西尔的《语言与神话》、荣格的《心理学与文学》、弗洛伊德的《精神分析学》、列维·斯特劳斯的《结构人类学》和布鲁姆的《影响的焦虑》等西方理论译本已纷纷登陆中国,成为新潮批评家竞相传阅的阅读书目和他们文学批评的基础知识,并因此重构了他们批评当代小说的眼光和方法。批评家眼光和方法的变化,会直接影响到与作家作品的关系,而且由于评价系统的变化,也将会促使新的批评程序"生产"出新的著名作品。李劼这样抱怨王安忆没有把《小鲍庄》的"古老""愚昧麻木"进一步延伸到"深层的地方",没有对拾来"蒙昧性爱"做进一步的"原始文化开掘",正是由于他受到了荣格"集体无意识"理论的影响。我相信李劼和那代批评家的很多人都受到了荣格《心理学与文学》中这段话的深刻启发:"高度重视无意识心理,把它作为知识的源泉,绝不是由于西方理性主义喜欢推测而产生的一种幻觉。我们倒更倾向于假定一切知识最终都来自虚无。但今天我们却清楚地知道,无意识中容纳着许多东西,如果这些东西能够成为意识,就会导致知识的无限增长。"② 80 年代的知识界,一度非常流行关于中国人"集体无意识"的理论表述,它被拿来批判反思"文化大革命"悲剧,以及近代以来中国在西方坚船利炮下的积贫积弱和文化自卑感,它几乎成为一种观察社会历史的方法。作为批评家的李劼就处在这一知识群体中。而

① 李劼:《是临摹,也是开拓——〈你别无选择〉和〈小鲍庄〉之我见》,《当代作家评论》1986 年第 1 期。

② 荣格:《心理学与文学》,冯川、苏克译,生活·读书·新知三联书店 1987 年版,第 42—43、61 页。

荣格对"集体无意识"的深刻揭示，显然成为他不能"容忍"王安忆《小鲍庄》某些描写的根据。荣格说：

> 教义把集体无意识的内容大规模地化作某种公式从而替代了集体无意识的位置。在这个意义上，天主教的生活方式根本就不知道心理问题的存在。几乎整个的集体无意识生活都被输入进一条教义原型观念的河流中，在教义和仪式的象征形式下循规蹈矩地流淌着。
>
> 如果允许我们将无意识人格化，则可以将它设想为集体的人，既结合了两性的特征，又超越了青年和老年、诞生与死亡，并且掌握了人类一二百万年的经验，因此几乎是永恒的。如果这种人得以存在，他便超越了一切时间的变化，对他说来当今犹如公元前一百世纪的任何一年。他会做千百年前的旧梦，而且，由于他有极丰富的经验，又是一位卓越的预言家。[①]

由此，我们可以观察到这些"80年代知识"怎么不经意地通过李劼的文章流入《小鲍庄》作品文本里去的一些非常有趣的情况。具体地说，他在批评活动中将小说"无意识的生活"输入到"集体无意识"理论中，这决定了他对《小鲍庄》作品文本的取舍和评价。这些"80年代知识"，包括了当时引进的精神分析学、心理学、文化人类学、结构主义语言学等西方理论，以"改造国民性"为主调的新启蒙论，还有李劼自己对"文化大革命"后中国社会的观察。这些知识显然组成了一个特定视角，组成了一个批评软件，作品文本内涵、审美意义和价值取向只有经过它的程序编码，才能被早已设定的批评软件所筛选所默认，从而成为"80年代"某一流派和现象的"代表性作品"。这个被大多数新潮批评家共同设定的"批评软件"，就是李劼在挑选《小鲍庄》的"时代意义"时所表述出来的：

> 如果说《你别无选择》是面向未来的行动，《小鲍庄》则是面对过去的思考；这种思考的特色在于，它对一个古老的村庄古老的家族

---

① 荣格：《心理学与文学》，冯川、苏克译，生活·读书·新知三联书店1987年版，第42—43、61页。

进行了一番现代文明或现代意识的观照和透视。而且这不仅体现在内容上，也同样体现在艺术上——以一种现代小说的笔法与民族语言的交相融合。因此，人们常常可以在十分具体的细节上看到非常抽象的意蕴，在十分麻木的面目上发现具有历史内容的痛苦；从一个村庄寻找出整个社会的滞重，从一个家族感受整个民族的悲伤。①

如果对李劼这篇文章做一点点取样分析，可以发现它的知识逻辑原来是新潮批评家们共有的，也是 80 年代那一代知识者共有的。这种知识逻辑即我刚才所说的"批评软件"，它可以归结为：用西方精神分析尤其是文化人类学和结构主义语言学的"知识"，来完成 80 年代"改造国民性"这一新启蒙的历史任务。而这种历史任务，正是与改革开放这一国家现代化的目标相匹配、相结合和相互支持的。而这种知识逻辑，就是在 80 年代广泛而深远的"文化热"的大范围内展开的。这种"文化热"，实际是配合着国家现代化目标的"文化热"，而并不是发生在知识界内部的纯粹学理意义上的"文化热"。所以，批评家李劼开始关注起小鲍庄这座遍及皖北各处的极其普通的小村庄了，作者"对一个古老的村庄古老的家族进行了一番现代文明或现代意识的观照和透视"，是要在拾来等卑微的村庄小人物"十分具体的细节上"概括出"非常抽象"的"意蕴"，还要从"十分麻木的面目上发现具有历史内容的痛苦；从一个村庄寻找出整个社会的滞重，从一个家族感受整个民族的悲伤"，等等。即使到此李劼还不满足，他对王安忆提出了更高、更苛刻的要求："审美观念的总体演化趋向将在文学欣赏的口味之中掺入越来越多的现代意识"，"不仅如此，更为紧要的是这个世界现在仍然还在继续向前迈进，人们预测中的在遗传工程、生命密码（笔者按："生命密码"恐怕是李劼随便杜撰的概念）方面的科学突破，不仅将使人们对自己的认识发生更进一步的变化，而且将带动包括文学艺术在内的整个世界文明像 20 世纪之于 19 世纪那样地再翻一番"。② 李劼代替王安忆已经说得太多太多。而且，如果用他"现代意识"和"现代观念"这种宏伟目标来要求 80 年代的作家，他们恐怕不吃不喝不睡地写上一百年，也完成不了这一繁重而艰巨的任务。

---

① 李劼：《是临摹，也是开拓——〈你别无选择〉和〈小鲍庄〉之我见》，《当代作家评论》1986 年第 1 期。

② 同上。

由此我们发现了李劼取舍工作的一个小小"秘密"：就是他与《小鲍庄》作者王安忆的"创作原意"离题万里。作者在前面的自述中只是说，"拾来有他的生活原型，他是一个补锅匠（当地称作'巴锅的'），他家的女人比他要大十五六岁，两人结婚后，人们都说是很好的一对"，而李劼一定要作者在这"十分麻木的面目上发现具有历史内容的痛苦"；作者事实上没有像批评家那样"从一个村庄寻找出整个社会的滞重，从一个家族感受整个民族的悲伤"的意思，仅仅说"我沿途听到了许多故事"，"我觉得这件事很有意思，这就是《小鲍庄》的初衷"，而李劼就概括成这样了，还强迫作家将非常偶然的个人经验与许多许多东西建立必然的联系。这个"秘密"就是，李劼"舍弃"了作家在介绍《小鲍庄》的创作经过时所表述的那些东西，而"选取"了作家可能本来无意，即使有意也想不太明白的另外一些东西，如精神分析学、文化人类学、结构主义语言学和80年代的新启蒙思潮等，一定要说那就是"作品本身"的"内涵"。我们发现，《小鲍庄》的读者、研究者和文学史著作后来都接受了李劼的观点，而都居然对王安忆这么明确的自述置若罔闻。这说明，我们读到的所谓作品内容，除作品本身之外，还有一些是批评家附加上去的，和我们自己在阅读时想象的。批评家发现了"另一个《小鲍庄》"。我们很难说它还与"原来的《小鲍庄》"到底有多大关系。

三 对《小鲍庄》"神话模式"的指认

《小鲍庄》问世前后，"神话模式"理论在国内学界大兴。其中，法国人类学家克劳德·列维·斯特劳斯的《结构人类学》中的观点最为流行。批评家那时特别喜欢采用它来评价韩少功、莫言等"寻根"小说家的作品。[①] 这正如特伦斯·霍可斯所指出的：人们"把神话看成是集体的'梦'，是礼仪的基础，'一种审美游戏'的结果"。因此，"列维·斯特劳斯在此试图把握的是共时性和历时性这两个向度相互作用的感觉以及在

---

① 例如，吴亮：《韩少功的感性视域》，参见入选"跨世纪文丛"的韩少功的《鞋癖》，长江文艺出版社1994年版，第287—298页；季红真：《现代人的民族民间神话——莫言散论之二》，《当代作家评论》1988年第1期；丁帆：《亵渎的神话：〈红蝗〉的意义》，《文学评论》1989年第1期，等等，这些评论都明显受到了文化人类学理论的影响。

讲述诸如俄狄浦斯神话时总会产生的语言和言语相互作用的感觉。"① 这种在分析原始性的"亲属关系制度、婚姻规则和血缘团体"的结构基础上诞生的"神话模式"说，显然也影响到陈思和对《小鲍庄》的解读。与复旦学生刘福和、韩建伟等"业余批评家"不同，作为"职业批评家"的陈思和研究这篇小说的眼光更具专业性，他发现：

> 小说中有两个人物对小鲍庄历史建构发生过至关重要的影响，是认识小鲍庄故事的关键。一个是小鲍庄的祖先，另一个是捞渣……
> 在小说中展示的种种关于小鲍庄居民所处的困境：如老绝户鲍五爷的孤苦，鲍秉德娶了疯娘子的凄苦，建设子因贫穷老实而找不到媳妇的寂苦，文化子与小翠欲爱不能的情苦……都无法归罪于社会上的某种原因……他们的种种困境只能从小鲍庄的地理环境与历史环境去找：是洪水带来了灾难，灾难又造成了贫困，贫困再形成了愚昧麻木的文化心理……

陈思和进一步分析道：

> 小说正文开始，就是捞渣的降世。这是一个神奇的小孩……
> 捞渣是一个完美的人，一个赤子。……他为了救老绝户鲍五爷死了，他的死高扬了小鲍庄人的"仁义"本性，净化了人们的灵魂，赢得了人们的敬重。

更为重要的是：

> 捞渣的死无疑是整个历史的转机，成为小说情节发展的一个扭结。……捞渣的降生与牺牲就像是一个神迹，靠了它的显示，赎还了小鲍庄祖先遗下的罪孽。整部小说始于洪水，终于洪水，形成了一个完整的人类命运的象征体。捞渣的形象不能不使人想起神之子来到人

---

① ［英］特伦斯·霍克斯：《结构主义和符号学》，瞿铁鹏译，上海译文出版社 1987 年版，第 34、35、39 页。

间赎罪的故事……①

陈思和的文章抓住了小说的两个重要东西：一个是"表层叙述"上的中国农民的困苦状况，另一个是造成这种困苦的"深层原因"——"小鲍庄祖先遗下的罪孽"。所以，他认为小说的意义就是："宗教的神话模式的运用，不但使这部小说增添了现实的讽刺意义，而且超越了一般农村题材所包含的思想内容的容量，成为一个探讨人类命运、人类苦难等一系列永恒主题的作品。"②

从陈思和的评论再看王安忆关于《小鲍庄》的创作自述就可以知道，尽管如有的研究者所说，"这部作品在艺术上受到过马尔克斯《百年孤独》的影响"③，可王安忆对小说写作主旨的表述远不如陈思和那么清楚、完整而且理论化。它给人的印象是，小说家在谈论自己的作品时总是"原生态"的，是立足于"小说经验"的。因此，她说在"巴锅的"故事的基础上诞生了拾来，在"小英雄之死"故事的基础上诞生了捞渣。我认为王安忆在写作《小鲍庄》之前有可能读过马尔克斯的《百年孤独》，否则她就不会在回答韩建伟的提问时坦承"美国之行为我提供了一副新的眼光"，《小鲍庄》的结构也确实有陈思和敏锐观察到的有如《百年孤独》那样的"双重迭影"。这也就是她说的，"再回头看看中国，我们就会在原以为很平常的生活中看出很多不平常来"。于是，她就"看出"一个与原来"农村题材小说"中的村庄有"很多不平常"的"小鲍庄"来了。然而，她并没有像陈思和"看出"了那么多的东西。与批评家相比，作家在写作具体作品的时候常常是"糊涂"的。我们在许多作家"事后"的访谈中，都可以认识到这一点。这是因为，"艺术作品是一个由各种价值构成的整体，这些价值并不依附于结构而是构成结构的真正本质。一切试图从文学中抽去价值的努力都已告失败并且将来也会失败"。④ 但我们需承认，《小鲍庄》与王安忆此前的早期作品，如《我的

---

① 陈思和：《双重迭影·深层象征——谈〈小鲍庄〉里的神话模式》，《当代作家评论》1986 年第 1 期。

② 同上。

③ 同上。

④ ［美］雷内·韦勒克：《批评的概念》，张金言译，中国美术学院出版社 1999 年版，第48 页。

脸火辣辣的》《新来的教练》《野菊花，野菊花》《本次列车终点》《流逝》等相比，确实因为美国之行和读《百年孤独》的缘故而在主题、题材和写作方式上"在原以为很平常的生活中看出很多不平常来"。这些都是事实。如果纯粹从"作家作品"研究角度来看陈思和对小说的分析，我们确实很难为王安忆的自述"辩护"。

　　尽管作家多年后对原作的"追述"一般都不太可靠，但它一定程度上可以帮助我们在原来的时空中重新整理批评与作品之间微妙复杂的关系。在 2008 年 6 月出版的《谈论录》中，王安忆对张新颖说："《小鲍庄》我觉得和'寻根运动'是有关系的。我记得当时阿城跑到上海来，宣传'寻根'的意义。他谈的其实就是'文化'，那是比意识形态更广阔深厚的背景，对于开发写作资源的作用非同小可，是这一代人与狭隘的政治观念脱钩的一个关键契机。"但她坦率地告诉采访者："《小鲍庄》这本书里面的东西很乱的，完全不晓得我准备做什么，找不到一个很清楚的思路。"① 这和前面的"自述"意思较为接近：一是美国之行和阿城宣传的"寻根运动"促使她想写出"不平常"的作品来；二是"怎么写"却不甚明了，基本是"摸着石头过河"的创作的状态。"观念"是清晰的，"写作"却是"模糊不清"的。也就是我刚才说过的，作为批评家的陈思和要比作为作家的王安忆在"表述"上更加"清楚、完整而且理论化"。这样说，不是要将批评家与作家有意地对立起来，好像作家总在受批评家的欺负，批评家是在利用自己的特权把不完全属于作品文本而更多的是他自己想象的东西整理出"作品意义"硬塞给读者。如果这样理解，那就过于简单了。因为实际上，作家与批评家是一种"暗中结盟"的关系，是图书市场上的"利益共同体"，是一种经常打架且又相互依赖谁也离不开谁的非常矛盾的现象。这一点，埃斯卡皮已经说得再清楚不过了。② 他说："作者们经常不说批评家的好话，而出版商也往往怕他三分。实则批评家既不配享过多的荣誉，也不是那般卑劣。文学批评真正的职能在于为读者大众选取样本书。"③ 联系上面陈思和批评文章对《小鲍庄》"神话

---

① 王安忆、张新颖：《谈话录》，广西师范大学出版社 2008 年版，第 263、264 页。

② ［法］罗贝尔·埃斯卡皮：《文学社会学》，于沛选编，参见第 35、38、53 页等处的内容，作者对此有非常深入到位的分析。浙江人民出版社 1987 年版。

③ ［法］罗贝尔·埃斯卡皮：《文学社会学》，于沛选编，浙江人民出版社 1987 年版，第 60 页。

模式"的指认，他与王安忆"自述"之间的差异性，再从作家与批评家错综复杂的历史关系中来观察"《小鲍庄》的命运"，我们发现批评家的工作中已经包含有将作品宣传为"名作"、"代表作"，亦即一个时期后将它们推向"经典化"的因素。而在我看来，也许韦勒克在《批评的概念》一书中对批评家的"职责"定位得更加清楚："批评的目的是理智的认识。批评并不创造一个同音乐或诗歌的世界一样的虚构世界。批评是概念的知识，或者说它以得到这类知识为目的。批评最后必须以得到有关文学的系统知识和建立文学理论为目的。"①

写作这篇题为《双重迭影·深层象征——谈〈小鲍庄〉里的神话模式》的批评家陈思和，实际是要通过《小鲍庄》来建立关于"神话模式"的知识概念，和与它相关的"文学的系统知识"。我认为韦勒克这里所说的批评家通过"理智的认识"来建立关于"概念的知识"的观点是非常重要的。因为1985年前后，由于"文化大革命"失败和"改革开放"兴起导致了"社会主义现实主义文学"理论的全面失灵，80年代的"当代文学"又一度像是一辆"没有轨道"的列车。解释"社会主义现实主义文学"的那套"知识概念"已经陈旧，被人抛弃，但新的"概念"包括它的系统还没有出现。这是1985年前后文学理论界概念丛生、话语过量繁殖且传播极快，人们都在争夺话语发明权的重要原因。显然，"神话模式"正如王安忆所说，其用意"是这一代人与狭隘的政治观念脱钩"，脱离"意识形态"的文学成规，而在建立另一种观察社会历史、文学作品的眼光和方法，它是在充分发掘《小鲍庄》所潜藏着的文本内涵。所以，陈思和直接把他的批评落脚在"小鲍庄的祖先"和"捞渣"这两个象征体上面，使用"神话模式"的概念对它们进行了深入的解读。因此，作为"85文学转型"重要象征之一的《小鲍庄》进入了陈思和事先埋伏好的"神话模式"的"概念"和相关的"文学的系统知识"管道之中。也许，人们后来正是在王安忆"不晓得我准备做什么"，而陈思和则在将它们清理出一个神话模式的"知识概念"上，接受《小鲍庄》文本意义并开始对它的阅读理解的。

---

① ［美］雷内·韦勒克：《批评的概念》，张金言译，中国美术学院出版社1999年版，第4页。

四 再来看"沉默的文本"

在本文的开头我已经说过，在解释自己的作品时作家经常会处在弱势的地位，他只能依靠所创作的作品替自己说话。但更有趣的情形是，在文学课堂上，我们只听到批评家、教材和教师喋喋不休地解释作品的声音，学生一般是不大翻看他们讲述的作品本身的，所以，我称后者为"沉默的文本"。不过，一旦我们阅读它，它就会站出来跟你说话，因此我们又会读到与批评家和文学教师们的分析不尽相同而且可能会是层出不穷的"人物故事"。

> 七天七夜的雨，天都下黑了。洪水从鲍山顶上轰轰然地直泻下来，一时间，天地又白了。

小说"引子"的描写，以及仁义的捞渣在洪水中舍己救人而死，终于换来小鲍庄人的命运由此改变的结局，确实符合陈思和对小说"神话模式"的指认。

> 初春的夜里，拾来觉得有点燥热，忽然睡不着了。一双脚搁在大姑的怀里，暖暖的，软软的。他轻轻地动了一下，不敢再动了。他听见了自己的心跳。风吹进窗洞，窗洞里的草"滋啦啦"轻响了一下。他试探着又动了一下脚，想离那柔软远一些，不料他的脚在那柔软暖和中陷得更深了。拾来这才发现，他的脚是在一个温暖的峡谷里。这双脚已经在这峡谷里沉睡了十五年了。

这是一段写拾来与养母大姑同睡一床多年，一觉醒来发现脚放在她"柔软暖和"的乳房上，他的"性蒙昧"的故事。小说中像他这样仿佛来自洪荒远古年代，木讷、无言而仿佛是"活化石"的人物还真不少，如建设子、老绝户鲍五爷、鲍秉德等。他们生没有来由，死也没有意义。也确实有用李劼"现代意识"和"现代观念"等新启蒙理论来拯救一下的必要。如果从《小鲍庄》的故事看，从它里面是不难筛选出李劼的"改造国民性小说"和陈思和的"寻根小说"这两条线索，以及这两种小说的叙述结构的。因为对批评家来说，对这两种小说类型的热情指认都是80年代很时髦的文学话题。

然而，王安忆似乎不太配合，她除告诉张新颖写这篇小说是1984年江苏省宿迁县出了一个救人的小英雄，为配合宣传，当时供职的上海《儿童时代》杂志决定派她去采访这层原因外，还给我们提供了另一个不为人知的隐秘故事：

> 80年代初，单位让我到成都开会，还给我一个任务，经过重庆到武汉去做采访，采访一个小学生足球队。我当时发着高烧，在成都上了火车到重庆，在重庆过了一夜，重庆给我的印象非常强烈，一个石头城。夜里他们带我去看急诊，觉得这个城市很鬼魅的，老是上上下下，上上下下，人很虚弱，我就扶着墙，墙是山壁，山壁中会有灯光露出来，应是从窗户里透出的灯光，可就像砌在了石缝里，因为发高烧，意识很模糊，整个人在非常低沉的心情之下。我觉得我要为它写个故事，为这个空间写个故事。所以《小鲍庄》这本书里面的东西很乱的，完全不晓得我准备做什么……①

很显然，当复旦学生刘福和、韩建伟"逼问"她《小鲍庄》的写作是不是受到美国之行和马尔克斯《百年孤独》的"影响"时，她只得承认了。但是，在批评家和研究者希望看到的上述原因外，王安忆却在这里安插了另一个也许更有趣和私人化的故事。然而，我相信，鉴于批评对读者和研究者的巨大影响力，他们大概不会再注意作家要为一个"很鬼魅"的、"上上下下"而且到处是"山壁"和"灯光"的石头城的多层性"空间"写个故事的愿望。既然已经有了那么多权威批评家对作品文本的筛选、指认、解释、定评，他们也不会再愿意从小说找出更多的故事线索和可能性来。因为，干嘛还要那么麻烦呢？

然而更吸引我们的是，通读小说《小鲍庄》，那些在批评家的预期和设计之外更多的故事题材、模型和叙述的可能性确实是存在的。例如，由酷爱文学创作的文疯子鲍仁文引出的"革命·历史·小说"题材，因文

---

① 王安忆、张新颖：《谈话录》，广西师范大学出版社2008年版，第264页。

化子和小翠情爱故事引出的"农村题材小说"等。如果再仔细区分，也许还能理出另外一些叙述的线索。我们发现，"革命·历史·小说"题材是在破坏陈思和对"神话叙述模式"和李劼"改造国民性叙述"的想象性建构，它将"小鲍庄的故事"与"中国史"重新建立了联系。《小鲍庄》里不断穿插着这样的描写片段：

> 鲍山那边，有一小冯庄。庄上有个大闺女，叫小慧子。一九六〇年，跟着她大往北边要饭，一去去了二三年……

> 老革命鲍彦荣……跟着陈毅的队伍打了好几个战役，可谓九死一生……

> 现今文艺刊物多起来了，天南海北，总有几十种……

> 这天，县上来了一辆吉普车，车子停在鲍彦山家门口。车上走下县委书记，一把握住鲍彦山的手，告诉他："鲍仁平被团省委评为少年英雄了，光荣啊！"
> ……

小说里还有文化子与哥哥童养媳小翠嬉戏调笑和私订终身，小翠逃婚后又与文化子山盟海誓的描写：

> 小翠一把搂住了文化子的脖子，文化子这才敢抱住她。月亮悄悄地看着他们，看了一会儿，挪了一点，再看一会儿，再挪一点儿。下露水了……
> "翠，别走了。要走，我们一起走。"
> "我回来，就是来讨你这句话的。你这么说，我就不怕了"……
> "我想你想得好苦。"文化子哭了。
> "我想你想得好苦。"小翠哭得更伤心了。

熟悉孙犁、李准、马烽、浩然、柳青农村题材小说的读者，想必都不会对上述生动描写感到陌生。读到这里，我才明白作者"不晓得我准备做什么"的表白，原来说明她更尊重生活和小说的丰富性、复杂性，而不想仅仅跟着美国之行和《百年孤独》的文学轨迹，而写出一个像重庆这座石头城那样多层的"空间故事"。她不想依葫芦画瓢地跟着美国人和马尔克斯的脚印走，试图写出一个更加有中国味的小说故事来。"沉默的文本"中那些在批评家预期之外的多样的题材和故事类型，就这样在我们的阅读中被激活了，被释放出来了。或者说，就这样在我们"重读"性的阅读中，被重新赋予了张嘴与读者交流的权利。

不过，正如我多次重申的那样，我们这样的重读并不是以牺牲和藐视批评家的辛勤劳动为前提的。没有他们对小说改造国民性叙述和神话叙述的深入揭示，《小鲍庄》经典化的定型也许至今都没有完成。只有经过初步定型，对定型加以反思的文学史研究才可能更理性地展开。然而，我们也有理由相信，因为80年代的需要，他们显然故意抽取了小说中改造国民性叙述和神话叙述的部分，同时掩盖或排除了革命历史题材和农村题材叙述的部分和其他的部分，这等于宣布了80年代所需要的那些叙述部分之外的其他叙述在一代读者阅读记忆中的死亡。其实，近百年中国文学的批评性阅读实际都存在这种问题：肯定了鲁迅小说《孔乙己》批判科举制度的部分，势必就遮盖了它"游戏文章"的部分；批评了《子夜》对上海30年代现代化社会的概念式图解，却没有注意到它周到的结构设计和精细描写原来是中国现当代长篇小说中最为出色、无人可比的；高度赞扬了张爱玲的敏锐世故和精湛的小说艺术，而没有警觉到她的地位已经被抬得实在太高；在指责贾平凹《废都》的颓废时，该小说对知识分子转型期的深刻困惑和敏锐观察也一起被拿掉；认为余华《兄弟》的描写拖沓、重复，于是它精彩的开篇便跟着遭殃；如此等等，不可胜数。因此在我看来，所有小说、即使最为一般化的小说文本中，其实都蕴藏着异常矛盾多重的层面，极其丰富多样的信息。某一个时代，我们会因当时时代需要而"抽取"其中对我们有利的层面和信息，武断地给作品定义，认为这就是"全部作品的内容"。而到另一个时代，因为时代语境骤变，批评的眼光和方法更新，我们又会提取出另外一些层面和信息，对原来批评所指认的那些层面和信息予以质疑，甚至推翻。这就是说，每一部文学作品中都内含一个丰富的矿藏，需要不断地挖掘，也许过一段我们又会惊喜地在被废弃的矿址上发现一些值得珍惜的东西。《小鲍庄》的命运也是如此。

显然，我们的研究应当从批评家这里开始，把他们因时代局限有意无意遗留的工作作为新的起点。然后回过头来注意作家在自述中究竟说了些什么，他们所说的东西与作品究竟是什么关系，在什么层面上有关系。同时还要反复再三地重读作品，了解作者的原始想法，了解小说的每一个细节，用铁锤仔细敲打某些断面的碎屑，重找历史信息，辨别微妙的用意。发现哪些部分已经被批评家总结过了，哪些部分还没有被总结，了解被总结照亮了的部分，把掘进性的研究朝着没有被照亮的部分谨慎推进。因为，批评本身就是一种充满创造性的有价值的工作，我们虽有不满，但我们的重新研究必须也只能从他们那里开始。否则，如果说批评家已在作品外围构筑起一道无形的高墙，我们怎么能越过这道高墙再一次地走近作家，走进作品？文学史研究就是与文学批评的博弈，同时也是一种对立、妥协和协商。对原作的重读性的研究，实际是与批评的结论的一种协商性的工作，真正具有推动性意义的文学作品重读，也许只有经过与批评家的争吵、较劲、调整和协商后才可能体现。它显然不可能完全推倒批评家的结论而另起炉灶。

2010 年 2 月 11 日于北京奥林匹克公园

2010 年 2 月 21 日再改

十年回家

——王安忆《本次列车终点》与 80 年代"知青返城潮"

1996 年 2 月北京作家出版社出版的六卷本《王安忆自选集》令人略感吃惊地未收《本次列车终点》。[1] 2006 年 5 月山东文艺出版社的《王安忆研究资料》未见该小说的评论文章（只在作家自述中略为涉及）。[2] 而 2008 年 6 月广西师范大学出版社推出的王安忆、张新颖《谈话录》对这篇小说也只字未提。[3] 在这些重要场合遗漏该小说，是由于编选者和王安忆本人疏忽还是他们认为它本来就不重要，我们不得而知。

不过，诗人食指的《四点零八分的北京》和《本次列车终点》，却鲜明地标示着中国当代知青史的"起点"（1968）和"终点"（1979）。从"离家"到"回家"，两千多万知识青年终于在历史转折点踏上返乡之路，仅从这点看这篇小说就不能小觑。小说一开头以伤感的笔调写道：

> 火车驶过田野，驶进矮矮的围墙，进市区了。瞧，工厂、楼房、街道、公共汽车、行人……上海，越来越近，越来越具体了。陈信的眼眶湿润了。心，怦怦地跳动起来。十年前，他从这里离开，上海越来越远，越来越渺茫的时候，他何曾想过回来。似乎没有想，可又似乎是想的。在农村，他拉犁，拉耩，收麦，挖河，跑招工，跑招生……后来终于上了师范专科学校，毕业了，分到那个地方一所中学。应该说有了自食其力的工作，有了归宿，努力可以告终，可以建立新的生活。然而，他却没有找到归宿的安全感，他似乎觉得目的地还没到达，没有到达。冥冥之中，他还在盼望着什么，等待着什么。当"四人帮"打倒后，大批知青回上海的时候，他才意识到自己在等什么，目的地究竟是什么。

但陈信显然不再是当年不谙世事的少年，上海也不是原先那个上海，他与上海开始了新一轮的社会配置关系。如果说，当年知识青年的上山下乡是因为转移"文化大革命"矛盾和就业压力，而今天的知青返城则凸显出适龄青年就业的社会矛盾。陈信与上海的关系中，就潜伏着这一尖锐、持久和难以解决的社会问题。

一　陈信与上海

《本次列车终点》中的主人公与上海的关系，是小说的开场，是对小说中心故事的铺垫。它营造了陈信那代"返城知青"在80年代真实的"年代氛围"。所以，陈信的"返城之路"必然会障碍重重，上海把这位阔别故乡十年的28岁的青年歧视为"外地人"。小说第二节写弟弟阿三陪陈信去劳动局替姆妈办手续，因为装束和举止，被公共汽车上的上海人误认为是外地人。

> 挤吧，力气他是有的。他扒开人，使劲往里钻，好容易抓住了车门的栏杆，踏上了踏板。他又抖擞了一下，重新振起，向纵深进军。终于在一片哇哇乱叫声中挤到了窗口座位旁边，抓住了扶把。然而他感到十分不舒服，怎么站都站不好，一会儿碰到前边人的头，一会儿碰后边人的腰。左右前后都得不到个合适位置。周围乘客纷纷埋怨起来：
> "你这个人怎么站的！"
> "像排门板一样。"
> "外地人挤车子真是笨！"
> "谁是外地人？"弟弟挤了过来，他十分愤怒，眼看着要和人家吵起来了。陈信赶紧拉住他："算了，算了，挤成这样子还吵什么。"

这个开场肯定让人不开心，它像一个不祥的预兆，暗示着陈信与故乡上海后面疙疙瘩瘩的关系。因为它不客气地指出了小说主人公的"真实身份"，而陈信也确实来自新疆的某座小城。我们知道，"身份"经常是上海、北京这种大都市对外省人建立不平等社会关系的权威筹码，它通过建立与其他较小城镇之间人为的等价关系来攫取更多的国家资源。张静《身份认同研究》一书中指出："在每一个社会中，都可以观察到社会身份的存在，人们总是流动到更高的身份位置上去。""这就不难理解，为何社会身份系统发生变化，通常总是伴随着社会整合问题。"而且由于"社会'身份'系统，意味着政治权威资源的重新配置"[4]。

不过，关于"外地人"的争论表面上反映了上海人的狭隘，实际表明它是一个"资源有限"的城市。当外地人大量涌入，即使是以观光客身份涌入时，上海人也难免会认为这是在公开抢占他们的城市资源。在这个意义上，上海人把"上海知青"当作"外地人"也就势在必然了。但作者并不满足这些历史表述，她要推动小说的进展和读者的阅读。陈信看到劳动局附近的三角地和西藏中路的背街上，"摆满了裁剪摊子和缝纫机"，"这街上是个热闹的自由市场，有菜、鱼、鸡、鸭；有羊毛衫、拖鞋、皮包、发卡"等，弟弟告诉二哥这是"政府还鼓励待业青年自找出路"，许多返回上海的知青此时都在加入这一谋求生路的大军行列。小说随处可见的"待业"这个词在逐渐加重陈信的心理焦虑。他还在街上看到知青战友、三十多岁还没有对象的袁小昕，她的"尴尬身份"，也在阻止她迈入城市婚姻的门槛。像王安忆的许多作品一样，这篇小说表明她对作品矛盾冲突的组织从不强烈推进，而是点点滴滴地酝酿、积累直至饱满，所以，上述都在暗示陈信与上海的不和谐感，只是这种冲突的高潮被安排到了小说的最后一节也即第六节中。

陈信与上海的关系还在其他叙述中展开。如第三节写到他每天需要转三辆汽车，花一个小时零二十分钟才能到达工厂。"其实，难的倒不是车床技术，而是要习惯和适应新的生活、新的节奏。"下了第一辆车，必须跑步到第二个车站；下了第二辆车，又赶快去追第三辆车，一环扣着一环，脱掉一环也不行。过去在新疆，因为思念上海，他有明确的人生目标，"不屈不挠为之奋斗"；如今回到上海，思念没有了，"倒真有点不习惯，常常感到茫然"。显然，小说是在这里暗示"终点"的无意义感。人生拼命地奋斗，结果还是这种本来就有的"日常生活"，而陈信原来的生活就在这个"起点"上。如此说来，他的奋斗究竟还有什么"意义"就成了一个问题。30年前，在几千万通过各种方式返城后的知识青年的心里，恐怕都在想这种问题。"80年代文学"一直在人生价值问题上争来争去，它不像其他文学期对价值问题漠不关心，而这一点则成为《本次列车终点》情节叙述的主要动机。然而，较为重要的叙述又展现在陈信的"相亲"上。一天晚上，妈妈厂里的老姐妹沈阿姨要带一个姑娘让陈信过目。虽然他感到别扭无聊，但终于还是听信哥哥关于"建立新生活"的劝告勉强见面。一家人为此紧急动员起来，嫂嫂打扫房间，哥哥去买点心水果，妈妈烧绿豆汤，弟弟将自己最好的衣服拿出来给他穿，还决定将囡囡早点哄睡，而只是因为弟弟的"反抗"，他才没有被提前像囡囡一样被安排到家里的"违章建筑"（在上海楼梯间加的一间狭窄居室）睡觉。在这即将到来的人生一幕中，却没有人问陈信是否愿意如此？他"理想的爱人"是什么标准？戏剧性的是，由于害羞，姑娘一直躲在沈阿姨身后，坐在哥哥屋里角落沙发的暗影里，令陈信看不清楚她的真实相貌。机灵的弟弟这时突然拉亮落地灯，露出"庐山真面目"的姑娘让陈信和大家都感到失望。但是，陈信已到"大龄青年"门槛，这令他的"择偶标准"不能不有所降低。于是，原来那个在陈信记忆中既朦胧又充满诗意的上海，突然间变得极其明晰、乏味和现实起来。这是小说中一段不得不读的对话：

> "阿信，我说你也可以接触接触，不能太以貌取人。"大哥说。
> "靠介绍谈对象，外表当然很重要。否则，我凭什么去和她交往下去，谈什么恋爱呢？"陈信有他的道理。
> "形象不要求太好，但总要走得出去。"阿三又参加意见了。
> "姆妈，我看这姑娘还不错。"嫂嫂对妈妈说，"再说条件也好，有房子。上海的房子可是很要紧。"
> 陈信听见了，说："我是找人，又不是找房子。"
> "可这也是很重要的呀。我看那姑娘也没什么大难看，就是面孔稍微阔了一点，眼睛眉毛都过得去。"
> 阿信不耐烦了："什么眼睛眉毛，反正我看见这个人，一点儿激情都没有。"

对话揭示的不是有没有激情而进入恋爱过程的难题，而是小说的一个根本问题：房子。这个问题我们将在下节讨论。但是，"房子"与"外地人羞辱"、"赶公共汽车"、劳动局和西藏中路附近云集的大批"待业青年"等，却为陈信树立了一个非常具体的上海形象。这嘈杂、混乱、缺房缺工作的城市，竟与主人公记忆中的上海相差千里万里，同时也与他对这种故乡城市的温暖想象毫不相干。但现实是，原来那个上海在"相亲"过程中一下子被压缩了，它变成了仅凭"条件"就可以走向"婚姻殿堂"的一个无情的事实。在这里，小说深刻揭示了大城市的生活哲学——"无情"。"无情"是生活的本质，也是陈信"返城"的本质；"无情"把千百万不相识的各等人群组织到巨大的城市结构之中，让各种复杂因素有序地运转，同时也把人的过去生活中那点可怜的"美好记忆"碾得粉碎。在这里，我以为"返城知青"生活中所发生的历史巨变，就是70年代末启动改革开放后一个"无情时代"的到来。

另外，《本次列车终点》也引起我们对作家创作问题的关注。2003年，王安忆在一篇反思自己创作的文章《自述》中说："其实在我选择写小说作为我的倾诉活动的时候，就潜伏了另一个需要，那就是创造的需要，这时候，自我倾诉便无法满足创造的需要了。而一旦承认小说是要创造一个存在物，自己个人的经验便成了很大的限制。"[5] 她可能想指出《叔叔的故事》《纪实与虚构》《长恨歌》《富萍》等后期作品的"创造"的成功主要来自对"自我倾诉"这一个人经验的摆脱，这一认识实际构成了对《本次列车终点》等小说的压抑和偏见，然而我并不赞同。《本次列车终点》的最为动人之处恐怕在于它建立了"自我倾诉"的叙述基调。通过读小说，我们注意到陈信与上海的不和谐感就是通过这种倾诉展开的。要知道，那是"一代人"的"倾诉"，那是历史的呼吸。我们为什么要为实现现在的写作目标而否定原来的历史存在呢？或许这也是诸多选本不选这篇小说的浅薄的理由吧？杰弗里·哈特曼的《荒野中的批评》在这里揭示的就是这种文学阅读中必须注意的"辩证性"：无论何时，我们"行动的领域至少包括了过去：包括了过去对于即将到来的转折的关系"。因此，"过去仍然是一个有力量的、辩证的领域"[6]。

二 陈信的家庭危机

这篇小说的"外围"是上海，"内核"是陈信的家庭。陈信与家人的关系可以概括为由爱到怨再到和解的过程。这种关系，只能通过一层层剥笋式的阅读和分析才能细细地品味。

我们跟着小说读到了人生熟悉而罕见的一幕。先看全家为陈信接站。

火车刚在上海站停稳，弟弟就"气喘吁吁地追上来"，大哥、大嫂和囡囡因为只有一份电报而只能在出口处等他。妈妈"早上三点她就去买菜"。血浓于水而且朴实的亲情，令阔别故乡十年的陈信心里感动。"他还想说什么，可是鼻子酸酸的，嗓子眼被什么堵住了。于是便低下头，什么也不说了。"离散重聚，本来象征着人生的无常，可是又因国家政策的更变而重返不可能回到的城市，这多少令小黎民百姓的感情难以适应。但戏剧性的高潮被安排在全家为陈信接风的家宴上：

> 桌子上已经满满地摆了十几样菜：肉丁花生、酱排骨、鲫鱼汤……大家都往陈信跟前夹菜，连囡囡也夹，陈信碟子里的菜堆成了一座山，大家还是接连不断地夹菜，似乎为了补偿老二在外十年的艰辛。尤其是大哥，几乎把那碗陈信最爱吃的炒鳝丝扣在他盘子上。

小说接着笔锋一转回忆了陈信对这个家庭的慷慨好义和"贡献"。陈信虽然比大哥小三岁，但他是哥哥的"保护人"。哥哥脚笨不会跳绳，被小朋友们晾在一边，是陈信威胁退出才化解了危机。哥哥眼睛近视，样子更像老夫子，被人称作"书蠹头"和"长豇豆"，而且当知青上山下乡面临"两丁抽一"、妈妈流着眼泪为两个儿子"手心手背"犯难时，又是陈信挺身而出，主动顶替了哥哥。另外，王安忆在小说进行过程之中为增加家庭悲欢的时代丰富性，还不忘为那些久别还乡的"陈信们"补上一个有意味的细节："囡囡把个凳子搬到五斗橱跟前，爬上去，熟练地按了一下录音机的键子，屋子里立刻充满了节奏强烈的乐曲，把人的情绪一下子激起来了。"这是我们阅读 80 年代小说时经常看到的"典型情节"。那个时代的作家都非常喜欢用"久违"的音乐重新响起表明过去"熟悉生活"的"归来"，并暗示时代的沧桑巨变，王蒙《春之声》《蝴蝶》中就运用过这一手法。在我看来，这是作者把陈信家的"小悲欢"转移到民族的"大悲欢"上，用"复调效果"增强作品叙述的层次感。然而，时代的大快乐难掩家庭的困局，读者接着看到，大哥因为结婚住在家里最大的房间，也由于人多房少，陈信被推向一个家庭的角落：和弟弟挤住在"违章建筑"之中。家庭危机的导火索便被悄悄埋在这里。

一位自称"原乡人"的作者在其博客文章《七八十年代上海住房奇观》中写道："在我先生小时候居住的铁路新村里，有户邻居家里因住房太小，孩子又太多，家里的孩子晚上轮流睡觉，老大老二睡上半夜，老三老四先到外面去玩，到下半夜才回家，老大老二下床让弟弟们睡觉，他们再到外面去乱逛。至于父母和孩子同室，让孩子从小接受现场性教育，那恐怕一点也不稀罕了。那时候条件好些的家庭，在楼梯下面的空当里安排孩子的床铺已经很不错了，还有就是壁橱里，我的同学就是睡在壁橱里的，我们上她家去玩，见到她的床铺都羡慕得了不得。阁楼也是孩子睡觉的优选铺位，我也是在阁楼里长大的。因为住房拥挤，七八十年代上海人的生活并不幸福，许多家庭为了住房闹出矛盾，兄弟反目、父子成仇的大有人在，许多有文化有修养的书香门第，在基本生存权面前都把文绉绉的礼仪和温情丢掉了，为了住房大打出手。"[7] 这段材料把我们的阅读带到小说的历史语境当中。在上海 80 年代生活的大背景中，陈信的人生困局确实真实而且可信。他原来生活在充满亲情的家庭里，这种亲情因为他的"归来"而越加浓厚了。但小说在刻意渲染这种亲情时，人们已不安地预感到某种不祥。十年前三兄弟因为年少可以快乐地挤住在一起，但由于结婚和陈信的面临结婚，每个人的生存空间却日趋狭窄，"人"与"房"的矛盾将很快打破这个温暖家庭脆弱的平衡。

最先向这个传统家庭挑战的是哥嫂："这天早上，哥哥忽然向妈妈提出，把户口分开，他说：'这，这么样，可，可以有两份，两份鸡蛋。按户头分配的东西，也都可以有，可以有两份了。'"这个理由显然虚伪。"妈妈没说话，抬起眼睛看着哥哥，哥哥却把脸避开了。"这说明哥哥仍然老实本分，潜在的生存的争夺使他变得人性扭曲。对上海人"生存游戏"已感陌生的陈信没有看出其中的蹊跷，倒是弟弟阿三一语点破："你晓得大哥为什么分户口吗？""鸡蛋……""什么鸡蛋！"弟弟打断了他的话，"是为房子。"在上海层层叠叠犹如海浪一般的弄堂里，类似的分家风波和亲人对话可谓极其平常。然而，王安忆把它拿到 80 年代的"知青返城"的文学叙述中，就变成一个具有不同凡响的时代隐喻。因为它血肉淋漓地指出了陈信那代知青的人生危机：他们当年的下乡，和今天的返城都不是他们自觉的历史选择，下乡和返城原来都负载着非常严重的"社会问题"。这些社会问题被转移到了小人物的身上。

小说还在加重人物命运的悲剧感，这个善良和彼此相爱的家庭为抢占一点可怜的生存空间终于把亲情撕裂。妈妈要大哥为陈信让出半间房子，大哥不从。这时嫂嫂端菜进来，把菜碗重重放在桌上，表示示威。吃晚饭时气氛沉闷，妈妈为缓解矛盾，巴结地为哥哥嫂子夹菜。但嫂嫂的进攻却未停止，她借说囡囡对陈信"指桑骂槐"："你不要脸皮厚，这么不识相。没把你赶出去是对你客气，不要当福气。"一辈子为这个家操劳的年迈的妈妈终于按捺不住：

> 妈妈沉下了脸："你这话是什么意思？"
>
> "没有什么意思。"嫂嫂说。
>
> "我知道你的意思。"妈妈干脆把话挑明了，"你是在为房子生气。"
>
> "我不为房子生气，有没有房子我无所谓。不过，我儿子长大了，没有房子是不会让他娶人家女儿回家的。"
>
> "你不用讲这种话来气我，我做婆婆的虽然穷，可是我心里疼孩子。三个儿子我要一样对待，手心手背都是肉。阿信出去，有一半是为了阿仿。你们不要忘恩负义。"妈妈哭了。
>
> "我们怎么忘恩负义？人家小姑娘结婚，谁不是一套家具，沙发落地灯？我结婚时，阿仿有什么？我有过一句怨言吗？阿信在外地，逢年过节不都寄包裹寄钱。做媳妇做到了这种程度很可以了。"嫂嫂也哭了。
>
> ……
>
> "别哭了！"阿信烦躁地站了起来，"妈妈，我不要这房子，我不结婚。我们插队落户的，能有回上海的一天，就满足了。"

"一经结婚，夫妇立刻就形成了一个新的家庭，完全脱离了他们各自的父母"，"双方门第的亲属关系也丧失了重要性"，"一旦家庭形成，夫妇式家庭就变成一种典型的自治单位，在经济事物中，在社会事物中，均系如此"[8]。小说中的人物都不懂得这冷酷而严厉的警告，他们都在以亲情来要挟对方让步，但没想到在这历史转折期他们却在为这沉重而传统的亲情付出牺牲。瓦特早在这本书中指出，17世纪时，传统的、家长式的大家庭在英国非常普遍，"在更大的意义上，这种家长控制下的家庭，是法律、宗教和经济的基本单位"。到18世纪，由于工业革命和其他社会变革，传统的大家庭发生分裂，开始被若干个小家庭取代。这一历史趋势几乎不可阻挡[9]。我们看到，主人公陈信背后有着他意识不到的"社会意识形态"。他历经十年艰辛回到上海，可他深爱的家庭即将解体。他从传统的上海离开，然而却在正在迈入现代的大上海中竟没有他的立足之地。小说的写作本来是要回应 1979 年的"知青大返城潮"的，在客观效果上，它在读者面前展开的又是人物命运极其丰富的层次：上山下乡—返城—改革开放—家庭与社会重组。读到这里我意识到：漫长的 20 世纪 70 年代即将过去，丰富而混乱的 20 世纪 80 年代已经到来。

但王安忆毕竟还是王安忆，她不想像许多二三流作家那样仅仅完成一个"知青返乡"的平常叙事，也不想让小说在这里简单收工。她毕竟是洞察人性秘密的高手，她让陈信在第六节冒雨赌气从家中走向上海的外滩公园。"哦，黄浦江，这上海的象征。"她令在家庭与生存之间挣扎的陈信，突然被一种久违的至深亲情唤醒了。"他站在跟前，走不动了。他感到心里忽然有什么被唤回了，是的，被唤回了。这是他的童年，他的少年，他离开上海时，心中留下的一片金色的记忆。"他清楚地记得，有一次刮龙卷风，因为爹爹早死，妈妈带着他们三人相依为命，四口人全挤在大床上，紧紧抱成一团。闪电、霹雳，让全家人既紧张又兴奋。"是的，暖融融的。这温暖，吸引着他，吸引着他归来。"这时，已经后悔的哥嫂正坐在公共汽车里拼命地找他：

> 大嫂也伸手抓住了他："阿信，你可别想不开！"她又哭了。
> "你们想到哪儿去了?!"陈信笑了，眼泪却也滚了出来。

一种五味杂陈且笔意多层曲折的小说手法，让这篇"知青小说"在思想和情致上无比厚实丰富。当然，作家让主人公最后萌动"重返新疆"的结局却不免拙劣，显然是迎合当时社会思潮的需要（笔者按：读到这里，作为读者的我也有一点点控制不住自己的眼泪了。呵呵，这是作为一个"专业读者"不应该有的历史感伤啊）。

三　陈信与"知青大返城潮"

没有"知青大返城"，就不会有王安忆这篇小说的问世。"公元一九七八年十一月十日上午十一时，也就是北京那个庄严的会议（十一届三中全会）进入意义重大的主题报告的时候，在云南边陲一个地图上无法查到的叫作橄榄坝的偏僻地方，一个名叫徐玲先的上海女知青腆着无比沉重的大肚子，困难地行走在凹凸不平的山间小路上。没有人声喧哗，没有尘土飞扬，只有一缕深秋的太阳寂寞地穿过树林，将破碎的光斑洒落在这个即将成为母亲的气喘吁吁的年轻孕妇身上。女知青不时直起腰来，抹一抹额上的汗珠，或者扶住路边的树干歇一歇。她当然不可能知道此刻正在遥远的北京所发生的事情，以及这些事情与她和知青未来命运的关系，眼下她只有一个比任何时候更加强烈的愿望，那就是快快赶完这段不算太短的路程，把孩子生到医院去。

就这样，当这个已经在上山下乡道路上跋涉了整整十年的女知青正孕育着自身对于未来的巨大希望，步履艰难地走向分场医院的时候，她并不知道她的人生之路即将走到尽头。因为一个可怕的灾难正在前面等着她，死亡的阴影已经张开翅膀。

从任何意义上说，七分场这间只能遮风挡雨条件简陋的旧房子都不能被称作"医院"，正如那个出身贫农，当过部队炊事员，高小毕业，被选拔进"红医班"深造三个月的成医生也很难可以被称为"医生"一样。然而，成医生和他的同事们确确实实在这间从未认真消过毒的大房子里一直工作了将近十个年头。

成医生并没有对孕妇的到来感到紧张或者惊慌失措。他让一位对生孩子富有经验并且热心的家属大嫂做他的帮手，又从容不迫地将所有接生器械一一消毒，然后戴上橡皮手套，耐心地坐在椅子上等待婴儿的降临。不料整整一个下午过去了，胎儿并没有马上出世的意思。

事情到了这一步就变得很不公平，因为医生和患者同样需要吃饭和休息，需要遵守共同的作息时间。于是医生在一连看了三次手表之后，决定立即回家去吃晚饭。他吩咐家属大嫂暂时替他照看产妇，有事到家里找他，然后就离开卫生所急匆匆回家去了。

不幸的事发生了。产妇出现横位难产的症状。此时，成医生已外出两个多小时未回来，产房里只有家属大嫂一个人。不久，一个令所有产科医生谈虎色变的魔鬼——子宫大出血猝然出现。九时四十五分，女知青在送往农场医院途中停止呼吸。母子双亡。十点半钟以后，终于有人在距场部不太远的一间低矮的小伙房找到那个烂醉如泥的医生。

农场医院的西南角有一间简陋的停尸房。连日来，这个一向被视为畏途的地方突然成为当地舆论注目的热点中心。闻讯赶来的知青络绎不绝，将停尸房围得水泄不通。死者被换上一身草绿色军装，头发梳得像过节一样整齐，面部淡淡化了妆，部分掩盖了年轻生命被撕裂那一瞬间残留的痛苦痕迹。那个未及出世便过早夭折的小生命被裹在襁褓中，与他的母亲并排躺在一起。母子俩看上去都不像是遭到意外而是熟睡一般。

前来吊唁的知青大多是本农场的同学或战友，他们有的赶了很远的山路，个个挽着裤腿，臂戴黑纱或者小白花。有的女知青尚未进门就忍不住大放悲声。人们与其说是用眼泪痛悼亡友，倒不如说同时也为自身的知青命运而悲泣。

医院的人们长时间沉浸在这种悲痛和压抑的气氛之中……人们互相传染和彼此激发着长期被压抑的怒火和不满。有人筹划举行追悼会，要求农场善后处理；更多的人提出必须追究肇事者责任，改善知青待遇和医疗卫生条件，等等。上述提议立即得到多数知青的响应。于是这种由女知青猝死引发的不满情绪迅速演变为针对知青普遍命运的反抗行动。

知青中迅速扩散的敌对情绪使得农场领导深感不安。当天下午，医院借口天气炎热尸体不宜久留，试图将尸体转移掩埋，遭知青阻拦，未果。

十六日，农场保卫部门奉命强行处理尸体。知青不允，双方发生摩擦。消息传开，知青哗然，于是越来越多群情激愤的男女知青从四面八方赶到现场。

冲突一触即发。

重庆女知青周俐敏是这样回忆的："当时并没有人意识到这件事会闹大。我们以为，既然徐玲先不是第一个也不是最后无辜的牺牲品，那么我们要求改善生活待遇和医疗条件，惩治那些草菅人命的医生，应当也不是无理取闹。现在说来让人不敢相信，当了整整十年知青，住的还是茅草屋，一年中有半年喝盐水汤……"

另一位老知青李孝林说："其实，开始谁也没有想到同农场领导对抗，因为知青的本意并不是闹事，闹事能解决什么问题呢？……问题在于农场领导采取高压手段，不是以理服人，而是准备使用武力强行驱散知青，压制人们的不满情绪。在这样忍无可忍的情况下，知青才被迫发出最后的吼声。'"[10]这个事件成为历史的序幕，由于"知青问题"牵涉全国千万个家庭，所以，1979年允许"知青返城"重新安排工作成为新的政策。

一篇题为《1979 年知青请愿返城》的文章也写道：

> 1979 年，南疆阿克苏农一师五团的顾幸运听到广播里宣布知青回城政策，意识到他们的命运开始有了转机。这些已经把塔里木当作自己家园的人，忽然又记起了黄浦江畔，记起了他们原来是上海人。
>
> 在那个记忆中异常寒冷的冬天，成千上万的男女知青，从各个偏远的团场走出来，他们顶着风沙，沿着他们亲手修筑的公路或干渠，汇集到阿克苏地委的大楼前，他们开始绝食请愿。
>
> 据说，知青返城的那年冬天，一场黑风暴刮了七天七夜，因为没有了胡杨林的阻挡，整个塔克拉玛干大沙漠仿佛都被卷到了空中。
>
> 一些人终于踏上了归途。这是他们多少次往返的艰辛旅途，这是他们留下多少悲欢的旅途。而这一次的回家，至今对于他们，仿佛是发生在昨天一样的刻骨铭心。[11]

以反封建为主调的"五四"新文化运动把对"传统家庭"的背叛视为一代青年个性解放的鲜明时代特征，而"出走"则成为几代年轻人的历史选择。以"广阔天地、大有作为"为口号的知青运动是这一思潮在 20 世纪 60 年代的深广延伸。"文化大革命"是激进革命文化的终结，它同时终结"出走"的激进思潮。而"文化大革命"以后中国开始了 30 年的家庭的"重建"，"家庭认同"是大多数青年人新的历史选择。"知青返城"返回的不仅是他们的城市，很大程度上是联系着血脉认同的"家"。"家庭重建"标志着 80 年代中国社会对半个多世纪激进主义文化最激烈的否定和批判。它更是在革命文化谢幕后对以家庭伦理为单位的"传统社会"的最深情的讴歌。在这个意义上，"女知青之死"并不是偶发性的个别事件，它实际隐喻着中国社会意识形态和思想观念即将发生的重大转轨。

在小说里，陈信所有的行动都是为了"回家"，并真正融入自己的"家庭"。但为什么这点小小的要求居然成为一个"社会问题"，会如此艰难？比如说，纯粹是一个在外漂流很久的人回家，难道不是一件非常容易的事吗？放下行囊，投入家庭怀抱，然后流下激动的眼泪，再找一份工作去踏踏实实地生活。小说的开头也是这么写的。但陈信的"回家之路"却特别坎坷。就像前面已经提到的，他不可能真正回到他那个"记忆"

中"完整"的上海了。上海歧视他的"外地人"经历,接着必须与不喜欢的女孩子相亲,每天上班还要跑那么远的路,而且周围各种待业的消息也在折磨着他的神经,以及与家人因房子分配而起的矛盾和冲突。小说结尾所暗含的他可能的"再次出走"(据说,当时报道就有很多上海知青因为无法生存,再次返回了原来的农场)。这里面的原因即在于,"回家"已不再是个人行为,而是受社会思潮所裹挟、制约的复杂的社会工程和行为。没有任何材料证明"女知青之死"这一思潮直接参与了《本次列车终点》的写作,然而,陈信和他的回家确实又是社会思潮所孕育的产物。因为紧接着"知青返城"的还有"改革开放"所促进的人们对生活欲望和质量的热情追求,由于追求与实际状况之间的落差,许多家庭成员有意无意地就把无名的怨气和痛苦"转嫁"到"知青返城"这个"多余问题"上去了。实际上,陈信的嫂嫂说得虽然是气话,但也是最新社会思潮在这个家庭中的形象反映:"你不要脸皮厚,这么不识相。没把你赶出去是对你客气,不要当福气。"

这说明,"女知青之死"的社会新闻在刺激着王安忆的小说布局和人物安排。在不合理的社会思潮中,早一步"死"和后一步"死"是没有根本区别的。"社会思潮"与"小说"之间的秘密通约,使作家1985年写下一番感慨的话:

> 《本次列车终点》,这也是我不太熟悉的生活。在这里,我找到了一个可以打通的地方,实际上是个非常小的东西。我也是回城知青,我插队以后,就抽到徐州,在那儿已经生活了八年,爱人也有,什么都有了。但我仍旧没有个归宿感,我想不通,老是觉得生活很多很多不如意的地方。而每次回上海,我总觉得,我的毕生的遗憾,就是不能回上海了。要能回到上海,我的一切都好了。1978年,大办回城,我也回到了上海。但回到上海以后,我突然发现,不是这么回事情。好像上海已经远远不是我离开时的那个模样了。……当我回到上海后,人是回来了,但失去的仍是失去了。人生在你身上,决不是那么轻松了。这种丢失是弥补不了的,任何一个大城市也不行。
> ……
>
> 所以,我就写了《本次列车终点》这篇小说。写了这么个人,他苦苦地想回来,可是回来了又怎么样呢?他还是充满了苦闷。人生

就是这样。[12]

小说在第六节也写到陈信因为"分家风波"而赌气去了上海外滩公园：

> 水，落在空荡荡的水面上，激起一个个单调而空洞的水圈。一滴水珠落在他撑在池边的手背上，他忽然意识到，这水珠是从自己脸颊上滚落的。他是怎么了？当年离开上海，妈妈是哭得死去活来，他却一滴泪不流。今天……他感到一种莫大的失望，好像有一样最美好最珍重的东西突然之间破裂了。他扭头走出了公园。

读者会听出这就是小说作者的心灵独白。她把生活中不方便说出的话，移植到陈信口里，然后通过这位主人公又传达给阅读小说的广大读者。我们还能读出这是对 1978 年因难产死在云南橄榄坝到七分场路上的上海女知青徐玲先的"社会评价"。因为，对于王安忆、陈信、徐玲先三个不同命运的人来说，1979 年的"回家"虽然结局不同，但目的都是"回家"。而"回家结果"的差异性，则指向了对"上山下乡运动"荒谬性的严厉批判。徐玲先死在"回家"的路上，陈信虽然完成了"回家"之举，但生活得并不痛快，王安忆在经历了"回家"后一系列的挫折、震荡之后，成为世所共睹的著名作家，成为 20 世纪 80 年代的"成功人士"。他们都是上海人，都是少小离家，都应该有平静、幸福的生活命运的。是谁破坏了这一切？小说指向了那个"社会思潮"，如果采取剥笋式的社会学分析方法，那么这个社会思潮的"根源"还应该从"五四"说起。根子还在"五四"上面。这篇小说，就被放到近百年的中国大历史中了。它因为是对"知青返城"的历史记录，而成为一篇无可争议的"社会分析小说"。"被统一化、目的化和隔离化、完成化的不是材料，而是被全面体验过的现实的价值成分，即现实的事件，——材料不需要统一，因为它并没有分裂，也不需要与它无关的完成化，它如果需要这种完成化的话，它就必须参与行为的价值思想含义运动。"[13] 从这个角度看，它的意义就不能像这篇文章开篇时所叙述的那样，被小说作者和众多编选者没有道理地忽视掉。

但是，小说开头陈信碰到的农场战友、大龄女青年袁小昕本来是可以以徐玲先为"人物原型"加以发挥的，但不知为什么王安忆没有让徐的悲剧在袁身上发展下去，而是一笔带过？她可能不想让《本次列车终点》成为另一篇哭哭啼啼的"伤痕小说"，她更关心的是陈信的"回家问题"，而徐玲先的"问题"则与"文化大革命"有关。她这样理解，表明她对"伤痕文学"的认识已经在悄悄发生着转变。

2009 年 7 月 29 日于北京森林大第

注释：

[1]《王安忆自选集》第六卷，作家出版社 1996 年版。该选集未署编选者名字，显然表明这套书为作家本人所选。

[2]《王安忆研究资料》为山东文艺出版社出版的二十五种"中国新时期文学研究资料汇编"之一，分为"中国新时期文学思潮研究资料""中国新时期小说研究资料""小说家研究资料""中国新时期散文研究资料""中国新时期诗歌研究资料"等部分，总主编是孔范今、雷达、吴义勤、施占军。

[3] 王安忆、张新颖：《谈话录》，广西师范大学出版社 2008 年版。在该书第六章"写作历程"中，王安忆的话题从"雯雯系列"一步跨入"小鲍庄时代"，对《本次列车终点》等作品没有提及。

[4] 张静主编：《身份认同研究·引言》，上海人民出版社 2006 年版。该书还指出："国家组织、正式法律规则……都可能创造、确立、维护，或者相反，消除、破坏某种身份系统"，但应该看到，"当新的规则及其合法化理由，被更多社会成员接受而逐渐扩散时，就产生了对新身份的广泛社会认同，并可能通过立法过程使之成为正式制度承认的行为标准。"（见《引言》）这段论述对我们认识当年与"知青大返城"相关的诸多小说，如梁晓声的《今夜有暴风雪》《雪城》等颇有帮助。

[5] 王安忆：《自述》，《小说评论》2003 年第 3 期。

[6]［美］杰弗里·哈特曼：《荒野中的批评——关于当代文学的研究》，天津人民出版社 2008 年版，第 88 页。我在这里引用哈特曼的观点，意在批评当代文学研究中那种纯粹以"文学进化论"观点看待文学史现象的问题，依据这种视野，很多作家和批评家在评论"过去作

品"时的言论显然有很多是值得重新检讨的。

[7] 原乡人:《七八十年代上海住房奇观》,参见 2009 年 3 月 30 日新浪博客"原乡随笔"。该文还写道:"还有就是家里两居室,被两个儿子结婚征用了,剩下老母亲怎么办呢?就轮流在两家住,这个月在老大家,下个月住老二家,那是连布帘也没有了。后来说,一个月太长,改成一周一换。为了儿子,母亲只好来回搬,一张临时床今天搬这家,明天搬那家。"这种人生状况确实令人心酸。

[8] [美] 伊恩·P. 瓦特:《小说的兴起》,生活·读书·新知三联书店 1992 年版,第 154 页。

[9] 同 [8],在该书的第 155、156 页,作者对转向现代的社会促使传统家庭的解体有诸多论述。

[10]《1979 年知青大返城竟是因为一个女知青的惨死》,百度 2007 年 3 月 5 日"休闲阅读"。

[11]《1979 年知青请愿返城》,凤凰网,2009 年 6 月 25 日。

[12] 王安忆:《生活与小说》,《西湖》1985 年第 9 期。

[13]《巴赫金文论选》,中国社会科学出版社 1996 年版,第 278 页。

余华的"毕加索时期"

——以《十八岁出门远行》等小说为例

"1930 年明显的倾向于超现实主义。第二次世界大战时，毕加索作油画《格尔尼卡》抗议德、意法西斯对西班牙北部小镇格尔尼卡进行狂轰滥炸。这幅画是毕加索最著名的一幅以立体主义、现实主义和超现实主义手法相结合的抽象画，剧烈变形、扭曲和夸张的笔触以及几何彩块堆积、造型抽象，表现了痛苦、受难和兽性，表达了毕加索多种复杂的情感。"[1]本文的写作初衷，源于 2010 年 6 月 9 日搜狐网"毕加索百度百科"的这段介绍。它记载了这位杰出画家成名前后情绪极不稳定、几起几伏但最后大功告成的曲折个人史。这段记述对我的论文有启发。我清楚刻意地强调余华与毕加索精神气质的某种内在关联性，肯定是勉为其难甚至是没有道理的。不过，毕加索曾经经历过的"不稳定时期"让我联想到余华 20 世纪 80 年代"不稳定时期"的几篇小说。这个时期的余华，无论创作谈还是小说，都特别喜欢使用"什么是真实""个人精神世界""大众"等修辞。然而，他对这些文学修辞是否可靠又经常是游移不定和满腹怀疑的，这就是我说他"不稳定"的理由。进一步说，我是想通过他的"创作谈"来观察其小说创作，我想暂时把他的创作谈看作是对他自己小说的"批评"。因为批评，不一定都是批评家层面上的"批评"，它还包括编辑的批评、选刊转载的批评、读者批评、文学史批评等许多层面。虽然作家创作谈层面上的批评有自述性、自我定型的意味，某种程度上参与了文学批评对其作品的"名作化"过程。借"毕加索时期"这个暂时性说法，是想借助分析其"创作谈"来看他这一时期小说创作的状态，顺便谈一些自己的看法。

一 余华对"真实"的解释

在 1989 年写的《我的真实》一文中，余华是这样解释他小说"真实观"的：

> 我觉得我所有的创作，都是在努力更加接近真实。我的这个真实，不是生活里的那种真实。我觉得生活实际上是不真实的。生活是一种真假参半的、鱼目混珠的事物。我觉得真实是对个人而言的。比如说，发生了某一个事件，这个事件本身究竟是怎么一回事，并没有多大意义，你只能从个人的角度去看这个事件是怎么一回事。所以我在一九八六年开始写小说以后，就抛弃了传统那种就事论事的写法。如果你在现实生活中找到一件事情的话，就会遇到这样一个难题，你只能写出事情本身所具有的意义，而没法写出更广阔的意义来。所以我宁愿相信自己，而不相信生活给我提供的那些东西。所以在我的创作中，也许更接近个人精神上的一种真实。我觉得对个人精神来说，存在的都是真实的，是存在真实。[2]

余华文中"个人角度""真实""精神"等说法，让人联想起上面关于毕加索的"超现实主义""变形""受难""抽象"等评论。在 20 多年前的先锋作家那里，像余华这样把"个人"与社会公众对立起来的表达方式是非常普遍的，没有人会怀疑这种表述的"真实性"。因为那时候，很多作家都愿意把"个人生活"理解成与"社会生活"紧张对立的东西，并把对立之后的创作状态看作是"文学的真实"。

为把什么是"文学真实"说得更清楚一些，他同年写的创作谈《虚伪的作品》还举了一个例子：

> 一九八九年元旦的第二天，安详的史铁生坐在床上向我揭示这样一个真理：在瓶盖拧紧的药瓶里，药片是否会主动跳出来？他向我指出了经验的可怕，因为我们无法相信不揭开瓶盖药片就会出来……如果我们确信无疑地认为瓶盖拧紧药片也会跳出来，那么也许就会出现

奇迹。[3]

这就更充满"毕加索气味"了。毕氏的所谓超现实主义,就是把"生活陌生化",从而建设一个比现实生活更离奇、夸张、抽象和变形的"现实世界"。这在现代派画家看来不过是一个常识。它在80年代先锋小说中也是人所共知的。因为在经历"文化大革命"的噩梦后,那代作家都会像余华那样宁愿相信变形的"真实"也不再相信各种教科书里的"真实"。他们认为只有把历史生活强调到不堪忍受的程度,在这种状态中写出的作品才能真正反映人们内心的真实。而史铁生和余华,宁愿把瓶盖和药片的关系理解得这么离奇和夸张,理解到了"超现实"的程度。这是我把这一时期的作家心态比喻成"毕加索时期"的一个理由。

这两篇文章发表在1989年,而余华"先锋期"的所有重要小说《十八岁出门远行》(1987)、《一九八六》(1987)、《河边的错误》(1987)、《现实一种》(1988)已经问世。所以说这两篇文章事实上是在"批评"他这一时期的小说。我们不要以为只有批评家、文学史的批评是生成作家作品为"名家"和"名作"的唯一元素;有的时候,即使在某些作家成为"著名作家",关于他们的事迹和批评文章被编入"作家研究资料"后,作家对自己作品的"批评"也会站出来表达不同的意见,与文学批评激烈地争夺研究者的眼球。如果我们再来读余华成名作《十八岁出门远行》的片断,就会注意到这一事实:

> 柏油马路起伏不止,马路像是贴在海浪上。我走在这条山区公路上,我像一条船。这年我十八岁,我下巴上那几根黄色的胡须迎风飘飘,那是第一批来这里定居的胡须,所以我格外珍重它们。我在这条路上走了整整一天,已经看了很多山和很多云。所有的山和所有的云,都让我联想起了熟悉的人。我就朝着它们这样呼唤他们的绰号。所以尽管走了一天,可我一点也不累。我就这样从早晨里穿过,现在走进下午的尾声,而且还看到了黄昏的头发。但是我还没走进一家旅店。

想想前面余华在评价小说时所认为的"个人生活"比"社会生活"更"真实"的观点,我们就不会对《十八岁出门远行》的这种夸张的写法感到惊异了。也能理解作家对自己作品的评价，有时对研究者的影响甚至会超过文学批评对他们的影响。正是在将个人理解得比社会更具有优越感的文学氛围里，这种塞林格类似《麦田守望者》风格的"成长小说"在20多年前的青年作家中非常流行，它还被迅速地模式化和相互复制化了，像徐星的《无主题变奏》，刘索拉的《你别无选择》《蓝天绿海》，张辛欣的《在同一地平线上》等都是如此。小说主人公"我"这天无所事事，被父亲赶出来"出门远行"。但他不知道目的地究竟在哪里，在路上搭上一辆汽车，发现司机的苹果被抢了，于是与抢苹果的人打了一架，鼻子被人打出了鲜血。但当他告诉司机这个噩耗时，竟发现这位大大咧咧的司机放弃了汽车，拿着我的背包跟抢他苹果的人们一起坐上另一台拖拉机"哈哈大笑"地扬长而去。故事的逻辑稀奇古怪，一点儿都不好看，可这种小说在80年代的"毕加索时期"轻易就能走红，备受文坛的关注。但问题紧接着也出现了：我们是应该在"毕加索时期"的文学观念框架里理解它们呢，还是按照今天的眼光来批评它们？如果是前一种，你只能在余华前面的"批评"中来理解小说和主人公的古怪行为，否则你只能被堵在这篇小说的外面，被堵在20世纪80年代的文学氛围的外面，而无法开展你的研究。然而，你如果只是跟着余华的"自我批评"跑，简单认同他那时对人生、世界和小说的理解，你就无法真正进入到所研究的问题中去。也就是说，我们的问题是应该在"今天眼光"与余华的"毕加索时期"之间建立一种"参照性"的研究的关系：从今天出发才能看清楚余华当年都做了什么？为什么要这样做？只有认同和理解了他这么做的历史理由，在今天的"参照"里才能看清楚余华那时候正在经历他个人创作的"毕加索时期"——他刚26岁，刚写小说，小说和人物同样都处在非常"不稳定"的状态，我们怎么能要求他超历史地跨越"毕加索时期"的文学实验而获得文学的自觉？这显然也是不切实际的。

在这种研究理由和原来的文学观念框架里，我想余华所要揭示的"真实"大概就是"药瓶瓶盖"与"药片"的关系吧。"因为我们无法相信不揭开瓶盖药片就会出来……如果我们确信无疑地认为瓶盖拧紧药片也会跳出来，那么也许就会出现奇迹。"这是一种借助"颠倒过来"再去理解小说和写小说的关系的观念的框架。而且他相信，"我的这个真实，不是生活里的那种真实。我觉得生活实际上是不真实的"——在这种"自我批评"的视野里，《十八岁出门远行》的主人公我"出门"的"现实合理性"就被颠覆了，相反"不合理性"叙述倒成了小说的中心，倒成了余华这位一向非常自我、自信、自负的作家用"批评方式"所完成的"自我认同"。在这个意义上，我觉得他的"批评"就像是专为解释自己的小说而写的，也是为了解释80年代很多先锋小说家的历史合法性而写作的："所以我在一九八六年开始写小说以后，就抛弃了传统那种就事论事的写法。如果你在现实生活中找到一件事情的话，就会遇到这样一个难题，你只能写出事情本身所具有的意义，而没法写出更广阔的意义来。所以我宁愿相信自己，而不相信生活给我提供的那些东西。所以在我的创作中，也许更接近个人精神上的一种真实。"……作家对自己的作品的批评使他成为最直接的解释者。

二 在小说中寻找"个人"

在20多年前的"朦胧诗期"和"先锋小说期"，"个人"是一个在作家圈子中风行一时的文学概念，很多作家潜意识里都是按照这个概念自我设计和写作的。余华在《我为何写作》中回忆道：

> 二十年前，我是一名牙科医生，在中国南方的一个小镇上手握钢钳，每天拔牙长达八个小时。
>
> 在我们中国的过去，牙医是属于跑江湖一类，通常和理发的或者修鞋的为伍。在繁华的街区撑开一把油布雨伞，将钳子、锤子等器械在桌上一字排开，同时也将以往拔下的牙齿一字排开，以此招徕顾客。这样的牙医都是独自一人，不需要助手，和修鞋匠一样挑着一副担子游走四方。
>
> ……我在"牙医店"干了五年，观看了数以万计的张开的嘴巴，我感到无聊至极。当时，我经常站在临街的窗前，看到在文化馆工作的人整日在大街上游手好闲地走来走去，心里十分羡慕。有一次我问一位在文化馆工作的人，问他为什么经常在大街上游玩？他告诉我，这就是他的工作。我心想这样的工作倒是很适合我。于是我决定写作，我希望有朝一日能够进入文化馆。[4]

　　20 多年前的中国，老板、律师、白领、模特、小商贩、打工者等"个人"意义上的"自由职业者"没有像今天这样获得历史合法性，那时即使有，也被人贬低为"个体户"，就像余华用鄙夷的语气谈到的"和修鞋匠一样挑着一副担子游走四方"的江湖"牙医"。所以，当"自由职业者"在当时社会里尚未立足的时候，"文学青年""作家"等身份的人就成为那个年代最有价值的"个人"——他们代表了那个年代"最先进""最高雅""最文明"的"阶层"。因此，他们可以"整日在大街上游手好闲地走来走去"，而且令那时还是令人不齿的牙医的文学青年余华"心里十分羡慕"。在时代氛围的鼓励下，他们不用像传统时代的"劳动者"牙医、理发的、修鞋匠那样"在繁华的街区撑开一把油布雨伞，将钳子、锤子等器械在桌上一字排开"，用辛勤艰苦的劳动换取最基本的生存权利，"他的工作"就是"经常在大街上游玩"。他们这么在大街上走来走去，写点文学作品，就可以轻易获得比像江湖牙医等"传统劳动者"更优越的社会地位和经济来源。这真是令人惊讶的 20 多年前的社会事实。

　　余华用这种"文学批评"的方式回忆了 20 多年前他所经历的一个转型的社会，同时也等于在另一种意义上"评价"了自己的小说。为什么他要写小说呢？因为他在小说中找到了"有价值"的"个人"。在这种"评论视野"里，我隐约觉得小说《现实一种》山峰的极端性格中有余华性格的影子。当儿子被侄子皮皮摔死时，山峰做出了这样的反应：

　　　　山峰抱着孩子走入自己的房门，把孩子放入摇篮以后，用脚狠命一蹬关上了卧室的门……

　　　　山峰又说："你可以哭了。"

　　　　可她只是将眼睛移动了一下。

　　　　山峰往前走了一步，问："你为什么不哭？"

　　　　她这时才动弹了一下，抬起头疲倦地望着山峰的头发。

　　　　山峰继续说："哭吧，我现在想听你哭。"

　　　　两颗眼泪于是从她那空洞的眼睛里滴了出来，迟缓而下。

　　　　"很好。"山峰说，"最好再来点声音。"

　　　　但她只是无声地流泪。

　　　　这时山峰终于爆发了，他一把揪住妻子的头发吼道："为什么不哭得响亮一点。"

　　山峰就是余华 20 多年前想在小说中找出的另一种"个人"。作家余华不用像传统社会的牙医那样"手握钢钳，每天拔牙长达八个小时"，或像流落江湖的理发的、修鞋匠那样"撑开一把油布雨伞"，在人们鄙夷的眼光下辛苦而无意义地劳作，他只要用"文学想象"的方式在书斋里塑造出一个极端的"报复社会"的山峰这个人物形象来，只要通过发现山峰这种极端的"个人"，并在此基础上发现作为作家艺术创造力和生命的"个人价值"。有意思的是，被他"文学批评"所认可的"书斋生活"似乎要优于"牙医生活"，被他刻意描写的暴徒山峰及人物系列不仅没有受到当时社会舆论的指责，反而在文学批评界好评如潮。[5]

　　现在，通过余华的"文学批评"而观察到的《现实一种》的"极端叙事"（这是众多文学批评的结论），可以稍微整理一下 20 多年前盛行于各种文学作品中的"个人"。作为抵抗"文化大革命""集体暴政"的一种历史反拨，1979 年至 1989 年的当代文学走上"重建个人"的道路。无论是伤痕文学的"个人控诉"、现代派小说的"个人失落"，还是先锋小说的"个人游戏"或"个人暴力"，都在从不同层面探讨"如何"重建个人世界的艰难和复杂。每个作家似乎都在拼命扩充自己文学想象中"个人故事"的"极端空间"。这正像王彬彬当时就敏锐指出的："人们以想象的方式变相地满足这种欲望，在想象中攻击对方，以想象对方被攻击的惨状来发泄怨恨，求得一种快感，获得心理平衡。而余华总是在小说里让人物的这种欲望现实地得到满足，他把人类的这种想象现实化。例如，《难逃劫数》里广佛对那个孩子的杀戮在现实生活中大概就只能是一种想象，不过像《现实一种》里所描写的情形，却不妨看作是一种写实。小说题为《现实一种》，也可认为是特意强调所写事件的真实性。"但是，像当时许多批评家那样，他不满足在"文学想象"层面上分析余华的小说，而是要把它定义在更深广的社会意义上，或者定义在 20 多年前的"鲁迅研究热"的历史范畴，在个人/社会"对立"的意义上来肯定"个人"："社会判断一个人精神是否正常，就看他是否具备了起码的社会生活的常识。对于个人来说，常识是一种内化为本能的东西，个人的举手投足、进退辞让、喜怒哀乐……都程度不同地受常识左右支配。而一个不受常识控驭的人，一个反抗常识的人，则会被社会称为狂人，称为疯子。"[6]王彬彬是说，由于当代社会长期以来对个人存在意义的压制、掠夺和歧视，造成了"个人价值"的萎缩。在这种情况下，伤痕小说尤其是先锋小说的作家们会情不自禁地"以想象的方式变相地满足这种欲望",于是在余华小说中广佛、山峰等人的"杀戮行为"正是在这个意义上成立的,是能够被理解的;或者进一步说,是作家本人"把人类的这种想象现实化",进而填补了当代小说写作上的"一个空白"——这就是通过"极端写作"把个人从"社会常识"的废墟中拯救了出来。

王彬彬实际无意中帮助我们整理出了一个"文化大革命"后关于先锋小说"个人"的"知识谱系"。他通过整理余华小说的知识,帮助我们进一步理解了为什么余华要通过"小说"来寻找"个人",并通过这种寻找重新整理了"个人"的价值意义的。亦即修鞋匠/江湖个人、牙医/作家、传统个人/现代个人等从"传统个人"到"现代个人"。这种从"传统个人"到"现代个人"、从"非作家"到"作家"的"个人"重建之路,几乎代表了20世纪80年代大多数作家的社会身份转型的过程,如王蒙(右派/作家)、张贤亮(劳改犯/作家)、高晓声(农民/作家)、贾平凹(工农兵大学生/作家)、莫言(军队低级干部/作家)……这些作家在小说中探讨了"个人价值",他们在探讨中以"文学想象"的方式印证了自己生活道路的选择;他们在重建当代文学关于"个人叙述"的过程中也同时重建了自己在20世纪80年代知识精英的历史地位。这种"文学生活"与"个人生活"如此密切且相得益彰的情形,在20世纪80年代真的非常普遍。

三 "超越现实"的"超真实"

如何理解余华小说的"叙述"问题之所以是一个问题,就在于我们以前过分迷信作家所写、所说的都是"真实"的,而不能换一个角度去理解它。或者说由于我们不能用"毕加索"的方式去理解余华,结果就把我们想要研究的他的问题隔离在我们的研究之外。

本文开头我从毕加索的"超现实主义"切入余华20多年前的几篇先锋小说,不是说他与西方超现实主义文学思潮有什么必然联系,而是用毕加索作为一个现代派画家心理、行为与艺术观念的"不稳定"这个话题来借指余华等先锋小说一代当时的文学心态和历史处境。"文化大革命"终结后的十余年间,虽然高举"改革开放"的大旗促进中国社会发生了巨变，但十七年时期的思想系统和做法坚固依旧。"现实"还摆在那里，很多人都感到焦虑，所以文学只有单方面采取"超越现实"的想象方式才能突破僵局，推动自身发展，获得"文学自主性"，这是 1986 年至 1988 年"文学叙述学"在文学界大为盛行的深刻原因。余华是作家，但他这时也像理论家、批评家那样大谈所谓"叙述"问题了：

> 我的个人写作经历证实了李陀的话。当我写完《十八岁出门远行》后，我从叙述语言里开始感到自己从未有过的思维方式。这种思维方式一直往前行走，使我写出了《一九八六年》、《现实一种》等作品……

他承认："事实上到《现实一种》为止，我有关真实的思考只是对常识的怀疑，也就是说，当我不再相信有关现实生活的常识时，这种怀疑便导致我对另一部分真实的重视，从而直接诱发了我有关混乱和暴力的极端化想法。"[7]事实上，1985 年后的中国知识界都在抛弃余华所说的"有关现实生活的常识"（暗指影响指导中国人几十年思想观念的"主流意识"），他们都在"超越现实"而建立 80 年代知识者的所谓"超真实"——"个人哲学"。如谢冕、孙绍振的"崛起论"，李泽厚、刘再复的"主体论"，鲁枢元的"向内转论"等。他们所探讨的主体论、文学自主性问题，对当时的许多作家和读者有着至深的影响。余华就生活在这一"文学场"里，他的小说"叙述学"和由此理论和观念所生产的一批"超越现实"的"更真实"的人物形象，都与上述思潮有这样那样的历史联系。

发表在《钟山》1989 年第 4 期上的短篇小说《此文献给少女杨柳》所"叙述"的"真实"，事实上是叙述者一段错综复杂的"梦境"：

> 很久以来，我一直过着资产阶级的生活。我居住的地方名叫烟，我的寓所是一间临河的平房，平房的结构是缺乏想象力的长方形，长方形暗示了我的生活史如何简洁和明确……

> 在这个发现之后很久，也就是 1988 年 5 月 8 日那一天，一个年轻的女子向我走了过来。她走来是为了使我的生活出现缺陷，或者更为完美。总而言之，她的到来会制造出这样一种效果，比如说我在某

天早晨醒来时，突然发现卧室里增加了一张床，或者我睡的那张床不翼而飞了。

为干扰读者怀疑主人公梦境的"虚构性"，叙述者故意编撰了 1949 年国民党军军官谭良在烟城暗埋十颗炸弹的"历史常识"，并利用另一个影影绰绰的"外乡人"的叙述来转移人们的注意力。

> 1949 年 4 月 1 日，也就是小城烟解放的第二天，有五颗定时炸弹在这一天先后爆炸……
> 第六颗炸弹是在 1950 年春天爆炸的……
> 第七颗炸弹是在 1960 年春天爆炸的……

即使我们今天按照小说所提供的"梦境叙述"的线索去阅读，也会陷入原作对"少女杨柳之死"究竟是"病死"还是"车祸"的多种猜测性叙述中而难以做出判断。有意思的是，余华一直在强迫他的"叙述者"去证实杨柳的"真正死因"，目的恐怕是要证实他和叙述者"个人精神生活"的"真实性"。这个所谓的"真实性"到叙述者最后在曲尺胡同 26 号见到杨柳父亲时终于"真相大白"了：

> 离开曲尺胡同 26 号以后，我突然感到自己刚才的经历似乎是一场遥远的往事。那个五十多岁的男人的声音在此刻回想起来也恍若隔世。因此在我离开彩色少女时，并没有表现出激动不已。刚才的一切好像是一桩往事的重复，如同我坐在寓所的窗前，回忆 5 月 8 日夜晚的情景一样……

不能不指出的是，小说《此文献给少女杨柳》中确实有 20 多年前先锋小说、第三代诗歌、先锋话剧等那种普遍用"叙述结构"来取代"史诗结构"的创作倾向。具体地说，也就是用 20 世纪 80 年代的"文学叙述者"来取代十七年当代文学"史诗讲述者"，最后建设一个"崛起论""主体论""向内转论"所主导的"自我""个人"的主流文学形象来，或者如余华所说来建设"个人精神生活"的"真实"的历史意图。

1987 年 10 月在中国翻译出版的布斯的《小说修辞学》一书，认为

"传统小说"就是要读者相信作品所写的时间、地点、人物的"可信性",而"现代小说"则与之相反,它是要"带领读者,使他完全沉浸在一种'状态'之中,既不意识到他正在阅读,也不意识到作者的身份,这样最后他会说——并且也相信:'我去过(那里)。我确已去过了'"[8]。我相信布斯这本书在当时改变了很多人对"小说"的"看法"。余华在解释自己为什么把"叙述"置于小说"中心"时,也说过类似的话:"我喜欢这样一种叙述态度,通俗的说法便是将别人的事告诉别人。而努力躲避另一种叙述态度,即将自己的事告诉别人。即便是我个人的事,一旦进入叙述,我也将其转化为别人的事。我寻找的是无我的叙述方式","我同意李劼强调的——作家与作品之间有一个叙述者的存在"。正是在这个写作立场上,他斩钉截铁地回答读者:"两年以来,一些读过我作品的读者经常这样问我:你为什么不写写我们?我的回答是:我已经写了你们。"[9]

据我了解,余华所论述的并不是读者司空见惯的生活的"现实",也不是被规定的"现实",而是直接"超越"被规定的现实的所谓"真实",这个"真实"就是能够躲过"大现实"极强搜索能力的人的"潜意识"里的"梦境"。不言而喻,20多年前的文学涌现了很多关于"梦境叙述"的"代表作",例如马原的《虚构》、孙甘露的《访问梦境》、莫言的《透明的红萝卜》、苏童的《妻妾成群》、于坚的《远方的朋友》、韩东的《有关大海》,高行健的《车站》等。20世纪80年代举国上下的"现代化叙述",催生了知识界对现实的深刻怀疑和探讨"精神梦境"的思想浪潮,谢冕、孙绍振的"崛起论",李泽厚、刘再复的"主体论",鲁枢元的"向内转论"等是这种"梦境说"的理论表述,而余华等人的先锋小说、诗歌和话剧是它最重要的文学文本。在当代社会,"梦境"确实可以逃离"现实"的监控和规范,"梦境"几乎也可以作为盛行一时的"个人""精神"和"现代派"等文学概念的同义词,这种"超真实"的文学氛围、文学观念、想象方式成为20世纪80年代先锋文学的根本特征。据此就可以理解,叙述者在曲尺胡同26号是不可能找到现实生活中根本不存在的少女杨柳的,她的活着或者死去在小说叙述中都已经没有意义,关键是她是一个"不真实"的人物,这种"不真实"在当时被大批年轻的先锋作家们都看作是"最真实"的东西了,像余华在他许多创作谈式的文学批评文章中所论述的那样。在这个意义上,也就可以理解为什么在众多"文学接受"中,余华独独对卡夫卡、福克纳、乔依斯、格里耶和川端康成等擅写梦境的作家更情有独钟了。

四　1986年的"现在"

　　我把余华的"创作谈"理解成对他小说的一种文学批评,理由是他的小说往往说不清楚,而他的创作谈却说得非常清楚的一个事实是,无论作家怎么表现,他的目的都是揭示"现在"的意义。也就是说,创作谈帮助余华的小说说清楚了他写作的目的,从而帮助我们再一次理解了他的小说。

　　我们知道20世纪80年代的许多寻根、先锋作家的年龄都在二三十岁,这正是"寻梦"的年龄。如果说步入晚年的人对"现在"的价值和意义变得无所谓的话,那么二三十岁的人却对"现在"价值的发掘则处在非常高亢且持续不断的情绪状态之中。如果这样理解寻根、先锋文学的发生,那么就不用总是把对它们的理解与西方现代派、社会主义现实主义、文学转型等知识机械地捆扎在一起了。

　　我之所以在本节以"1986年"为例对余华小说继续展开讨论,是因为我在他一篇文章中捕捉到了一个敏感信息,他说:

　　　　我承认自己所有的思考都从常识出发,一九八六年以前的所有思考只是在无数常识之间游荡……但是那一年的某一个思考突然脱离了常识的围困。

　　必须承认的是,作家们对自己创作起点和转折的叙述是有参考价值同时也是不太靠谱的,所以我们没必要对余华的"1986年"做"索引式"的考察和认定。与其说我对这个时间点感兴趣,不如说我更感兴趣的是他"批评"自己时的"知识状态"。他接着用讽刺的语气挖苦人们"现在"的文学阅读:

　　　　罗布·格里耶认为文学的不断改变主要在于真实性概念在不断改变。十九世纪文学造就的读者有其共同的特点,那就是世界对他们而言已经完成和固定下来。他们在各种已经得出的答案里安全地完成阅读行为,他们沉浸在不断被重复的事件的陈旧冒险里。他们拒绝新的冒险,因为他们怀疑新的冒险是否值得。

余华这篇创作谈流露出对 1986 年前后公众文学阅读习惯的极度不满,他认为他们"已经完成和固定下来"的文学观不够"现代"。因此,他要用 1986 年更为"现代"的"现在"来取代在公众那里已经完成和固定的"现在"。也就是说,他虽然承认他们那一代先锋作家都特别擅写"梦境""过去""离奇事件""暴力血腥"等,但那都是为了"翻新现在""创造现在":

> 我们无法回避这样的问题,即我们为何写作?我们所有的努力都是为了什么?我现在所能回答的只能是——我所有的努力都是为了使这种传统更为接近现代,也就是说使小说这个过去的形式更为接近现在……

他进一步解释他的小说为什么要揭示"现在"的理由:

> 我的所有创作都是针对现在成立的,虽然我叙述的所有事件都作为过去的状态出现,可是叙述进程只能在现在的层面上进行。在这个意义上说,一切回忆与预测都是现在的内容,因此现在的实际意义远比常识的理解要来得复杂。由于过去的经验和将来的事物同时存在于其中,所有现在往往是无法确定和变幻莫测的。[10]

1986 年是中国的城市改革全面铺开、"文化热"落幕及寻根、先锋小说兴起的重要年头。急剧转变的社会观念冲荡着人们的思想,而体制转型远远滞后于社会变革要求。人们普遍对过去的"现在"感到不满,焦灼地渴望改革力量大刀阔斧地改进阻碍社会进步的"现在"。在这个意义上,新的知识在激烈推动社会改革进程的同时,也在培育着一批又一批的新的不满者。余华就是千百万个不满者中的一员。余华是要用"创作谈"的文学批评方式直指当代文学创作固定、僵硬和落后的弊端,他是在用《十八岁出门远行》《现实一种》《此文献给少女杨柳》《往事如烟》《河边的错误》《一九八六》等先锋小说来表达对"1986 年"的"现在"的全新理解。

但我们必须注意，余华的"1986年"又是极其不确定的。他刚刚26岁，谁能相信一个26岁的年轻人说的"事实"和"真实"，可以贯穿他一生而永远不变呢？我们这些已经步入晚年的人尤其不太相信。我们这些对文学史具有一定经验的研究者不能不对先锋小说反叛精神的过分赞扬表示怀疑。我们从余华那个时候的"阅读书目"中就能发现他的"现在"实际就处在不断被他本人怀疑、犹豫和颠覆的状态之中。13年后他回忆道：

> 杨（作家杨绍斌）：你喜欢哪些作家？
>
> 余：我喜欢的作家太多了。
>
> 杨：最早的时候你喜欢川端康成。
>
> 余：是的。一九八〇年，我在宁波的时候，在一个十多个人住的屋子里，在一个靠近窗口的上铺，我第一次读到他的作品，是《伊豆的歌女》，我吓了一跳。那时候中国文学正在伤痕文学的黄金时期，我发现写受伤的小说还有另外一种表达，我觉得比伤痕文学那种控诉更有力量。……我一直迷恋川端康成，那时候出版的所有他的书，我都有。……接下来是卡夫卡，我最早在《世界文学》上读过他的《变形记》，……过了两年，我买到了一本《卡夫卡小说选》，……卡夫卡终于让我震撼了。……
>
> 杨：你说说看，还有哪些作家？
>
> 余：比如说鲁迅。鲁迅是我迄今为止阅读中最大的遗憾。我觉得，如果我更早几年读鲁迅的话，我的写作可能会是另外一种状态。我读鲁迅读得太晚了……[11]

此外，还有海明威、普鲁斯特、但丁、蒙田、乔伊斯、肖洛霍夫、布尔加科夫、索尔仁尼琴、马尔克斯、胡安·鲁尔福，等等。围绕着"1986年"而展开且不断增删的这份"阅读书目"，说明余华的阅读范围是非常广泛的，另外也是不确定的。这种不确定就是余华"1986年"真实的"现在"，也是先锋文学的"现在"，更应该说是中国社会20世纪80年代的"现在"。这个"现在"就是，由于中国现代化进程的全面启动，固有社会秩序、人际关系包括文学格局从此转向急剧震荡、探索和重组的状态之中，变化就是这种"现在"的本质。按照余华前面对"现在"的理解，我们才能领悟到它的全部含义："虽然我叙述的所有事件都作为过去的状态出现，可是叙述进程只能在现在的层面上进行。在这个意义上说，一切回忆与预测都是现在的内容，因此现在的实际意义远比常识的理解要来得复杂。由于过去的经验和将来的事物同时存在于其中，所有现在往往是无法确定和变幻莫测的。"也就可以推知，《十八岁出门远行》主人公"在路上"的心理状态、《现实一种》主人公山峰难以解释的复仇情绪以及《此文献给少女杨柳》杨柳作为"历史人物"身份的暧昧性、不确定性等，都在以文学书写方式准确传达着 20 世纪 80 年代中国社会这种普遍的社会心态和情绪。20 世纪 80 年代中国人的"现在"，实际是余华所说"过去的经验"和"将来的事物"之间的相互博弈，是传统中国向现代中国过渡的一个敏感和动荡的时期。而 20 世纪的"中国革命"就是它的"前夜"。"革命"就是对"未来"的不安等待和探索中一种最急躁、最不稳定也是最有激情的情绪，它必然在某一历史时刻总体爆破，这个爆破点就是 20 世纪 80 年代。

把握住"现在"这种特有的历史情结，就比较容易理解将余华等先锋作家称为"毕加索一代"的说法。这种文学身份还决定了他们对"真实"的不断追问、对"个人"的重新建构、"超越现实"并在现实夹缝中艰苦寻找"梦境"的所有努力。因此，可以说余华的"创作谈"既是对他个人小说的"批评"，也是对他们这一代先锋作家的"批评"。作家"批评"自己"作品"在文学史研究中是一个很小的角度，它告诉我们，"20 世纪 80 年代"事实上是漫长的 20 世纪中国文学的一个"文学实验期"，这一代作家身上的不稳定性，塑造了这一时期文学的不稳定性。我们固然可以用历史化的方法把"20 世纪 80 年代"暂时安放在一个知识平台上，然而我们必须记住，文学知识所面对的其实是一种极其不稳定的、充满各种诡异奇说的一个文学期。作家余华不过是千万个文学典型中的一个案例而已。

2010 年 6 月 23 日于北京亚运村

2010 年 6 月 30 日再改

注释：

[1] 见搜狐网 2010 年 6 月 9 日"毕加索百度百科"。

[2] 余华:《我的真实》,《人民文学》1989 年第 3 期。

[3] 余华:《虚伪的作品》,《上海文论》1989 年第 5 期。

[4] 余华:《我为何写作》,选自《我能否相信自己》一书,人民日报出版社 1998 年版。

[5] 当时,文学批评认同和赞赏余华小说"极端叙事"的文章很多,如曾镇南:《〈现实一种〉及其他——略论余华的小说》,《北京文学》1988 年第 2 期;王斌、赵小鸣:《余华的隐蔽世界》,《当代作家评论》1988 年第 4 期;李陀:《阅读的颠覆——论余华的小说创作》,《文艺报》1988 年 9 月 24 日;张颐武:《"人"的危机》,《读书》1988 年第 12 期;张玉田:《生命:那个隐蔽的世界——余华〈往事如烟〉一解》,《文论报》1989 年第 1 期;木弓:《余华、格非、叶兆言为何在一九八八年引人注目》,《长城》1989 年第 1 期;施连钧:《余华的双重世界模态》,《批评家》1989 年第 1 期;海男:《看见或看不见——余华印象》,《文学角》1989 年第 1 期;樊星:《人性的证明——余华小说论》,《当代作家评论》1989 年第 2 期;王彬彬:《余华的疯言疯语》,《当代作家评论》1989 年第 4 期;薛毅:《小说时空观的演变和隐喻——兼论苏童、林斤澜、余华》,《艺术广角》1990 年第 2 期;张扶:《现实一种——评余华小说》,《当代作家评论》1991 年第 2 期,等等。

[6] 王彬彬:《余华的疯言疯语》,《当代作家评论》1989 年第 4 期。

[7] 余华:《虚伪的作品》,《上海文论》1989 年第 5 期。

[8] [美] W. C. 布斯:《小说修辞学》,华明、胡晓苏、周宪译,北京大学出版社 1987 年版,第 34 页。

[9] [10] 余华:《虚伪的作品》,《上海文论》1989 年第 5 期。

[11] 余华:《"我只要写作,就是回家"——与作家杨绍斌的谈话》,《当代作家评论》1999 年第 1 期。

重识史铁生

——《我与地坛》与时代隐喻

一 病残故事

史铁生原籍河北涿州，1951 年 1 月生于北京，在清华附中念完初中。1969 年到陕北延安插队，1972 年双腿瘫痪，办手续回城，住北京友谊医院。因身体病残，家里又没门路，被安排到街道工厂，"他的角落，几乎是由住家与街道生产组来回的曲线构成的，而生产组，可以说是现代工业生产的补充，亦不妨称为'角落'。在那里，史铁生生活在年近半百的大爷、大婶与一群待业、待学的青年中间。"[1] 20 出头遭遇人生变故，返城后又坠入社会底层，这是任何人都难以接受的残酷事实。刘芳坤注意到史铁生当时生活在一个被社会挤压的狭窄"角落"："很难想象，史铁生这样一位内心挣扎于生命体验的哲思者，如何处在这样的'角落'当中。他用写作不断地和死亡对抗，但其作品也都打上了'角落'的印记，显得幽闭沉闷，例如发表于 1980 年的《午餐半小时》《没有太阳的角落》，主人公都是一个陷在阴暗中的局促生活者。1981 年，史铁生因病不能继续在街道工厂做工，生病成了他的'主要职业'。在一方斗室之中，生命中唯一可慰藉的也许只有偶尔来两三友人，回忆既往下乡插队的生活，编排一个个跌宕的传奇生涯"。[2] 但是他 30 岁又添新病，两肾一坏一死。同样有腿疾的上海作家陈村最能体会这种人生困境，他在史铁生去世后的一篇文章中伤感地写道："他跟我投缘，也许因为我们有相似的经历，都曾当过知青，都是病退回城，都曾在里弄加工组工作，都属残疾人，都写作。但他站不起来了，我还能弯曲的站立和难看地短程行走，我曾跟他说，我在走向他。"陈村坚信："他的困厄比我多十倍，他的思想也深入十倍。在我眼里，史铁生是当代中国最好的作家。"[3]

在很长一个时期里，史铁生都在"站不起来了"的矛盾中挣扎。他在记录自己病史和心路历程的杰作《我与地坛》中写道：

> 地坛离我家很近，或者说我家离地坛很近。总之，只好认为这是缘分。地坛在我出生前四百多年就座落在那儿了，而自从我的祖母年轻时带着我父亲来到北京，就一直住在离它不远的地方——五十多年间搬了几次家，可搬来搬去总是在它周围，而且是越搬离它越近了。我常觉得这中间有着宿命的味道：仿佛这古园就是为了等我，而历尽沧桑在那儿等待了四百多年。

摆在他面前的问题不是能否留在街道工厂，而是"生病成了他的'主要职业'"，他的大半生都要在这古园中度过，这漫长的人生时光实在很难打发。

> 十五年前的一个下午，我摇着轮椅进入园中，它为一个失魂落魄的人把一切都准备好了。

在异常孤独和失败的处境中，作者的自我意识必然非常敏感：

> 太阳循着亘古不变的路途正越来越大，也越红。在满园弥漫的沉静光芒中，一个人更容易看到时间，并看见自己的身影。

他清楚知道，时间在感觉中被慢慢地放大、延长，不是因为时间本身所造成，而是来自于自己身体和命运的那种微妙的变化：

> 两条腿残废后的最初几年，我找不到工作，找不到去路，忽然间几乎什么都找不到了，我就摇了轮椅总是到它那儿去，仅为着那儿是可以逃避一个世界的另一个世界。我在那篇小说中写道："没处可去我便一天到晚耗在这园子里。跟上班下班一样，别人去上班我就摇了轮椅到这儿来。""园子无人看管，上下班时间有些抄近路的人们从

园中穿过，园子里活跃一阵，过后便沉寂下来。""园墙在金晃晃的空气中斜切下一溜阴凉，我把轮椅开进去，把椅背放倒，坐着或是躺着，看书或者想事……"

经历了长时间的惊恐不安后，逐渐平静下来的史铁生对自己做了冷静分析：

> 剩下的就是怎样活着的问题了。……你说，你看了死是一件无需乎着急去做的事，是一件无论怎样耽搁也不会错过的事，便决定活下去试试？……后来你明白了，你明白你错了，活着不是为了写作，而写作是为了活着……那天你又说你不如死了好，你的一个朋友劝你：你不能死，你还得写呢，还有好多好作品等着你去写呢。这时候你忽然明白了，你说：只是因为我活着，我才不得不写作。或者说只是因为你还想活下去，你才不得不写作。

在无意中建立起的从病残到写作再到著名作家的叙述关联中，《我与地坛》这篇作品确实把史铁生的"病残故事"传播到了90年代的读者当中；而我们也能想象，倘若只是一个普通人——而不是一个作家，人们大概不会对这个故事真正感兴趣。虽然媒体一直在消费普通人身残志坚的各种故事。但是这种励志故事最容易被大众所忘却。因为在让·波德里亚看来："广告是这一进程的战略点之一。它尤其意味着伪事件的统治。它把物品变成事件。事实上，它是在抹去其客观特性的基础上将其建构成这样的。""广告和'新闻'就这样构成了相同的视觉、文字、声音和神奇的实体，它们在各种传媒中的承接和交替都令我们觉得自然"，它们也"激起了相同的'好奇心'。"[4]作家的病残故事之所以比普通人的故事更具有传奇性，那是因为它不是一般性的"消费品"，它承载着特殊文化的使命。作家是那种不借助媒体力量照样能够使自己强大的写作者。尤其是当他有能力将自己的病残上升到生命哲学高度，有能力把一个普通人的故事变成具有哲学意义的普遍性的东西的时候。细心的王安忆老早就注意到："我觉得他是那种思想很有光彩的人。他也是可以谈话，可是和他谈话要辛苦得多，他会进入一个玄思的世界，因为他是没有什么外部生活的，他外部生活非常非常简单，所以你和他谈话很快就到形而上去了，你就跟着他形而上，很辛苦的，和他谈话真的很辛苦，就像看他的某些小说一样的，但是很有趣，真的很有趣。像有的时候他讲一些比较现实的事情吧，倒觉得没意思了。"[5]

我愿意指出，不对病残故事加以叙述，不对它做"形而上"的思考，不把作家和病残置于"玄思的世界"中，《我与地坛》的"思想"就不会焕发出今天这样的文学史"光彩"；正因为如此，插队、瘫痪、流落街道工厂、写作和地坛之间的历史联系就链接起来了。这是我们研究作家作品应该留心的地方。

二 病残的隐喻

身患癌症的苏珊·桑塔格在《疾病的隐喻》一书中写道：

> 我的主题不是身体疾病本身，而是疾病被当作修辞手法或隐喻加以使用的情形。……我写作此文，是为了揭示这些隐喻，并借此摆脱这些隐喻。

她认为在一般人看来：

> 任何一种被作为神秘之物加以对待并确实令人大感恐怖的疾病，即使事实上不具有传染性，也会被感到在道德上具有传染性。
> ……
> 没有人会考虑对心脏病人隐瞒病情：患心脏病没有什么丢人的。人们之所以对癌症患者撒谎，不仅因为这种疾病是（或被认为是）死刑判决，还因为它——就这个词原初的意义而言——令人感到厌恶：对感官来说，它显得不祥、可恶，令人反感。

从这个极端事例中苏珊·桑塔格进一步发现：

> 浪漫派以一种新的方式通过结核病导致的死亡来赋予死亡以道德色彩，认为这样的死消解了粗俗的肉身，使人格变得空灵，使人大彻

大悟。……

　　所有的证据都显示，对结核病的崇拜，并不仅仅是浪漫主义诗人和歌剧作者的发明，而是一种广为流传的态度，事实上，（年纪轻轻就）死于结核病的人被认为是具有浪漫气质的人。[6]

　　在这本"只有一个主角"的著作里，我认为作者给了读者丰富启示的是对疾病的分析，或者进一步说是关于如何看待疾病的方法。

　　在《我与地坛》中，作者好多次写到了疾病的隐喻，比如他在叙述病人与他母亲的关系时写道："她有一个长到二十岁上忽然截瘫了的儿子，这是她唯一的儿子；她情愿截瘫的是自己而不是儿子，可这事无法代替；她想，只要儿子能活下去哪怕自己去死呢也行，可她又确信一个人不能仅仅是活着，儿子得有一条路走向自己的幸福；而这条路呢，没有谁能保证她的儿子终于能找到。——这样一个母亲，注定是活得最苦的母亲。"许多年前，作为读者的我每当读到这个段落就止不住热泪盈眶。我想面对这世界上最伤痛的事情，面对"年纪轻轻"就截瘫了的一个无辜的人，即使再铁石心肠的人也会立刻变得柔软和软弱起来。然而如果对这一现象冷静细致地做理性解剖，也许是对作者最好的安慰。因为作者本人和评论文章已经告诉人们，"截瘫"并不是"没有什么丢人"的病患，对作家来说，它可能还是"具有浪漫气质"的丰富资源。自《我与地坛》在《上海文学》（1991）发表的二十多年间，许多文学批评都围绕史铁生的"疾病的隐喻"在做充分尽兴地发挥。白云的文章赋予《我与地坛》某种道德教诲的味道："自身的残疾使得史铁生认识了苦难，接受了苦难，理解了苦难，超越了苦难，形成了一种精神信仰，引领他走向更远更漫长的精神攀登之路。"[7]石杰坚持认为："佛教这种一切皆苦的人生价值判断构成了史铁生小说的一个主要内容，凡是接触过史铁生小说的人，印象最深的大概莫过于他笔下的人生困境了。尽管他一再将这种困境说成是上帝赐与人类的获得欢乐的机会，一再礼赞生命之灵和创造精神，且时不时对命运来一番揶揄和调侃，但都难以掩盖住从文体深处泛上来的悲伤和绝望。"[8]张新颖能理解普通人所说的"青春之殇"和史铁生作品中的"母亲之难"，但他主张超越这些东西，去理解作家怎样以"平常心"写出了"非常心"："这是一种人生境界，精神境界；落实为文，又是一种艺术境界，诗的境界。其间过程，由人生、精神直至艺术和文学，水到渠成，有一气贯穿之势，无矫揉造作之姿，根植充沛的底蕴，超升凡俗庸常，追求阔大深远，人生与艺术合二为一，皆可因尽非常之心而达非常之成就。"这种分析路数，已经接近苏珊·桑塔格前面所说的"这样的死消解了粗俗的肉身，使人格变得空灵，使人大彻大悟"的观点。虽然作者在文章开头也警告人们："史铁生踏进文坛之前就瘫痪了。我非常能够理解许多关于史铁生的评论为什么总是从这一严酷的事实出发，由人论文，人与文互相投射，纠缠于残疾、自杀、死亡等问题。折磨着史铁生的问题同时成为批评家探究的中心，应该说是很正常的，而且创作与批评都由此提出了许多有深度有意思的话题。然而，过于集中、过于中心化的洞见也许遮蔽了其他向度问题的探讨。"[9]

　　我还注意到苏珊·桑塔格在著作中声称"我的主题不是身体疾病本身，而是疾病被当作修辞手法或隐喻加以使用的情形。……我写作此文，是为了揭示这些隐喻，并借此摆脱这些隐喻"。但实际的情形是，在文学批评和文学史研究中，如果不把"疾病"当作"修辞手法或隐喻"并加以利用，就难以完成对作家作品历史位置的确认，研究工作实际就无法开展。然而苏珊的杰出之处又在于，她的论断具有历史哲学的意义。她是在要求我们应该越过研究者对作家作品历史位置的确认，找出这种确认背后的那些时代性的隐喻，也即提醒我们不只是批评家和文学史家而且主要是时代隐喻在要求人们去完成这项最为重要的工作。举例来说，为什么90年代比其他年代更愿意发掘那些敢于与暴力和媚俗抗争的文化英雄，为什么它的历史叙述往往都带有感人至深的情感色彩呢？这是由于它认为自己遭遇了比其他年代更严重的精神文化危机。于是，关于疾病的叙述很自然地出现了修辞和隐喻的成分。例如约来这篇作品的《上海文学》编辑姚育明告诉读者："1988年10月我去北京接史铁生到上海参加颁奖会，他的小说《毒药》得了第三届《上海文学》奖。史铁生说想陪我去地坛散步，问我是否愿意。我当然愿意，事先他对地坛的形容使人不可能作出别的选择。那次作陪的还有中国作协的陈国华。""史铁生住的那个房间不大，院子也不大，陈国华帮着推轮椅车。轮椅车推出去时还擦着了门。我一直不能忘记那个场景，史铁生的老父亲弯腰检查吊在车旁那个接尿的黄色塑料瓶，史铁生笑嘻嘻地开了句什么玩笑，场面很家常，很温暖。记得看着老父亲略显苍凉的面容，我的心非常酸，想着他们家该进个女人了。"1990年12月姚育明又去北京组稿，约到了《我与地坛》，预备发在1991年第1期。主编周介人希望作为小说发，但史铁生坚持用散文发。没想到，这篇在编辑部与作家之间引起争议的作品，发表后"震动了中国文坛，更准确地说震动了读者们的心。""它的部分章节被选入高中语文课本，感染了更多的年轻学子。""编辑部也收到不少读者来信，许多人说，史铁生的这篇文章深深地打动了他们的灵魂，一些受病痛折磨和烦恼困惑的人由此得到了慰藉。有一位读者说得更是极端，他说1991年整个中国文坛没有文章，只有《我与地坛》立着。"[10]

20世纪90年代初中国知识界和不少读者都陷入巨大的迷茫之中。经过80年代文学的黄金期，90年代将怎样开篇是一个未知数。在我看来这就是《我与地坛》之所以能深深感染广大"年轻学子"和读者的潜在理由。应该承认苏珊·桑塔格的《疾病的隐喻》无助于直接阅读《我与地坛》这篇作品，无助于理解中国当时的历史情境，但是我更愿意指出它帮助我们厘清了作家、批评家和编辑所占据的历史层次，懂得了他们为什么要把"疾病当作修辞手法或隐喻"并加以利用的一个基本前提。苏珊对阅读史的分层化叙述，更是帮助我们知道她这部著作对于在更大更深远的视野里来理解《我与地坛》与时代隐喻的关系是非常必要的。正是在这种知识结构中，我感觉《我与地坛》的作者那时虽然未必清楚意识到，但他肯定知道他写作此作品的真正意思：

> 有一天夜晚，我独自坐在祭坛边的路灯下看书，忽然从那漆黑的祭坛里传出一阵阵唢呐声；四周都是参天古树，方形祭坛占地几百平方米空旷坦荡地独对苍天，我看不见那个吹唢呐的人，唯唢呐声在星光寥寥的夜空里低吟高唱，时而悲怆时而欢快，时而缠绵时而苍凉，或许这几个词都不足以形容它，我清清醒醒地听出它响在过去，响在现在，响在未来，回旋飘转亘古不散。

作者朦胧地意识到，他病残的身体不再属于自己，它非常幸运地出现在过去、现在与未来之间。他的作品是时代的一个隐喻。他在地坛听到了时代对他的呼唤。

三 病残、地坛及纪念碑的倒塌与重建

为把细读引向深入，我感觉诗人欧阳江河的诗作《傍晚穿过广场》能帮助我们体察阅读作品里的细枝末节："我不知道一个过去年代的广场/从何而始，从何而终。/有的人用一个小时穿过广场，/有的人用一生——/早晨是孩子，傍晚已是垂暮之人。/我不知道还要在夕光中走出多远才能/停住脚步？"这首诗为我们描述了那个年代纪念碑的倒塌以及二十多年后还没有真正重建的迷茫历史及迟疑幽微的心境。

《我与地坛》给人的感觉好像是一直在回避重大事件，它开篇故意绕开谈起了远古和个人："我在好几篇小说中都提到过一座废弃的古园，实际上就是地坛。许多年前旅游业还没有开展，园子荒芜冷落得如同一片野地，很少被人记起。"作品写到上午或傍晚有零星的路人走过，鸟儿飞起，想到几百年来经过这里的人们的生生死死，最后顾影自怜地哀叹。纯粹从字面看，像是一个久病缠身的老人写的生死文章，无非是世事难料、人生无常之类的悲伤。但是这种文章风格却令人生疑。史铁生是知青作家，"五〇后"作家，这代人所经历的大风大浪和政治训练，在前后几辈的中国人中绝无仅有。政治的残酷，让他们养成了对政治风云激情敏感的性格。所以，我以为这篇作品表面层次是病残与地坛，内部层次则是纪念碑。我在《1987：结局或开始》这篇论文中曾经说到新时期"三〇后"、"五〇后"两代作家都是"纪念碑式"的写作，贾平凹、莫言、余华、王安忆新世纪的长篇小说都是如此。他们文学作品的底座是一座无言的纪念碑，抑或也可以叫做历史记忆。[11]因此，我发现埋藏在地坛几百年的废墟、落叶尘土和作者病残意象下面的是一座纪念碑，是那座纪念碑倒塌后的深刻彻骨的伤痛。产生这种敏感不是心血来潮，去年下半年我们在讨论王朔90年代小说时曾谈到，他小说的调侃、政治戏谑背后有一个纪念碑倒塌的问题。没有这种感觉，我们实际上无法真正地走进90年代。郭小东指出："知青一员的知青作家们，是如何自恋的坚执于历史的迷失状态：我们并没有真正地读懂那一段历史，那一段我们自己参与并经历了破坏和重建的历史。我们曾经在大量的知青文学中为之表达和证明的历史，并非是绝大部分知青所遭遇的历史。我们在虚构了文学作品的同时，某种

程度上也虚构了历史。"[12]在论述史铁生的成名作《我的遥远的清平湾》时，刘芳坤也指出："如果说知青作家和知青批评家的血脉中都流淌着十七年的血液，那么史铁生也带有整个时代的教育印记，史铁生本人关于《清平湾》唯一的创作谈的起点，恰恰就是贺敬之那首脍炙人口的'几回回梦里回延安，双手搂定宝塔山'"，"这其中难免还存在延安意义上的对于社会主义理想乡村的认知。"[13]不言而喻，王朔和史铁生这代作家都受过纪念碑式的政治传统教育，纪念碑情结几乎是他们的安身立命之本。没有材料显示史铁生在那个特殊时刻是否坐着轮椅去过广场，目睹那些令人激愤和无比悲壮的场面。但是我们可以想象，王朔和史铁生肯定都曾心情激动地听说过那里的各种传闻，那里纪念碑倒塌后年轻人的痛哭流涕以及绝望后抗争的各种故事，大概内心也经历过风暴般的震惊罢。否则王朔为什么一下子从鸳鸯蝴蝶派风格的《空中小姐》突然转型到调侃恶毒的《我是你爸爸》《顽主》，史铁生为什么突然从牧歌般的《我的遥远的清平湾》转向了沉思病痛之意义的《我与地坛》呢？仅仅从作家的创作转型来说明这个问题是非常勉强的，但是如果从作家"心灵史"的角度去理解这种转变就是可能的了。

在此特殊背景中我走进了《我与地坛》，在它字里行间隐隐约约读出了某些过去不曾注意的蛛丝马迹，某些轻轻擦过的印痕忽然引起了我的注意：

> 无论是什么季节，什么天气，什么时间，我都在这园子里呆过，有时候呆一会儿就回家，有时候就呆到满地上都亮起月光。记不清都是在它的哪些角落里了，我一连几个小时专心致志地想关于死的事，也以同样耐心和方式想过我为什么要出生……
>
> 儿子想使母亲骄傲，这心情毕竟是太真实了，以致使"想出名"这一声名狼藉的念头也多少改变了一点形象。……
>
> 要是有些事我没说，地坛，你别以为是我忘了，我什么也没忘，但是有些事只适合收藏。不能说，也不能想，却又不能忘。它们不能变成语言，它们无法变成语言，一旦变成语言就不再是它们了。……
>
> 我在这园子里坐着，园神成年累月地对我说：孩子，这不是别的，这是你的罪孽和福祉。
>
> ……

　　我过去从没有注意作品里有"收藏"这个词。但是我能想到，1990年史铁生写《我与地坛》的时候，他已经是名满全国的著名小说家。他经常出席高朋满座的文艺座谈会，被文学杂志、文艺媒体和文学青年包围着，不需要跑到荒芜的地坛独自疗伤和自怨自艾，写这篇非常个人化的伤痕文学作品。他究竟为什么要在文学生涯大红大紫的时候，"一连几个小时专心致志地想关于死的事"的呢？这就不能不令人生疑了。作者还羞愧地想到当年为博得母亲欢心拼命写作的功利目的，然而，究竟又是什么惊天动地的大事使他如此"羞愧"呢？不仅如此，他还像鲁迅《野草》体那样写出了如下吞吞吐吐、暧昧难猜的字句，什么"有些事我没说"，什么"我什么也没忘""只适合收藏""却不能忘"之类，而且它们还"不能变成语言"之类。如果只为了倾诉"十五年"来的曲折病痛，也犯不着这么藏着掖着。凭我这多年对史铁生的观察，他虽然说不上是伟大的作家，但却是真诚的作家，不是小家子气的作家，更不是只拿自己的病去说事的作家。他犯不着跑到这荒废的地坛，从病谈起，然后弯弯绕绕地写出像《野草》那种让人猜不透的文字。作为成长在北京的人，作为亲眼见证、旁听过许多重大社会事件的人，他不会如此地对历史无动于衷，只在这里谈什么病残，然后做什么哲学的升华。"我不知道一个过去年代的广场/从何而始，从何而终。/有的人用一个小时穿过广场，/有的人用一生——/早晨是孩子，傍晚已是垂暮之人。/我不知道还要在夕光中走出多远才能/停住脚步？"诗人欧阳江河震撼人心并发自肺腑的诗句，也是来自史铁生内心深处的呼喊，是他沉痛、质疑和犹豫的心绪。这是当时全中国知识分子普遍的心绪。所以，我说王朔不是简单的作家，史铁生也不是简单的作家，至少他们是不能简单地去观察去研究的那种作家。这个没有呈现的话题，事实上就在《我与地坛》的文本当中。

　　另外，史铁生为什么在这篇作品中反复再三地写到地坛呢？我认为李大卫、李冯、李洱、李敬泽、邱华栋等"六〇后"作家和批评家"对话录"《个人写作与宏大叙事》中的一段话可以做出解释："问题不在宏大叙事本身，宏大叙事是一种历史叙事，它为人群的进程规定了一种意义，给我们设定一个目标，意义在于目标……它是一个不在场的目标。"[14]史铁生也许没有去"广场"，但他去了"地坛"，这是一个不在场的目标；"地坛"替代了"广场"，在作家病残身体的情境下开始了"重建"的工作。千百万人都没有去过广场，可是他们在内心深处默默地清扫着成堆的废墟，他们心目中有一个抹不去的历史叙事，他们灵魂里面早就有一个"设定的目标"。史铁生早就读过北岛《结局或开始》里的诗句：

> 我，站在这里
> 代替另一个被杀害的人

他也许还读过江河《纪念碑》里的这些诗句：

> 我常常想
> 生活应该有一个支点
> 这支点
> 是一座纪念碑

史铁生与北岛、江河是同代人。这是被纪念碑和广场教养大的一代人，这是忠实地为"纪念碑"而写作的一代作家。"纪念碑"和"广场"就是他们生活的支点，他们的写作是在这个支点基础上的写作。"他们作品充满激情地记录了这些非凡的经历。王安忆小说《本次列车终点》主人公陈信在火车上的描写，对他们这两代人几乎具有了纪念碑的意义。""王蒙和王安忆是在叙述自己的历史生活。王蒙王安忆小说里是里程碑式的群体社会。"[15] 所以，"写作也可以看做是建构价值理性的一种努力"[16]。这也是许纪霖所指出的："他（笔者按：指史铁生）所重构的理想主义整体上超越了红卫兵一代的思想局限，回应了虚无主义的尖锐挑战。这种回应说来也很简单，首先是承认虚无，随后超越它，战胜它，在信仰的废墟上重建理想，获得生命的意义。"[17] 我们就这样再次走进了《我与地坛》的细读。作者在潜意识中把"纪念碑"和"广场"移到了"地坛"："四百多年里，它一面剥蚀了古殿檐头浮夸的琉璃，淡褪了门壁上炫耀的朱红，坍圮了一段段高墙又散落了玉砌雕栏，祭坛四周的老柏树愈见苍幽，到处的野草荒藤也都茂盛得自在坦荡。这时候想必我是该来了。""我摇着轮椅进入园中，它为一个失魂落魄的人把一切都准备好了。"史铁生在对死亡的想象中恍惚看到了春雨般的生命迹象："曾有过一个热爱唱歌的小伙子，他也是每天都到这园中来，来唱歌，唱了好多年，后来不见了。""还有一个人，是我的朋友，他是个最有天赋的长跑

家"，"那时他总来这园子里跑，我用手表为他计时，他每跑一圈想我招
一下手"。"我也没有忘记一个孩子——一个漂亮而不幸的小姑娘。""我
竟发现那个漂亮的小姑娘原来是个弱智的孩子。"在悲伤的心情中，他因
此想到："幸好有些东西是任谁也不能改变它的。譬如祭坛石门中的落
日，寂静的光辉平铺的一刻，地上的每一个坎坷都被映照得灿烂；譬如在
园中最为落寞的时间，一群雨燕便出来高歌，把天地都叫喊得苍凉；譬如
冬天雪地上孩子的脚印，总让人猜想他们是谁，曾在哪儿做过些什么，然
后又都到哪儿去了。"生之痛苦是无法用死来结束。他在作品中写道：
"因为这园子，我常感恩于自己的命运。"一个病残的年轻人在困难地用
这些生命现象说服自己，支撑自己，这是他生活的支点，是他自己在顽强
地扶起来的那座纪念碑。"地坛"就是《我与地坛》这篇文章的支点，不
理解地坛就无法真正读懂这篇文章。

让我们再回到本节开头的欧阳江河这首诗里："我不知道一个过去年
代的广场/从何而始，从何而终。/有的人用一个小时穿过广场，/有的人
用一生——/早晨是孩子，傍晚已是垂暮之人。"在广场和地坛旁边，史
铁生早晨是一个无比清新的青年，傍晚已是一个病残缠身的中年人。在我
看来，只有经历过八百年风雨洗礼的古都北京，才能孕育出史铁生这种有
历史眼光和胸怀的作家。这是一篇北京人写的文学作品。是这篇作品，指
出了我们这代人在八九十年代所经历的生与死，是"地坛"给了无数迷
茫的人一种真正的感动，它"设定了一个目标"。

四　病残的消费社会学

这样说《我与地坛》还不够，我还想再换一个考察角度去分析它。
这个角度就是消费社会学。史铁生从 21 岁到 60 岁是在轮椅和床上度过
的，这也难怪文学批评总喜欢围绕这一话题而展开，他的很多小说、散文
和随笔也都与这种特殊的生活有密切关系。他在《病隙碎笔》这本写病
残的专书中曾笑称自己："残疾，就这么来了，从此不走，其实哪里是刚
刚来呀，你一出生它跟着就到了。"[18]这话在我看来一点也不幽默。试想
一个在轮椅上痛苦挣扎了 40 年的人，却顽强地取得如此辉煌的文学成就，
这一现象该怎样地令人悲伤和感叹。在革命年代，他应该归入保尔·柯察

金的人物系列；在 80 年代，他应该属于张海迪这类英雄；在今天书店里，他的事迹应该被摆在励志型的图书中；而在中国当代文学史里，史铁生已经被认为是优秀的作家。但是，可惜他跨越了两个时代，一路走进 90 年代这个典型的消费年代，消费年代与革命年代是两个完全不同的概念。作家通常在不同的理论概念中被定义、被定型，这几乎是文学史的铁律。史铁生根本没有想到自己就在消费年代的历史情境中被定型，而定型他的那些评论家们在如此定型史铁生的过程中，事实上也在这种知识定型中完成了自己的重新定型。尽管我非常尊敬史铁生，然而作为一个历史研究者，我又不能被感情所左右而不顾及这一前提。我之所以从"病残故事""病残的隐喻""病残、地坛及纪念碑的倒塌与重建"再到"病残的消费社会学"这个叙述关联中来推演完成这篇文章，也是这个原因。

我们知道在消费年代，一切精神文化现象都难逃"被消费"的命运。不久前在媒体上轰轰烈烈的"莫言现象"，是一个最具说服力的例子。伯格在《通俗文化、媒介和日常生活中的叙事》一书中说："每一本连环画册中的男主人公和女主人公，或男女主人公们，都有一个出身故事——将人物介绍给读者的一两页内容。毫无疑问，最著名的就是《超人》的出身故事，其中讲到他在氪星球上的诞生、他乘宇宙飞船来到地球的漫长旅行、他被善良的（肯特）夫妇收养的过程、他的巨大的力量，等等。"[19]弗兰克·莫特在《消费文化——20 世纪后期英国男性气质和社会空间》一书中说："对消费行业和消费专业知识的高度重视标志着英国产业结构的一个划时代的变化。""商业的变化实际上反映了深层机制的变化，它们涉及的内容丝毫不亚于一场观念更新的巨变，即从注重生产向注重消费过渡。"[20]让·波德里亚在《消费社会》一书中说："在此意义上，广告也许是我们时代最出色的大众媒介。如同它在提到某一物品时却潜在地赞扬了所有同类物品一样，如同它透过某一物品和某一商标却实际上谈的是那些物品的总体和一个由物品和商标相加而构成的宇宙一样——同样，它就这样伪造了一种消费总体性"。"也就是说它参照的并非某些真实的物品，某个真实的世界或某个参照物，而是让一个符号参照另一个符号、一件物品参照另一件物品、一个消费者参照另一个消费者。"[21]社会学家比我们这些浪漫天真的文学史家更早更清醒也更尖锐和深刻地看到了"消费叙事"对于塑造一个作家形象、增加阅读库容量和改写研究结论的特殊作用。

社会学家的分析还让我们意识到了传统社会（80 年代）与消费社会（90 年代）的差异性。史铁生最具标志性的文学作品是《我的遥远的清平湾》（1983）和《我与地坛》（1991）。在 90 年代，他仅仅是知青作家家族的一员；而在 90 年代，他上升到一流作家的位置上。朱伟评价《我的遥远的清平湾》"是一首悠扬的牧歌，背景是那种秋山的颜色：红的小灌木叶子，黄的杜梨树叶子，珊瑚珠似的小酸枣，蓝蒙蒙的野山花，有牧笛从那秋色中透出来。"以此来区别孔捷生的悲歌写作、梁晓声的颂歌写作这两个知青文学阶段。[22] 许纪霖认为史铁生是"一个被严重忽视的人物"，"比较起救世，史铁生更注重的是救心"，"我特别注意到《我与地坛》初稿的写作日期，那是激动人心的历史时期，当时几乎所有的中国人都身不由己地卷入群体的狂欢，融入了时代的潮流。史铁生除了那些与众不同的社会良知之外，独独还保留着一份难得的淡泊和宁静，在人声鼎沸之中静静地回顾自己的心路历程。"许纪霖指的那个"历史时期"，是1989 年与 1992 之间的一个过渡期。纪念碑的年代在告别，商业消费的年代在兴起。许纪霖正是在这一过渡期的间隙中，在"划时代的变化"和"深层机制的变化"的社会结构的大调整背景下看到了史铁生文学创作的价值。他提醒人们说："史铁生习惯于以一种将心比心的平等姿态与读者对话，与他们进行真诚的思想交流。"所以，"真正的精神圣徒是谦卑的，史铁生已经接近了这样的境界"。[23] 在刚刚告别传统社会、告别纪念碑时代，人们普遍陷入狂欢迷乱或心情沮丧之际，许纪霖帮助大家厘清了 80 年代与 90 年代的区别，厘清了传统社会与消费社会的区别。他用消费社会学的方式，在人们心目中重新树立起史铁生的高大形象，这个形象和价值含量远远超出了"清平湾"的历史阶段。像伯格所说，史铁生这位我们曾经非常熟悉的小说家于是在这样的历史叙述中，变成了"超人"那样"乘宇宙飞船来到地球的漫长旅行"，他由此获得不同于一般作家的"巨大的力量"；由于有了弗兰克·莫特论断的"注重生产向注重消费过渡"的观点，我们注意到陈村、薛毅对史铁生的评论，还产生了让·波德里亚所言的"它参照的并非某些真实的物品，某个真实的世界或某个参照物，而是让一个符号参照另一个符号、一件物品参照另一件物品、一个消费者参照另一个消费者"的历史效果。因为在 90 年代，畅销图书市场上诞生过许多与史铁生相类似的"文化英雄"，例如陈寅恪、顾准、钱钟书、吴宓、季羡林和海子等。陈村所说的"2011 年 1 月 4 日，史铁生六十岁生日这天，上海和北京先后开会追思他的一生。我在复旦大学的追思会上提到'坦然'二字。史铁生坦然写他自己，他一生透明坦荡，那些困苦，经受血的洗礼已成了他的资源，以此走向内心，走通命定之路去看他人和世界。他追问，但不控诉，不失态。"[24] 薛毅所说的"无论怎样强调史铁生的残疾人自我意识，也不会过分。""只有在他由回忆分崩离析前的知青生活转向面对更为重要的'大同'世界的倾覆时，他的'自我意识'才会有更广泛的意义。"这"如同一个残疾人在创伤中成为残疾人一样，这创伤意味着更广泛意义的残疾，是人的残疾"等等观点[25]，都与上述文学生产方式的变化有着深刻的关联。

在我看来，这些评论也都是那种"参照性"的文学评论。这是一种由此及彼或相互连带着的"参照性"的文学评论。史铁生的"病残""参照"着的是当代文学前三十年的"历史病残"，它同时也"参照"出90年代消费文化中的那一部分贪婪放肆和无耻。因为前三十年的"病残"，陈寅恪、顾准、钱钟书、吴宓、季羡林"被发掘"的"意义"便被极大程度地强调了出来。这是80年代文学谢幕后出现在文学界的另一场典型的"伤痕文学"运动。政治运动与市场经济在很多人看来都是破坏平静传统社会的历史浩劫，它们代表着人类社会最极端的病残经验。政治运动和市场经济在很多人眼里是造成社会前所未有恐慌的万恶之源，文学只有在对它们的绝望反抗中才找到了自己的位置。薛毅的评论可谓一针见血，他说这是"人的残疾"。由于前三十年的政治病残，再由于90年代以人欲横流、文化滑坡为代表的欲望病残，史铁生"病残的意义"于是升华到了精神元话语的层次。这是一个似乎超越了所有当代作家思想认识的精神层次。史铁生变成了文学界的陈寅恪、顾准和吴宓，他是评论家心目中真正的文化英雄。按照许纪霖的论断，史铁生这面历史镜子，照见了最近20年很多人精神世界的"残疾"。这种"人的残疾"，就是对所有造成这残疾的历史生活的最严厉的批判和声讨。至少在读这些评论时，我是这么认为的。我觉得评论家们也是这么认为的罢。

由此可见作家的病残能够参照出政治浩劫、参照出市场经济、参照出我们已经进入了一个不如意的年代。与这种参照性评论相关联的"时代隐喻"就具有了苏珊·桑塔格"我的主题不是身体疾病本身，而是疾病被当作修辞手法或隐喻加以使用的情形"这种最深刻的意义。这种参照性使人们意识到：没有90年代压倒一切的消费文化意识形态，何来史铁生的"精神价值"？没有史铁生的"精神价值"，我们又何来对 90 年代问题的深刻的认识？本篇文章想要处理的一个是史铁生作品的纪念碑想象和他个人的精神向度问题，另一个是他作品与 90 年代所发生的事情的内在关联问题。就像两列来自不同方向的火车，它们在"时代隐喻"这个车站枢纽上又相互参照地并置在一起。而且我们现在不再会对这种混搭复杂的并置现象感到奇怪和不安。因此我认为这不是一篇评价史铁生作品精神价值的文章，而是一篇借这些评价文章把史铁生作为个案纳入 90 年代文学生成和发展的复杂性中来讨论的文章。在对史铁生这篇作品多角度的解释和介入中，我想让人们看到 90 年代作家创作和评价史本身存在着的多元交汇的特点。

2012 岁末草于北京亚运村寓所
2013.2.24 再改

注释：

[1] 刘振声、任之：《史铁生和他的创作》，《文汇报》1984 年 3 月 29 日。

[2] 刘芳坤：《诗意乡村的"发现"——〈我的遥远的清平湾〉与 80 年代文学批评》，《南方文坛》2010 年第 5 期。

[3] 陈村：《回想铁生》，《上海文学》2011 年第 2 期。

[4] [法] 让·波德里亚：《消费社会学》，刘成富、全志钢译，南京大学出版社 2001 年版，第 136 页。

[5] 王安忆、张新颖：《谈话录》，广西师范大学出版社 2008 年版，102 页。

[6] [美] 苏珊·桑塔格：《疾病的隐喻》，程巍译，上海译文出版社 2003 年版，第 5、7、9、19、29 页。

[7] 白云：《知青精神视域下的史铁生》，载郭小东主编《知青作家十批评书》，花城出版社 2011 年版，第 63、64 页。

[8] 石杰：《史铁生小说的佛教色彩》，《贵州大学学报》（社会科学版）1994 年第 2 期。

[9] 张新颖：《平常心与非常心——史铁生论》，《上海文学》1992 年第 10 期。

[10] 姚育明：《史铁生和〈我与地坛〉》，《上海文学》2011 年第 2 期。

[11] 参见拙作《1987：结局或开始》，《上海文学》2013 年第 2 期。

[12] 郭小东：《知青后文学状态》，《南方文坛》1998 年第 4 期。

[13] 刘芳坤：《诗意乡村的"发现"——〈我的遥远的清平湾〉与 80 年代文学批评》，《南方文坛》2010 年第 5 期。

[14] 李大卫、李冯、李洱、李敬泽、邱华栋：《个人写作与宏大叙事》，《作家》1999 年第 3 期。

[15] 参见拙作《1987：结局或开始》，《上海文学》2013 年第 2 期。

[16] 李大卫、李冯、李洱、李敬泽、邱华栋：《个人写作与宏大叙事》，《作家》1999 年第 3 期。

[17] 许纪霖：《另一种理想主义》，复旦大学出版社 2010 年版，第 153 页。

[18] 史铁生：《病隙碎笔》，陕西师大出版社 2006 年版，第 61 页。

[19] ［美］伯格：《通俗文化、媒介和日常生活中的叙事》，姚媛译，柯平校，张一兵主编，南京大学出版社 2002 年版，第 179 页。

[20] ［英］弗兰克·莫特：《消费文化——20 世纪后期英国男性气质和社会空间·导论》，余宁平译，张一兵主编，南京大学出版社 2001 年版，第 4、5 页。

[21] ［法］让·波德里亚：《消费社会》，刘成富、全志钢译，张一兵主编，南京大学出版社 2001 年版，第 134、135 页。

[22] 朱伟：《铁生小记》，《作家笔记及其他》，江苏人民出版社 2006 年版，第 35、36 页。

[23] 许纪霖：《另一种理想主义》，复旦大学出版社 2010 年版，第 152、156 页。

[24] 陈村：《回想铁生》，《上海文学》2011 年第 2 期。

[25] 薛毅：《荒凉的祈盼——史铁生论》，《上海文学》1997 年第 3 期。

"塔铺"的"高考"

——20世纪70年代末农村考生的"政治经济学"

一 从"磨桌""吃"的问题说起

刘震云短篇小说《塔铺》写的是20世纪70年代末北方农村的一个小镇中学。它的背景取自作家河南老家延津王楼,作者1973年到甘肃当兵至复员,1978年参加高考的某些生活剪影。"乡下人"和"当兵",显然是刘震云个人自传中的惨痛经验,他的《新兵连》《一地鸡毛》和新近的长篇《一句顶一万句》都不忘对这经验极度铺张的叙写。然而刘震云"新写实小说"的文学店铺并非90年代开张,它的起点应该是1987年的《塔铺》。对底层民众深含同情并夹杂难言隐衷的描写,一直贯穿于他30年的文学生涯。《塔铺》写的是一群农村复读生集中在公社中学半年,拟参加高考,高考是虚写,实写乃是他们的"吃饭""生存"和"爱情"。"吃"的问题尤其引起我们对70年代末农村考生这段"底层记忆"的注意。[1]

在第二节不久,小说就急不可待地写起"磨桌"吃窝窝头的情形:

> 中午吃饭时,"磨桌"情绪很不好,从家中带来的馍袋里,掏出一个窝窝头,还没啃完。到了傍晚,竟在宿舍里,扑到地铺上,"呜呜"哭了起来。

"磨桌"之哭是因"换地方"影响睡眠而引起,但"吃"却一直是困扰他的人生问题。在这个农村生活的一角,它揭开了家庭贫富不均的真相，对一个农村中学生的"自尊"构成了现实的威胁。"学校伙食极差。同学们家庭都不富裕，从家里带些冷窝窝头，在伙上买块咸菜、买一碗糊糊就着吃。舍得花五分钱买一碗白菜汤，算是改善生活。我们宿舍就'耗子'家富裕些，常送些好饭菜来。但他总是请同桌的女朋友吃，不让我们沾边。偶尔让尝一尝，也只让我和王全尝，不让'磨桌'尝。"于是，在生活窘迫的情形中，主人公"我"目睹了令人伤心的一幕：

> 这秘密终于被我发现了。有一天晚自习下课，回到宿舍，又不见"磨桌"……我到厕所解溲，忽然发现厕所墙后有团火，一闪一灭，犹如鬼火。火前有一个人影，伏在地上。天啊，这不是"磨桌"吗！……一会儿，蝉不知烧死了没有、烧熟没有，"磨桌"满有兴味地一个个捡起往嘴里填，接着就满嘴乱嚼起来……

被"发现"的"磨桌"顿时"语无伦次"地说：

> "班长，你不吃一个，好香啊！"
> 我没有答话，也没有吃蝉，但我心里，确实涌出了一股辛酸。……我眼里涌出了泪，上前拉住他，犹如拉住自己的亲兄弟。

刘震云在这里写了一个与"高考"无关的故事，但是他深层次地揭示了一个与农村高考密切相关的社会问题。

改善"吃"的困境，成为小说《塔铺》人物和当时千百万个农村中学生踊跃参加"高考"的历史动力。"吃"在这被赋予了"政治经济学"意义："乡下人"与"城里人"的"高考"实际本来就被编制在截然不同的"社会等级秩序"里。这就是"乡下人"参加高考是为解决"吃"的问题的，而"城里人"的"高考"则是为继承家族的"社会阶层"。于是，"高考"就在"城里人"的意义上被输入了"当代青年追求理想"的价值内涵，而且这种认识还被移位到对《塔铺》的评价中："读着这样的作品，鬼使神差的，我想起一些曾引起广泛影响的、表现了当代某些青年的'价值真空'状态和灵魂流浪状态的作品，如《毛》、《无主题变奏》等。尤其是《无主题变奏》，它与《塔铺》形成了精神追求上的尖锐对照。"[2] 在80年代，因为"潘晓人生观讨论"所引发的文学如何表现人生意义的激烈争辩，一直回响在小说创作和文学批评的周围。"女排精神"和"高考"尤其被人们看作"一代人奋起"的时代象征，被社会公众和批评家安装了"人道主义""人的觉醒""振兴中华"和"从我做起"等认识性装置。这种认识装置直接影响了很多青年题材小说如《飘逝的花头巾》《在同一地平线上》《赤橙黄绿青蓝紫》等的创作，实际也在培养按照这种文学思路去理解文学作品的一代代读者。正是在这里，《塔铺》对"吃"的不愉快的描写被人忘却了。

政治经济学之父亚当·斯密对这种人性秘密有过深入的观察：

> 一个地位低下的人远不是任何社会的显要一员。当他留在乡村的时候，他的行为举止可能还有人注意，他也可能不得不注意自己的举止。在这种境地，也只有在这种境地，他可以有所谓丧失人格的问题。但是一旦他进入大城市，他就陷入模糊和黑暗之中。他的行为举止就不会被任何人所注视，因而他也很可能就不再检点。他就会放纵自己，不惜干出各种邪恶的丑事。[3]

吃蝉在中国农村也许并非丑事，当饥饿威胁到人的生命恐怕连"吃人"都不能说完全背离了伦理道德。但对于最初离开乡村走向"城镇"——公社小镇的"磨桌"来说，一旦"耗子"摧毁掉他最起码的尊严，那么乡村道德对他行为举止的控制就会不复存在。贫困家庭不能给他"耗子"家里那种"好饭好菜"，于是他便从田野的飞蝉中攫取饭食，一个人躲在厕所一角偷偷享受"物欲"的快感。他把自己人格降低到动物水准的吃蝉行为，恰恰表明他的生存正在遭遇空前的危机。与刘震云的"道德同情"视角不同，亚当·斯密的《国富论》通过对"人的私利"与"社会经济"关系的敏锐观察和大胆剖析，帮助我们看清了"磨桌"的"人性秘密"——"吃"使他的人性底线全面崩溃。小说从"磨桌"角度淋漓尽致地展示出 20 世纪 70 年代末农村复读生的精神困境，以及被等级意识所挤压的乡村社会危机。由农村进入城市所带来的个人危机实际并没有在刘震云后续的一批小说中平息，《一地鸡毛》中小林对身患重病的小学老师的心理负疚，还在加剧着这种痛苦感受。令读者更触目惊心的，莫过于 90 年代后被揭开且数量惊人的刑事案件的嫌疑犯多来自农村这种文学之外的事实。亚当·斯密《国富论》从政治经济学角度对 18 世纪英国农业/工业化转型期社会各个阶层的深刻观察，显然不仅适用对小说《塔铺》隐秘文本的认识，同样也适用于对当前中国社会问题的认识。

正像亚当·斯密所说的，像"磨桌"这样的农村青年"留在乡村的时候，他的行为举止可能还有人注意，他也可能不得不注意自己的举止"，他还不至于因为偷吃烧蝉被人撞见。他在农村家里有可能由于"吃"的问题而有"所谓丧失人格的问题"，如向邻居暂借和乞讨都可以暂缓危机，如果没有"城镇"做参照，他也许"不得不注意自己的举止"。对农民子弟在"城镇"遭受的羞辱，我已在铁凝小说的《哦，香雪》中有所分析。[4] 这种由吃而引起的"城镇羞辱"对复读农村中学生的精神压力已远远超过了高考本身，他们一边在拼命复习，一边又在为生活而挣扎，形迹犹如自然界的动物，小说就有许多这样的描写。这种描写无疑强化了我们对于小说深层内涵的理解，例如农村的经济关系、吃饭的危机等：

> 我端菜回教室，发现李爱莲独自在课桌前埋头趴着，也不动弹。我猜想她经济又犯紧张了，便将那菜吃了两口，推给了她。她抬头看着我，眼圈红了，将那菜接了过去。
> ……
> 他说我爹来了，来给我送馍，没等上我，便赶夜路回去了。接着他把铺上的一个馍袋给我，我打开馍袋一看，里面竟是几个麦面馍子。这馍子，在家里过年才吃。我不禁心头一热。
> ……

二 王全因割麦"下课"

小说的另一条线索是写王全的"下课"。王全是一名三十多岁的中学复读生。在"我"眼里，他"和我曾是中学同学，当年脑筋最笨、功课最差的，现在不知犯了哪根神经，也跟着复习"。但王全有自己的"政治经济学"：他老婆是个"五大三粗的黑脸妇人"，家里经常"断炊"，"两个孩子饿得'嗷嗷'叫"，在这种家庭经济状况中即使继续务农，也前途渺茫。所以，面对第二天给自己送馍袋的大孩子，王全参加"高考"的现实逻辑就是："等爸爸考上了，做了大官，也让你和你妈享两天清福！"

这显然是一个比"磨桌"更加绝望的"高考复读生"。他的智力、家庭处境都注定了这次"离乡高考"将是一次失败之旅。我翻阅雷达等人的批评文章，批评家似乎没有注意到这个老实笨拙的农村汉子，因为像他这种"人生道路"实在难以与 80 年代"理想化"的文学批评标准接轨。[5]在批评家对他的冷遇中，刘震云却在极力地展现他糟糕的家庭生活：

> 王全的老婆来了一趟。是个五大三粗的黑脸妇人，厉害得很，进门就点着王全的名字骂，说家里断了炊，两个孩子饿得"嗷嗷"叫，青黄不接的，让他回去找辙。并骂：
> "我们娘儿们在家受苦，你在这享清福，美死你了！"
> 王全也不答话，只是伸手拉过一根棍子，将她赶出门。两人像孩子一样，在操场上你追我赶，终于把黑脸妇人赶得一蹦一跳地走了。同学们站在操场边笑，王全扭身回了宿舍。

王全老婆的"农村政治经济学"之所以与王全的"高考经济学"发生严重冲突，是因为王全的高考经济学是按照"高考"—"离乡"—"做大官"这种公式推演的；而他老婆的农村政治经济学原理则是"割麦"—"解决断炊问题"—"全家人活下去"。在全国上下轰轰烈烈的"高考"浪潮中，王全老婆是在一个很低的历史层次上理解她丈夫的"高考壮举"的，她要时刻面对全家人严酷的生存境况，这是她把高考意义矮化的根本原因。小说在这里埋下一个伏笔。并不是王全和他老婆感情不睦，他和老婆两人在塔铺公社中学操场上大打出手，是家里需要王全回家务农的原因所致。这个情节中实际已经埋下了"王全下课"的伏笔。

在我看来，"王全下课"虽是小说的闲笔，但却是里面最重要的闲笔之一。

作为对 1977 年、1978 年全国"高考"的重要补写，王全的家庭故事也许极大地丰富了那个年代历史复杂而曲折的内涵。如果说"磨桌""吃"的问题暴露出千百万的高考大军是由社会各个阶层且贫富不均的人员组成的话，那么王全老婆为读者算的一笔"割麦账"却把无数个高考失败者的形象推到了历史的前台。正是她的"农村政治经济学"，交代了王全与高考制度的历史性关系。这正如有人精辟指出的："人对他在他所处的这些关系中的存在的基础认识到了什么程度，也就是他对自己的认识到了什么程度。"[6]王全老婆事实上比王全更全面地看清楚了他们全家与社会经济关系的"存在的基础"是什么："地里麦子焦了，你回去割不割？割咱就割，不割就让它龟孙焦在地里！"也就是说，她凭着人的生存本能帮助王全认清楚了自己的阶级地位和阶级意识，这种意识就是全家只有靠无休止的"劳动"才能维持最基本的生存。她是没有"剩余时间"做"高考"的非分之想的。马克思以他敏锐的社会观察力证明了王全老婆"农村政治经济学"的正确性："在这里，所以要生产使用价值，是因为而且只是因为使用价值是交换价值的物质基础，是交换价值的承担者"，"他要生产具有交换价值的使用价值，要生产用来出售的物品、商品。"[7]王全通过"割麦"，留一部分维持全家全年的吃食，再拿一部分出售给国家，使它们具有"交换价值"（实际上，王全割麦也是一种"交换"，他只有"割"麦子，才能通过他的劳动将粮食"交换"到他家里的粮仓中）；但是，按照1970年中国北方农村的粮食产量，一般农户除留口粮已所剩无几。它们产生不了马克思所说的那种"剩余价值"。即使有一点点微不足道的所谓"剩余价值"，它也只能依靠农民延长繁重的劳动时间来获得。这是因为，20世纪70年代中期之后，由于农村粮食严重不足，有人发现农民的变相"偷窃"在很多地方已很普遍。[8]连1985年莫言创作的小说《透明的红萝卜》中也明目张胆地写到黑孩70年代偷生产队萝卜的事情。1979年9月国家允许"包产到户"的政策才开始施行，[9]所以《塔铺》写1978年王全放弃高考以超时割麦和其他劳动来换取最基本的生存条件，更证明了"人民公社制度"的全面危机和即将出现的历史终结。因此，王全在"人民公社"最后阶段的命运必然是："无论纺纱工人的劳动和珠宝细工的劳动在程度上有多大差别，珠宝细工用来补偿自己的劳动力价值的那一部分劳动，与他用来创造剩余价值的那一部分追加劳动在质上完全没有区别。在这两种场合，剩余价值都只是来源于劳动在量上的剩余，来源于同一个劳动过程——在一种场合是棉纱生产过程，在另一种场合是首饰生产过程——的持续时间的延长。"[10]

在高考结束回家的路上，"我"在田野上看到了用庄稼的使用价值来换取交换价值拼命劳动的王全：

> 和王全仅分别了一个月，他却大大变了样，再也不像一个复习考试的学生，而像一个地地道道的老农。戴一顶破草帽，披着脏褂子，满脸胡茬，手中握着一杆鞭。

他每天都要拼命劳作，从小麦、高粱等农作物的使用价值中提取有限的但对于全家来说却非常重要的交换价值。他才 30 岁，有的是力气，这就是说可以比四五十岁的农民进一步延长劳作时间，他通过榨取自己的体力来争取一点活着的尊严。王全老婆的"农村政治经济学"终于让胜了王全的"高考政治经济学"，在反映农村高考生活的小说《塔铺》中，学生的"高考"终于逊位于生活逻辑的残酷逼迫。这篇小说告诉读者，在广大农村，少数人的高考是无数人因"割麦"而放弃高考而终于被逐出80 年代中国社会第一轮竞争为前提的；所以小说结尾写道："后来，我进了我国北方的一所最高学府。玉阶飞檐，湖畔桃李，莘莘学子。但我的眼前始终浮动着、闪现着塔铺的一切，一切。"因为，"我不敢忘记，我是从那里来的一个农家子弟。"他不会忘记王全临走时和他的那场对话：

> "大半年的苦都受了，还差这一个月?!"
> 他点点头，又吸了一口烟，突然动了感情："你嫂子在家可受苦了！孩子也受苦了。跟你说实话，为了我考学，我让大孩子都退了小学。我要再考不上，将来怎样对孩子呢?"……

一个普通农妇道出的原来竟是对中国农民"存在的基础"的最深刻的认识。

三 "我"和李爱莲的"爱情故事"

如果在"磨桌"和王全的故事中"我"只是小说的旁观者，那么在与复读女同学李爱莲的"爱情故事"里则成了一个主角。作为小说诸多线索中的主要线索，小说主角与李爱莲的爱情悲欢同样像一面历史镜子反映了 1977 年、1978 年"高考"的深刻内涵。

　　小说首先对复读生李爱莲的家庭经济状况做了社会学调查。李爱莲之所以课余时间"割草"卖钱维持学费，是因为"家中困难，爹多病，下有二弟一妹"，而且父亲酗酒打人，等于全家唯一的全劳力已经丧失；李爱莲把"我"给她的半碗萝卜炖肉的菜拿回家给父亲吃，把读者视线带入了她贫困的家，"三间破茅屋，是土坯，歪七扭八；院子里黑洞洞的，只正房有灯光"。这种"赤贫"的"全景"令人心痛；最后，作品镜头聚焦在李爱莲躺在床上的父亲身上，"屋里墙上的灯台里，放着一盏煤油灯，发着昏黄的光。靠墙的床上，躺着一个骨瘦如柴的中年人，铺上满是杂乱的麦秸屑。床前围着几个流鼻涕水的孩子；床头站着一个盘着歪歪扭扭发髻的中年妇女，大概是李爱莲的母亲。"这个绝望家庭的经济状况是20 世纪 70 年代末中国北方农村的真实写照，从中我们可以料知李爱莲的"高考之路"并不平坦。这实际也为"我"与李爱莲的爱情悲剧留下了隐患。

　　"一个人是富裕还是贫穷，是依据他对人类生活必需品、便利品和娱乐所能享受的程度而区分的。""每样东西的真实价格，就是每样东西对于一个想得到它的人在获得这件东西时所需要付出的劳动和艰辛。每样东西对于已经获得了它的人、要处置它的人或要用它去交换别的东西的人来说，其真实坐标就是它能为他节省多少劳动和艰辛"。[11]亚当·斯密对劳动与生活必需品关系的精确计算和缜密思考，使我们得以对王全和李爱莲这两个"高考贫困生"的家庭经济情况和生存能力做一个比较性考察。虽然为全家人吃饱饭王全要付出"劳动和艰辛"，但是强壮而年轻的他在获得"每样东西"的过程中是可以通过拼命劳动来节省生活艰辛并略有盈余的。而在丧失了父亲这个强壮的男劳力之后，这个只剩下两个女人和三个幼小孩子的家，则需要付出比王全多几倍的劳动和艰辛才能得到"生活必需品"，李爱莲连"我"送她的半碗萝卜炖肉都要拿回家，足见脆弱的家庭经济到了不堪一击的地步。

　　在 1977 年、1978 年的"高考"课堂上，到底坐着多少"同桌的你"，确实是一个连社会学家都难以统计的数字。因此，在我们叙述了诸多生活的沉重后，"我"和李爱莲纯真质朴动人的爱情无疑为黑暗向光明过渡的20 世纪 80 年代增添了一抹亮色：

她是个女生，和悦悦同桌，二十一二年纪，剪发头，对襟红夹袄，正和尚入定一般，看着眼前的书，凝神细声朗读课文。（笔者注：证明李爱莲的勤奋好学）

黑夜茫茫，夜路如蛇。我骑着车，李爱莲坐在后支架上。走了半路，竟是无话。突然，我发现李爱莲在抽抽搭搭地呜咽，接着用手抱住了我的腰，把脸贴到我后背上，叫了一声：

"哥……"

这个老实质朴的农村女孩子，却有着惊人的感情和生活忍耐力。她陪我天不亮到大路上等连夜徒步 180 里去汲县师范为他们借《世界地理》的父亲。她即使为抢救在新乡医院的父亲，以 500 元医疗费为代价把自己嫁给王庄暴发户吕奇之后，仍然克制强烈的痛苦隐瞒实情写信鼓励"我"：

哥：

高考就要开始了。我们大半年的心血没有白费，就要看这两天的考试了。但为了照顾我爹，我不能回镇上考了，就在新乡的考场考。哥，亲爱的哥，我们虽不能坐在一个考场上，但我知道，我们的心是在一起的。我想我能考上，我也衷心祝愿我亲爱的哥你也能够考上！

爱莲

李爱莲为换取为爹治病的"生活必需品"，违心地将自己"卖"给了吕奇。但是，陷入命运绝境的她，仍然在全心爱着并支持着在考场拼命奋斗的"我"。小说写到这里，支撑着它的"农村政治经济学"终于让位于贫困人们在苦难年代崇高的精神追求，"高考"、"爱"在这里为我们深刻诠释了这一代人丰富而复杂的精神世界。这一描写超越了小镇《塔铺》贫困复读生在艰辛中挣扎和奋斗的层次，使人对苦难年代产生了更为温暖的回忆，这也是小说《塔铺》里最动人的地方。不到 30 岁的刘震云，已经在小说创作里显示了他不同寻常的观察力和艺术表现力。这正如吕西安·戈尔德曼在他的《论小说的社会学》里所指出的那样："小说必然同时是一部传记和一部社会编年史"，"文学社会学的大部分著作，的确在最重要的文学作品和使它们得以产生的这个或那个社会集团的集体意识之间确立了一种关系",这种关系就是刘震云用他的小说去书写并忠实记录"农村高考人"的生活历史和切身经验。然而,他又不是一味陷入这种经验而在那里滥情,因为"小说家应该超越他的主人公们的意识,而且这种超越从美学上说是小说创作的组成部分"[12]。

但我不得不回到马克思著名的"经济基础决定上层建筑"的社会理论,用它来考察1977年、1978年乃至后来很多年的"中国式高考"也许并不是没有针对性的。据说1977年12月全国有540万人参加高考,录取27万人,仅有5%的人走进大学殿堂并改变了命运。被淘汰的部分城市青年或顶替父母进入工厂,或被街道企业吸收,农村青年则重新扛起锄头继续务农(1978年虽有一点扩招,但情形与前一年大致相同)。考上大学的学生意味着已经获得将来进入社会精英阶层的预选资格。1977年考上北大中文系,后来一直做到中国作家协会副主席位置上的著名作家陈建功回忆道:"1977年深秋的一个清早,天还未亮,我们矿上用一辆大卡车,将我们这些参加高考的矿工拉去考试。那时天气已经很冷了,我看见寒星还在天上闪着,山路非常崎岖,卡车似乎开了近一个小时,才到了一个特别衰败破烂的院子,这是一所学校。我们都知道,决定我们命运的时刻到了。"虽然落榜但最终在北京一家杂志做编辑的诗人郭小川儿子郭小林(北大荒年代的知青诗人),未能上大学始终是他很深的心结:当时我想,"大学生有什么了不起,我的能力比他们强多了!你们看重文凭,我偏不要文凭!""现在平心静气地想一想,上大学的心理障碍不存在了,经济上的困难也不大","或许只好等退休之后,再去上老年大学,以圆我今生之梦。"一位名叫白天德的山西庄稼汉,因考上师范学院被人冒名顶替而被迫务农,多年后身患绝症的他给《山西青年》杂志写信说:

> 我已是一个身患绝症,早已把遗书锁在抽屉里的垂危病人,就连这篇短文也是我耗费了许多精力才完成的。……我无视目前沸沸扬扬的"下岗择业",因为我现在唯一能做的就是运用全部的精力来应付死神的侵袭。[13]

这不是个例。如果选择几个农村村落和城市街道做一个当年"落榜生"的社会调查,全面把握他们之后职业、生活和家庭经济状况,将会对我们的社会问题讨论以强有力的支持。从以上材料得出结论,陈建功因为高考而由一名矿工走上社会高层，郭小林由于出生于北京和家庭背景也基本如愿以偿，白天德因落榜则逐渐坠入社会底层。像白天德这样的农村落榜生，他们的子弟后来都成为"世袭农民"，他们或者下一代在 20 世纪 90 年代以后，大概就出现在奔赴南方和各个城市的千千万万的"农民工"大军中，二十多年后仍在承受因父辈高考失利而付出的代价。"高考，关系到一个农村孩子一生的命运。"[14] 经济基础决定上层建筑，这一对政治经济学的深刻揭示，在 1977 年启动的"中国高考史"中得到了应验，对小说《塔铺》的理解不能不放在这种历史架构之中。脱离了这种架构，就很难理解《塔铺》中"磨桌"、王全和李爱莲这样具体的命运，很难理解作为当年高考之一员的作家刘震云而不是别的作家写出这篇小说。

> 天是黑的，星是明的。密密麻麻的星，在无边无际的夜空闪烁。天是那么深邃，那么遥远。我第一天发现，我们头顶的天空，是那么崇高，那么宽广，那么仁慈，那么美丽。我听见身边李爱莲的呼吸声，知道她也在看夜空。
>
> 我们没有说话。
>
> 起风了。夜风有些冷。但我们一动不动。
>
> 突然，李爱莲小声说话："哥，你说，我们能考上吗？"
>
> 我坚定地回答："能，一定能！"
>
> "你怎么知道？"
>
> "我看这天空和星星就知道。"
>
> 她笑了："你就会混说。"
>
> 又静了，不说话，望星空。
>
> 许久，她又问，这次声音有些发颤："要是万一你考上我没考上呢？"
>
> 我也忽然想到这问题，身上不由得一颤。但我坚定地答："那我也永远不会忘记你。"

回答有一些无力。这是女主人公的一个不祥的预感，这个看似虚无缥缈的预感却证实了一个实实在在的真理："我"和李爱莲因"高考"而萌生的爱情将就此终结。任何一个人"拥有户口"和另一个人"不拥有户口"，都将使两个人从此天各一方。当然也可能有别的例外。这种"高考故事"在我 1978 年就读的大学里比比皆是，令人伤心落泪，但也是寻常传闻。"高考"—"户籍制度"—"进入社会中上层"这种政治经济学的认识结构和知识谱系，被插入到小说的叙述当中，它成为"我"和李爱莲无法逾越的历史障碍。但这种政治经济学知识并不妨碍我们进一步细读小说，没有知识介入的文学阅读可能只是一种审美阅读，而不是具有深度的历史阅读。历史阅读如果作为观察小说的一个窗口，我们就能把我们的审美感受、知识清理和全部生活经验包括其中。

这篇小说所具有的情感深度和历史深度就是，它是一篇"我也永远不会忘记你"而重叙当年的小说，因为它从这里连带出了我们这代人的"高考史"，连带出人也许永远都不能轻易忘记的个人记忆。只有"永远不会忘记"，无论作家、读者还是后来的研究者，才能通过阅读整理自己，整理历史本身。

四　农村高考与人口迁移

第三部分的小说叙述为我们的研究带出了一个小说中的"户籍"和"人口迁移"问题。在当代中国，尤其是国家直接安排大学生就业的 20世纪 90 年代中期以前，"高考"成功对于农村考生来说就意味着获得了"城市户口"，完成了身份转型。所以，每年的高考背后不仅意味着很多农村大学生合法地进入城市，而且也是一次次历史性的"人口迁移"。

中国历史上，人口迁移大多跟战争、灾荒、拓垦边地、社会发展等政治和经济密切相关。如前文所述，当代社会越来越严密的"城乡二元结构"虽然以强迫手段获得了暂时的历史平静，但也导致农村社会的长期贫困和经济滞后状态，所以社会一旦发展，就会迅速促进社会结构的震荡、重组，推动人口迁移的浪潮。新时期小说中王蒙的《夜的眼》、路遥的《人生》、王安忆的《本次列车终点》和贾平凹的《浮躁》等，都揭示了老干部平反"归来""知青返城"和农民重新进城的现实生活。"参军""高考""招工""经商"和"务农"成为 80 年代以来人口迁移的主要标志。社会学教授张静认为每逢历史发生转折，"身份重建"就成为每个社会成员必然的选择："'社会身份'一向是社会学关注的主题，这不仅因为它的现实存在——在每一个社会中，都可以观察到社会身份的存在，人们总是试图流动到更高的社会身份位置上去。”[15]强大的社会浪潮和人的生存本能，使人每遇一次历史机遇都会紧抓时机而毫不迟疑。

离高考还剩两个月，这时传来一个消息，说还要考世界地理。塔铺中学一片慌乱，“同学们都变得自私起来，找到资料的，对没找到的保密，唯恐在高考中多一个竞争对手”。小说描述了考生在关键时候的自私本能，但当“我”因无材料而陷入惊慌时，“我”爹站了出来，他自告奋勇要到“一百八十里”外的汲县亲戚家为儿子借《世界地理》。这个一辈子生活在封闭乡村的老农心里非常明白，“高考成功”将意味着儿子从此离开苦难的农耕生活，“迁移”到“城市”里去。爹毫不迟疑地采取了行动：

> 爹蛮有信心地说：“我年轻的时候，一天一夜走过二百三。”说完，一撅一撅地动了身。我忙追上去，把馍袋塞给他。他看着我，被胡茬包围的嘴笑了笑，从里面掏出四个馍，说：“放心。我明天晚上准赶回来。”我眼中不禁冒出了泪。

一天没有消息。第二天晚上“我”和李爱莲偷偷溜出学校，到二里地外的大路上接爹，但仍无踪影。小说省去了爹一天一夜奔波的无尽艰辛，这个故意隐去的情节就隐身在图书馆馆藏的大批涉及农村、农业和农民历史与现状的书籍中，它们作为深邃而沉重的历史背景给了《塔铺》难以想象的深广度。到次日清晨，经过长途跋涉也许丝毫都没有停歇的爹终于回来，“天色渐渐亮了，东方现出一抹红霞。忽然，天的尽头，跌跌撞撞走来了一个人影。”小说以难过、辛酸和令人激动的笔调写到父子俩的重新见面：

> 爹看着我们兴奋的样子，只“嘿嘿”地笑。这时我发现，爹的鞋帮已开了裂，裂口处，洇出一片殷红殷红的东西。我忙把爹的鞋扒下来，发现那满是脏土和皱皮的脚上，密密麻麻排满了血泡，有的已经破了，那是一只血脚！
>
> “爹！”我惊叫。却是哭声。
>
> 爹仍在笑，把脚缩回去：“没啥，没啥。”
>
> 李爱莲眼中也涌出了泪：“大伯，难为您了。”

我说："您都六十五了。"

没人知道这一天一夜里，一个六十五岁的农村老人奔走在崎岖不平的路上在想什么，是怎么走过来的，是什么在支持他完成一个伟大的行动。这种极其丰富复杂的意识不是"高考成功""进城"就能叙述得清楚的，对于一个识字不多或许不识字的老农来说，这是他意识深处的一个"黑箱"。在王全退学回家和我与李爱莲爱情悲剧之间，作者又为我们插入了一个叙述的高潮，这就是1978年小镇塔铺的"高考"远远超越了恢复高考的意义，它以极其节省的方式浓缩和帮助读者深刻观察到"高考"背后农村"人口迁移"的历史问题。

小说主人公"我"爹在"长途借书"的路上，显然不具有经济学家这么清醒的历史反省意识。同时，这位经济学家还为我们进一步阅读《塔铺》展开了一个更为开阔的历史视野："胡星斗说，《中华人民共和国户口登记条例》通过对居民常住、暂住、出生、死亡、迁出、迁入、变更等人口登记，以法律的形式严格限制农民进入城市，限制人口的正常流动，成为如今中国社会严重的二元结构、城乡隔离的始作俑者。目前世界各国虽然也有'人口登记'、'人号'、'社会保障号'、身份证、公民档案甚至'户籍'等管理措施，但极少存在城乡二元户口安排及城乡严重隔离的制度。虽然经济学家刘易斯早就注意到发展中国家的二元结构的问题，并对之进行了深入的研究，但他们恐怕谁也没有想到中国的二元结构是以官方文件、法律和制度的形式被固定下来的。"他进一步尖锐地批判："在中国，二元户籍制度衍生出的二元就业制度、二元医疗制度、二元社会保障制度、二元电力制度、二元土地制度、二元人才制度、二元组织制度（城市有工会，农村却没有农会）、二元国有资产制度（"国有资产"、"全民所有制"竟然没有农民的份儿），而且，农民在政府服务、基础设施、生产资料供给、粮食销售、燃料、住宅等方面都处于劣势。"[16]1978年初夏，一头大汗地奔走在一百八十里乡间路上的"我"爹，心里装着的只有让儿子赶快拿到《世界地理》书这件事。他像王全老婆和千千万万个农民一样，心里只有这么一本"农村政治经济学"的账：①通过《世界地理》这本书，儿子可能离"高考成功"更近了一步；②唯有儿子高考成功，他才能脱下农民的衣服，以"城里人"的"身份"享受城市各种制度资源；③儿子的工资将成为全家人的"经济来源"，用于父母"养老"、兄弟姊妹家境变化和后代人的社会升迁。因为，在 20 世纪 70 年代、80 年代、90 年代，无数个"农家子弟"都意识到无法抵抗和改变经济学家所指出的历史的状况，唯有"高考"成为他们"迁出农村"的唯一机会。在这一历史间隙里，有的人抓住了机会，有的人在机会面前却失去了一切；这种故事至今还在我们生活里上演，这就是小说《塔铺》仍然能给人轻微的激动的价值所在。

在我看来，文学批评家没有给小说《塔铺》更准确的历史性的评价，给今天的读者和研究者以启发，原因就是在文学的年代人们仅仅在"文学"的范围内想问题；而不像政治经济学家那样，在与文学人物的生活密切相关的"社会学"、"政治经济学"的知识里想问题，他们对问题的思考极大地扩展了小说里原本存在而被文学批评家一直漠视的丰富的文本内容。于是，在文学批评"缺席"的情况下，我被迫引了社会学批评、政治经济学批评的观察视野和知识，引入了他们对社会的深刻认识和批判力量。从这个角度看，围绕小说而开展的"文学批评"我觉得不一定都来自职业文学批评家，出现在小说诞生年代前后的所有有用的社会学批评、政治经济学批评，在我看来也都应该划入"文学批评"的范畴。因为社会学批评和政治经济学批评弥补了文学批评的缺憾，充分丰富了我们对刘震云短篇小说《塔铺》的理解。我意识到，在这篇小说周围，有一个文学、社会学和政治经济学共同组成的"文学批评"的立体架构。这是我在尝试解读小说《塔铺》时意识到的一个问题。

2010 年 8 月 16 日于北京奥运村

注释

[1] 最近几年，我经常在开会和外出场合听到一些专业同行谈到他们二三十年前，住在小镇或县城中学准备高考时吃家里带来的窝窝头、玉米馒头就着咸菜吃饭的不愉快人生经历。对处在长身体年纪的孩子来说，他们多年后进城进入"成功人士"社会阶层再"回望"这段历史时，无疑是痛苦的、不堪回首的。这种经验对我们这些在"城里"长大的人，一般都很难理解。所以，某种程度上，刘震云这篇小说写的是"农村一代"的共同历史，具有相当的普遍性。

[2] 雷达：《追寻灵魂之故乡——〈塔铺〉与〈无主题变奏〉之比较》，

《文学自由谈》1988 年第 3 期。

[3] [英] 亚当·斯密:《国富论》(下),谢祖钧译,孟晋校,新世界出版社 2007 年版,第 748 页。

[4] 见本人刚完成的拙作《香雪们的"20 世纪 80 年代"——小说〈哦,香雪〉和文学批评所折射的当时中国农村之一角》。在这篇文章里,我对主人公香雪因为没有公社中学女同学那种"带磁铁"的"铅笔盒"而被人嘲笑的故事,以及她的心理状态都做了社会学的分析。

[5] 在雷达的《追寻灵魂之故乡——〈塔铺〉与〈无主题变奏〉之比较》中(《文学自由谈》1988 年第 3 期),批评家对王全只字不提,表明这种失败的农村人物并不是他"理想化"的批评对象。

[6] [匈牙利] 卢卡奇:《历史与阶级意识——关于马克思辩证法的研究》,商务印书馆 1996 年版,第 274 页。

[7] [德] 马克思:《资本论》第一卷,人民出版社 2004 年版,第 217 页。

[8] 张乐天:《告别理想——人民公社制度研究》,东方出版中心 1998 年版,第 433、434 页。20 世纪 70 年代中期后,"家庭本位的价值观与集体本位的价值观之间的冲突还以直接的方式影响生产集体经济,主要表现为农户的'化公为私'的行为。化公为私的手法五花八门,概而述之,可分为借、拿、占、偷四类。""例如在陈家场,每次生产队喷完药水以后,参加除虫劳动的农民都可以把留在喷雾器里的药水拿回家,到自留地除虫。人人都可以如此去拿,公开地、大模大样地拿,谁也不把这样的拿当作偷。""我们经常会听到各种某某人偷了生产队的什么东西的传闻,从挖几个番薯、拔几棵黄豆,一直到偷生产队的砖头、瓦片,锯生产队的树木,等等。"

[9] 张乐天:《告别理想——人民公社制度研究》,东方出版中心 1998 年版,第 448 页。该书写道:"中央的政策于 1979 年 9 月开始松动。十一届四中全会正式通过的《中共中央关于加快农业发展若干问题的决定》中规定,某些副业生产的特殊需要和边远地区、交通不便的单家独户,可以包产到户。

[10] [德] 马克思:《资本论》第一卷,人民出版社 2004 年版,第 230 页。

[11] [英] 亚当·斯密:《国富论》(上),谢祖钧译,孟晋校,新世界

出版社 2007 年版，第 25 页。

[12] ［法］吕西安·戈尔德曼：《论小说的社会学》，吴岳添译，中国社会科学出版社 1988 年版，第 7、13 页。

[13] 何建明：《高考报告》，新世界出版社 2004 年版，第 22、35、206 页。

[14] 引自《罗彩霞走出法庭后流泪，称希望事情就此结束》一文，2010 年 8 月 16 日《人民网·人民日报》。"恢复高考"二十几年后，2004 年发生在湖南省邵东一中的罗彩霞高考被人以同名顶替录取的事件，仍在第一时间上网并震惊全国。这篇报道写道："2004 年 9 月，时任湖南省隆回县公安局政委的王峥嵘，伪造了罗彩霞的户口迁移证等证件，王佳俊冒用罗彩霞之名被贵州师范大学录取。"最后事件以"2009 年 10 月，王峥嵘以犯伪造国家机关证件罪和受贿罪数罪并罚，判处有期徒刑 4 年"、其子女被学校退学等处罚而告结束。在这篇文章中，我注意到无论罗彩霞的"维权"还是网友的争议，都围绕着"户口迁移证"、"毕业证、学位证、教师资格证"而进行，说明"高考"与"社会身份"的紧密联系。"高考"不管到什么时候，都是社会关注的焦点之一。

[15] 张静：《身份认同研究——观念、态度、理据·引言》，上海人民出版社 2006 年版。

[16] 杨豪：《中国农民大迁徙》，浙江文艺出版社 2007 年版，第 220、221 页。

1987：结局或开始

——为池莉中篇小说《烦恼人生》发表 25 年而作

鲁彦周发表在 1979 年第 1 期《清明》上的中篇小说《天云山传奇》的开头是这样的：

> 心灵上的琴弦，一旦被拨动了，就难以停止它的颤动。
> 我没有想到，时隔二十年的今天，我这个四十多岁的女人，已经担任了地委组织部副部长的人，生命中的某一根琴弦忽然被拨响了。我更没有想到，这次触发，竟给我的生活，带来了这么大的变化。

1987 年第 8 期的《上海文学》，推出了比鲁彦周整整小 29 岁、属于另一代作家池莉的中篇小说《烦恼人生》。小说一开始就写道：

> 早晨是从半夜开始的。
> 昏蒙蒙的半夜里"咕咚"一声惊天动地，紧接着是一声恐怖的号叫。印家厚一个惊悸，醒了，全身绷得硬直，一时间竟以为是在噩梦里。待他反应过来，知道是儿子掉到了地上时，他老婆已经赤着脚串下了床，颤颤地唤着儿子。母子俩在窄狭拥塞的空间撞翻了几件家什，跌跌撞撞扑成一团。

触摸这两篇尚有历史余温的小说，我发现它们有两个不同的关键词："心灵上的琴弦"和"拥塞的空间"。关键词指向不同的历史年代：1979年为老干部和知识分子"平反昭雪"，1987 年工厂职工的分房问题。年龄相差 29 岁的两代作家，尽管可以在同一个时代里创作，却可能是在两个时代思考他们差异惊人的人生。而支持着这种历史差异性的，就是两个时代完全不同的意识形态。

这两个关键词涉及的思想感情倾向确实是不一样的。《天云山传奇》写20世纪50年代的女大学生宋薇（后任地委组织部副部长）"我"因男朋友兼同学罗群被错划为"右派"，不情愿地嫁给年长的地委书记吴遥。二十年后，她在清查冤假错案时无意发现，罗群落难后竟在安徽天云山山区做了马车夫。这使她的感情天平发生了惊天逆转。虽然丈夫极力阻挠，她还是毅然冲破家庭的罗网，大胆去追求与罗群失而复得的珍贵爱情。《烦恼人生》写武汉某钢铁厂青年职工印家厚当年也是热血青年，自从结婚后，每天带着儿子从汉口乘轮渡到武昌上班，陷入家庭琐事之中不能自拔。生活的压力使他放弃了理想，在如花似玉的女徒弟雅丽的追求面前也唯唯诺诺。他的理想只剩下拿到奖金给儿子买昂贵玩具，分一套房子彻底改善困顿的生活处境，这一切最后全部落空，但每天还得日复一日地照常进行。

从1979年到1987年，也就是刚刚八个年头，步入改革开放时期的中国社会好像经历了两个完全不同的朝代。20世纪80年代是热气腾腾的充满梦想的，20世纪90年代则是平铺直叙的非常现实的，《烦恼人生》写的是1987年前后中部大都市武汉的社会一角，这个年头一架跷跷板一般似乎脚跨着两个时代。它是结束，也仿佛是开始，是生命的又一次轮回，照亮了我们这代人曾经走过的完整人生，把中国社会这二十年做成了一个微缩胶卷放在北京图书馆的特藏书柜之中。

一　在车上及轮渡上

印家厚每天的几个小时都花在往返汉口与武昌之间长江的轮渡上。"在路上"本来就是中外文学经久不衰的主题之一。1979年前后，许多"归来作家""知青作家"都曾被裹挟在灰尘滚滚的大返城的洪流中。胡风从成都监狱、丁玲从山西农村、王蒙从新疆返回北京，张贤亮由囚徒成为宁夏回族自治区的专业作家、高晓声由农民变成江苏省的专业作家，阿城、韩少功、陈建功更是由知青身份转变成工人和大学生。这是从历史浩劫中深度地"归来"。他们作品充满激情地记录了这些非凡的经历。王安忆小说《本次列车终点》主人公陈信在火车上的描写，对他们这两代人几乎具有了纪念碑的意义。但 1987 年中国人的生活已经恢复正常，各色人物逐渐各就各位。与英雄般归来的老作家、知青作家相比，印家厚是一个太平年代的小人物。他每天奔波在路上只为谋生，我承认他缺乏前者那种深刻的历史价值。

池莉对武汉人日常生活和心理的刻画可谓入木三分，连在那里生活了四十多年的老作家曾卓都自叹弗如："我惊异于她是如此熟悉这座大城，它的特有的格局和习俗"，"使我这个老武汉读来倍感亲切。"[1]上午八点上班，印家厚必须赶上六点五十分的那班轮渡才不会迟到，乘轮渡前得坐四站公共汽车，上下车还要走十分钟的路。他大步流星带着儿子加入滚滚人流，不回头就知道，"那排破旧老朽的平房窗户前，有个烫了鸡窝般发式的女人，她披了一件衣服，没穿袜子，趿着鞋，憔悴的脸上雾一样灰暗。她在目送他们父子，这就是他的老婆。你遗憾老婆为什么不鲜亮一点吗？然而这世界上就只她一个人在送你和等你回来。"在几百万人拥挤的武汉，乘轮渡前要拼命挤车。车门坏了，人们还在挤，在激烈地骂。"印家厚是跑月票的老手了，他早看破了公共汽车的把戏，他一直跟着车小跑。车上有张男人的胖脸在嘲弄印家厚。胖脸上噘起嘴，做着唤牲口的表情。印家厚牢牢地盯着这张脸，所有的气恼和委屈一起膨胀在他胸里头。他看准了胖脸要在中门下，他候在中门，好极了！胖脸怕挤，最后一个下车，慢吞吞好像是他自己的车。印家厚从侧面抓住车门把手，一步蹿上车，用厚重的背把那胖脸抵到车门上一挤然后又一揉，胖脸啊呀呀叫唤起来，上来的人不耐烦地将他扒开，扒得他在马路上团团转。印家厚缓缓地长舒了一口气。"1979 年 6 月 12 日，王蒙举家乘七十次列车卧铺从新疆重返北京。《王蒙自传》里记述："到站台上送我们的达四十多人，车内车外，竟然哭成一片。芳（笔者注：作者妻子）一直哭个不停。"无动于衷的他忽然想到老房东阿仆都热合曼高兴时经常唱的一支歌："我也要去啊，/在世界上转一转，/如果平安啊，/回到生我养我的故乡。"[2]王安忆《本次列车终点》也写到陈信列车上的生活："火车驶过田野，驶进矮矮的围墙，进市区了。瞧，工厂、楼房、街道、公共汽车、行人……上海，越来越近，越来越具体了。陈信的眼眶湿润了。心，怦怦地跳动起来。十年前，他从这里离开，……冥冥之中，他还在盼望着什么，等待着什么。当'四人帮'打倒后，大批知青回上海的时候，他才意识到自己在等什么，目的地究竟是什么。"《烦恼人生》与前者到底不同，池莉描写的是印家厚的日常生活，王蒙和王安忆是在叙述自己的历史生活。王蒙、王安忆小说里是里程碑式的群体社会，而印家厚的生活中只有老婆和儿子。当时已有评论家指出："尽管印家厚在一天之中扮演了父亲、丈夫、情人、女婿、工人、乘客、邻居、拆迁户之类多重角色，但他并不负载社会问题。"[3]

印家厚和儿子下了公共汽车，按时登上过江的轮渡。20世纪80年代，因老长江大桥拥塞，长江二桥还未建，几百万武汉人要靠轮渡每天来回三镇之间。乘轮渡是老武汉人的日常生活，所以这一细节写得非常生动，它在小说中起到承前启后的作用。前面接印家厚一家生活的序幕（儿子从床上掉下来），后面展开奖金和分房。印家厚每天都在船上遇到厂里的同事（上了轮渡就像进了自家的工厂，全是厂里的同事），他们议论提薪、分房、奖金和老婆孩子，《天云山传奇》的知识分子男女主人公，王蒙和王安忆那时大概不会对这生活琐事感兴趣。小说写到见人疯的儿子雷雷对每天的轮渡生活充满好奇心（"商女不知亡国恨"啊），可大人们却陷在毫无理想色彩的日常琐事里不能自拔。一支烟飞过来，印家厚接住用唇一叼，点上了火。后来，他又散烟给大家，算是男人之间的还礼。"汽笛短促地'呜呜'两声，轮船离开泵船漾开去。"同事把报纸或鞋垫在屁股底下打牌，印家厚看了三圈觉得没意思，就走开。有人与小白争论，三室一厅、几千元奖金与女排四连贯和曹雪芹谁更值得，文学青年小白为此愤愤不平。印家厚懒得争论，他介于二者中间，既不甘心像同事那样自愿平庸，也看不起小白的脱离实际。他在这家工厂里实际是一个多余人：

> 长江正在涨水，江面宽阔，波涛澎湃。轮渡走的是下水，确实有乘风破浪的味道。太阳从前方冉冉升起，一群洁白的江鸥追逐着船尾犁出的浪花，姿态灵巧可人。这是多少人向往的长江之晨，船上的人们却熟视无睹。印家厚伏在船舷上吸烟，心中和江水一样茫茫苍苍。自从他决绝了扑克，自从他做了丈夫和父亲，他就爱伏在船舷上，朝长江抽烟；他就逐渐逐渐感到了心中的苍茫。

《天云山传奇》女主人公得知罗群终于平反，二十年后重新看到他魁伟的身影，她的心"也猛烈地跳了"：

我把我的滚热的脸贴在玻璃上，我目不转睛地看着，……我一直望到他们消失在马路尽头，才慢慢离开窗口。……天云山，我的青春，我的爱情，我的事业，都是在那儿开始，又是在那里夭折的！它们，难道还能够回来吗？

1987 年与 1979 年只隔八年，可它们简直是两个不同的年代。但它们都是"在路上"的年代。我这里想，印家厚并不是不想过宋薇和罗群那种充满激情和理想的生活，可他年代的年轮，又缓缓转到另一个年代去了。这是他掌握不了的历史。

这长江，这每天无意义地奔波，肯定不是介于世俗主义者与文学青年之间的 20 世纪 80 年代工人印家厚想要的生活，只是他无法挣扎着走出这个狭小圈子和该社会阶层。那个年代的青年中，究竟有多少像印家厚这样挣扎着想改变自己的人，我们已经无法统计。走出或没有走出这一步，决定了他们后来二十年迥然不同的命运。我朋友中，就有很多印家厚这样的人。池莉用她一向犀利和直接的叙述方式，为读者留下 80/90 年代中国社会过渡性的一幕。在三十年改革开放进程中，这也许是一个瞬间。但这个瞬间，这个点，却是我们理解 80 年代向 90 年代过渡的一个极好的角度。这样说，《烦恼人生》中的那辆公共汽车和那只轮渡，不过是这个剧烈转型年代的一个载体。"在路上"，这句话深刻概括了一个不能忘却的年代。

二　印家厚的凡俗一天

在《文学的"超克"——再论蒋子龙〈机电局长的一天〉》一文中，我曾对改革家霍大道"一天"中所包含的惊心动魄的时代内容做过分析。[4]池莉的《烦恼人生》也试图通过印家厚从家里到工厂上班的"一天"，揭示他一天的意义与霍大道是如何不同。评论家邹平在 1987 年第 6 期《当代作家评论》发表的《女性视野里的〈烦恼人生〉》中，敏感地注意到了这一变化："从第七节到第十六节，便是我们的主人公在工厂里的生活了。"在这里，"作家追求'零度写作'的用心是良苦的"[5]。刘纳也指出："'新写实'作品把人在现实社会里的无奈感表现得相当充分。"于是，"烦恼在'新写实'小说中俯拾皆是，常常成为人物情绪的聚焦点。"但她以现代文学研究客观冷静的口气批评道,"已有一些论者把'新写实'作品所表现的烦恼与存在主义挂上钩,力图将其提升到形而上的层次。这种提升常显牵强"[6]。

印家厚往返路上和在工厂上班的一天,是当代中国人典型的"灰色中年"的缩影。这位当年被这家现代化钢板厂指定钻研日本引进设备的有为青年,这一天实在处处不顺。印家厚是一等奖金(三十元)强有力的竞争者,刚上班就被车间主任告知要"轮流坐庄"。他原来已向老婆兴致勃勃地许诺,计划用它给雷雷买一件电动玩具,剩余的去"邦可"吃一顿西餐。印家厚夫妇预备给过六十大寿的双方父亲买两瓶茅台,可一问商店售货员,一瓶 48 元,两瓶得 96 元,这需要夫妇俩整整一个月的工资,那全家的生活费和儿子的牛奶水果就得泡汤。沮丧的他这时想,"物价上涨,工资调级,黑白电视换彩色的,洗衣机淘汰单缸时兴双缸——所有这一切,他一一碰上了,他必须去解决。解决了,他没有什么乐趣,没解决就更烦人"。这些年,他"为了不被筛选掉拼命啃日语。找对象,谈恋爱,结婚。父母生病住院,天天去医院护理,兄妹吵架扯皮,开家庭会议搞平衡","少年的梦总是有着浓厚的理想色彩,一进入中年便无形中被瓦解了"。这一天,倒霉的事情还在后头。正当他在胡思乱想的时候,又有坏消息传来:"雷雷被关'禁闭'了。""罪行是,幼儿园小朋友都在睡午觉时,雷雷用冲锋枪扫射他们。"

> 幼儿园大大小小的孩子都在床上睡午觉,雷雷一个人被锁在"空中飞车"玩具的铁笼里。他无济于事地摇撼着铁丝网,一看见印家厚,叫了声"爸!"就哭了……
>
> 泪珠子停在儿子脸蛋中央,膝盖上的绷带拖在脚后跟上。印家厚换上充满父爱的表情,抚摩儿子的头发,给儿子擦泪包扎。

被一天的工作和烦心事弄得疲惫不堪的他这样教育不懂事的儿子:

> "雷雷,跑月票很累人,对吗?"
> "对。"
> "爸爸还得带上你跑就更累了。"
> "嗯。"

"你如果听阿姨的话，好好睡午觉，爸爸就可以去休息一下。不然，爸爸就会累病的。"

这一天印家厚还收到插队同学江南下的一封信，来信充满感情地忆起他们当年意气风发岁月的点点滴滴，并告知他那永远的伤痛——前女友聂玲的近况。江南下告诉他："你还记得那天下雨天吗？那个狂风暴雨的中午，我们在屋里吹拉弹唱。六队的女知青来了，我们把菜全拿出来款待他们，结果后来许多天我们没菜吃，吃盐水泡饭。""聂玲多漂亮，那眉眼美艳极了，你和她好，我们都气得要命。可后来你们为什么分手了？这个我至今也不明白。"这位同学还告诉他，去年他在北京遇见过聂玲，她有一个几岁的孩子。可"我们如今都是三十好几岁的人了"。江南下说他已经开始谢顶。他是正科级干部，结了婚，入了党，经济条件好，有大学文凭，但一点儿都不开心。他正和老婆办离婚。信中说："你当年英俊年少，能歌善舞，性情宽厚，你一定比我过得好。"印家厚一遍遍看信，心中陡然产生无限感伤。他想到插队距现在已经十多年。这十多年，中国社会的变化真是翻天覆地。

有人考上大学进入社会中上阶层，有人下海发家致富，有人当官风风火火，有人打架偷窃被打入地狱。有人高升，有人落魄，而自己还在原地踏步不动。这十多年，并不是评论家说的"零度写作""生活流""新写实"那种情况，他们只在文学层面上想问题，而从未关心过社会底层的真实状况，没有关心过像印家厚这种有过人生雄心但最后因错过某种机遇而落魄的中年人，像他这种千百万个普通的生活在社会底层的中年人，这些个早被轰隆而过的历史列车抛弃在原地，他们就是中国普普通通拖儿带女的男男女女。印家厚这个普通的男人，他不能理解这么繁复的文学问题，他只是一个被小说塑造的小人物。

困扰印家厚的还不只这些，当天他还遭遇了一段"绯闻"。徒弟雅丽看师傅生活得不如意、不开心，就向他发起了进攻。这丫头生性直率爽快，"姑娘天真活泼犹如一只小鹿，那扭动的臀部，高耸的胸脯流露出无限风情"。凡人间的男人都爱财好色，即使拖儿带女的印家厚也难免不为之心动。雅丽细微的动作看似体贴自然，又不无挑逗成分，"雅丽和印家厚并肩走着，她伸手掸掉了他背上的脏东西。""师徒俩一人拿一个饭盒，迎着春风轻快地往前走。印家厚清晰地感觉到自己的侧面晃动着一张喷香而且年轻的脸，他不自觉地希望到食堂的这段路更远些更长些。"（女作家池莉犹知此时中年男人的心理，带着特殊女性经验的她观察准确，真是入木三分）见师傅装傻，性急的姑娘想一举攻破阵地："我不想出师，印师傅，我想永远跟随你。""哦，哪有徒弟不出师的道理？""我没其他办法，我想好了，我什么也不要求，永远不，你愿意吗？"（此处暗示只做"小三"，不破坏师傅家庭）印家厚知道这种婚外情的代价极高，他有偶尔迷失，但懂得自持，说："不。雅丽，你这么年轻……你不懂吗？你去过我家的呀。"回答尤为坚决凛然："那有什么关系。我生活在另一个世界。我什么也不要求。你不能那样过日子，那太没意思太苦太埋没人了。"这时后面来人，印家厚赶快逃走。"雅丽不动，泪水流个不止。"仓皇间逃走的印家厚心里明白，"雅丽是高出一个层次的女性；他也承认自己乐于在厂里加班加点与雅丽的存在不无关系"。

为渲染新写实评论家的崭新理论，池莉的笔触也有意在向印家厚生活无奈感上使劲。这样处理在结构上，则体现了小说前后叙述的完整性。两人回家的形象可以说是狼狈不堪："父子俩又汇入了下班的人流中。父亲背着包，儿子挎着冲锋枪。早晨满满一包出征，晚归时一副空囊。父亲灰尘满面，胡茬又深了许多。儿子的海军衫上滴了醒目的菜汁，绷带丝丝缕缕披挂，从头到脚肮脏之极。"

三　一篇小说两种阅读

可能感觉到那究竟是一个过渡性的年代，80 年代的文人墨客特别喜欢用"结局或开始"这种略显做作的文学化措辞。北岛有一首诗题目叫《结局或开始》。池莉说："我非常明确地告诉自己：一个时代结束了，新的时代开始了。"[7]这种修辞固然照应着我本篇文章的主旨：80/90 年代的关联性，以及这种关联性研究有可能给当代文学史研究提供但需要继续理出的若干问题。但过于强调过渡性，也容易迷惑评论家，使之对同一篇小说产生分歧很大的接受性阅读。我在 2010 年写的文章就曾注意到短篇小说《香雪》及其阅读中"读书人"与"底层人"的相互隔膜。[8]

注释

[1] 曾卓：《太阳出世·跋》，长江文艺出版社 1992 年版。

[2] 《王蒙自传》，花城出版社 2007 年版，第 38 页。

[3] 雷达：《社会·人本·生活流——读〈烦恼人生〉所想到的》，《文艺报》1988 年 8 月 6 日。

[4] 见拙作《文学的"超克"——再论蒋子龙〈机电局长的一天〉》，《当代文坛》2012 年第 1 期。

[5] 邹平：《女性视野里的〈烦恼人生〉》，《当代作家评论》1987 年第 6 期。

[6] 刘纳：《无奈的现实和无奈的小说——也谈"新写实"》，《文学评论》1993 年第 4 期。

[7] 池莉：《说与读者》，《池莉文集》第二卷，江苏文艺出版社 1998 年版。

[8] 参见拙作《香雪们的"20 世纪 80 年代"》，《上海文学》2011 年第 2 期。

小人物的归来

——徐星《无主题变奏》与当代社会转型的关系问题

一 "我"和大学

也许我真的没有出息，也许。

我搞不清除了我现有的一切以外，我还应该要什么。我是什么？更要命的是我不等待什么。

这是小说一开始主人公"我"的自述。它听起来确实令人心中不快。对我们这些 80 年代的大学生来说，起源于当代文学长篇小说《青春万岁》、诗歌《向困难进军》延伸至 1980 年的"从我做起、从现在做起"的"时代最强音"，一直是我们生活的"主旋律"，是长期遵从的人生价值，突然有人如此说话确实感觉奇怪。[1]而大学意味着什么？它是青年人人生奋斗的目标，它同时让青年人时刻意识着自己要对社会负起应有的使命和责任。[2]批评家立即在 1985 年第 7 期《人民文学》刊出的小说中嗅到了这一敏感信息。刘武认为："将徐星的《无主题变奏》（《人民文学》1985 年第 7 期）、刘索拉的《你别无选择》（《人民文学》1985 年第 3 期）及张辛欣的《我们这个年纪的梦》（《收获》1982 第 4 期）组合在一起，不难看到它们的主题很有趣地形成了一个序列，相当深刻地反映了当代青年的一种心态，这种心态，使我们自然地联想起美国女作家格特露德·斯坦对参加过第一次世界大战的青年的那句著名的断言：'你们是迷惘的一代'，以及当时兴起的'迷惘的一代'的文学中的主人公形象。"[3]

而"我"就像是社会转型期的"脱轨者",他反对那历史框架对自己的规范。

> 那一年我刚离开学校不久,我不是说毕业,你别误会。幸好九门功课的考试我全部在二十分以下,幸好高考时的竞技状态全都没有了,幸好我得了一场大病,于是我和学校双方得以十分君子气地分手,双方都不难堪……

"尽是什么'我是什么什么'、'我像什么什么'之类的句子","你是什么呀?你是大屎蛋一个,你像什么呀?像一个美尼尔氏综合征患者!"这是他对"知识""教育""艺术"和"大学"等相当鄙夷的看法。如果再动用"从现在做起""使命"乃至"迷惘"的人生评价系统,恐怕就更加不适用了。从大学退学后他心甘情愿到一家餐馆当起跑堂伙计,他得意地对人声称:"我不是写小说的,我是饭馆儿的。"而且即使写点小说也不写"爱情","我常写和老婆打架、写啃猪尾巴、吃驴蹄子什么的"。在餐馆里端了六天盘子,他最恐惧的就是周末,"每周一天的休息对我来说会比工作还沉重",关键是他不知道该做些什么。他走进公用电话间给老 G 打电话,想去找老讳、"伪政权",但仍然无聊得厉害。

> 我重新走到了大街上。东张张,西望望,看看商店橱窗,逛逛书店,才五点钟,这钟点正是我无聊的高峰,如果不是休息也正是挤公共汽车的高峰。我只盼着今天快点儿过去,今天实在是让我讨厌。

在我看来,大学是某一时期社会的缩影。我刚才提到"1980 年,清华大学 77 级化工系 72 班学生提出了'从我做起,从现在做起'的口号,这一口号在全国引起强烈反响,在当时被普遍地认为具有积极的社会意义,得到了各方的肯定"这个事实[4],正说明 20 世纪 80 年代中国社会普遍弥漫着"尊重知识、尊重人才"的时代情绪。小说主人公有意脱离这一社会评价系统,他放弃大学学业而在餐馆打工而且经常地无所事事,究竟是为了什么?在得知恋人老 Q 要把他重新拉回"知识精英"队伍的意图时,他说得非常清楚:"看来老 Q 不把我拉到那样一个水平上她绝不会罢休,她一定要把我变成一个和那些人一样的人。我是说——那些搞

'事业'的人,那些穿着讲究、举止不俗、谈吐文雅或许还戴个眼镜什么的人。可无论怎样,那些人搞的任何东西我不是不懂,就是不喜欢,可以说凡是我懂的我都不喜欢……"这令他忆起上大学时不愉快的时光:"我想起'现在时'、'伪政权'以及我们七〇七房间里其他几位做学问的人,当你问起他们为什么而学的时候,没有一个人能说出所以然,甚至都没有说为革命什么的。只有老讳除外,那天他终于露了一手儿给我:'我玩命儿学玩命儿干,就是为了让更多的人了解我,需要我。'这就是我喜欢老讳的原因所在,他不说就是不说,一说就是实话。其余几位,每当我想起他们,从不会为自己'病'退学而感到半点儿懊悔。这些人在外面都是衣冠楚楚、一表人才,而'现在时'脱下油光可鉴的皮鞋,满宿舍的人都准备逃亡,因为他从不洗脚。"老 Q 对"我"的人生观这样评价说:"你的生活态度是向下的。""这个结论我不敢苟同。"

要想从"我"敌视大学教育的行为中分辨出它的思想来源比较困难。晚清以降,出现过义和团抵制外国传教士(实际其中包括西方教育的传授等内容)、"五四"时的"互助运动"、"村社组织"、钱钟书《围城》讥讽大学教授和学生、1949 年后用党政系统改造现代大学的自主性以及毛泽东改变现有大学体制现状、推荐工农兵大学生进校等多方面的思潮线索和现象,"我"的行为究竟与哪条思潮线索接轨并有所变异,仍然是一个值得讨论的题目。但他列举的那些"知识分子形象",例如"穿着讲究""举止不俗""谈吐文雅""戴个眼镜""做学问的"等却应该注意。当然,这只是"外壳",内容还有教育本身例如考试和毕业条件等强制性制度因素,有人际关系并不和谐的大学生"集体生活",那里面还有规范监督人们日常思想生活的"党团教育",如此等等。这些从小生长在北京,每天面对各种生活选择,而且生性散漫、自由和自我本位的主人公感到了压抑,他在自觉意识层面上未必意识到这种情绪与上述各种社会思潮有什么关联点,但显然那些思潮的发酵、积淀和变异必然会进入到他思想意识深处,决定了他告别大学做一个社会"局外人"的生活方式。

从批评家的争论中也可以看到他们给主人公社会角色定位的想法。争论集中在"多余人"和"个人创伤"的问题上。何新在《当代文学中的荒谬感与多余者》中指出:现在,我国文坛上出现了一批描写迷茫和失落感的作品。其中包括徐星的《无主题变奏》,也包括张辛欣的《我们这个年纪的梦》,以及刘索拉的近期作品。这些作品的主人公构成了我国当代文学的"多余人"形象。"它概括的似乎是这样一种生活意志——冷漠、静观以至达观，不置身其中，对人世的一切采取冷嘲、鄙视、滑稽感和游戏态度，简而言之，多余人就是一种在生活中自我感觉找不到位置的人。"[5]许振强用强调"献身精神""崇高感情"的当代思想思潮来批评而没有真正看到后者与社会转型的复杂关联。他批评何新说，后者只是一味批评这些主人公的"冷漠"，而不想关心造成这种社会情绪的历史原因。"如果不是一味地把《变奏》肯定为'现代主义'作品，然后冠以'危机意识'、'价值崩解意识'，问题就要好办许多。《变奏》的主人公有着自己的历史，他在'十年浩劫'中流浪到张家口车站，在'寒风能把人撕成碎片'的夜晚因无所依靠而'号啕一场'，他那时还是八岁的孩子，是所谓'烙印'吧。'历史的创伤在个人的心灵深处作用十分悠久'（阿兰·佩雷菲特），顾及到这点，我们就能意识到作品强烈的、带历史感的批判意义。《变奏》的主人公，用密茨凯维支的话说，是被动的'不幸者'，还缺少一点'争取幸福的决心'。如果我们站到他的地位上去理解他，诱导他，作'润物细无声'的春雨，也许比谴责他们是'价值怀疑论'者效果要好些。"[6]

批评家争论的正是主人公所逃避的"社会"有没有问题的观点。即使我们不对"社会意义"做深入探讨，至少也能看出主人公所逃避的"大学"并非大学本身，大学在这里所指的就是"社会主流生活"。小说写的是 20 世纪 80 年代一位大学生的退学生活，所以 20 世纪 80 年代的社会生活是可以在这个角度上进入我们的研究的。显然，主人公是把"十七年"—"文化大革命"—"80 年代"作为一个历史整体来看待的，他没有前面我们这代人的 80 年代的理想想象和激动情绪，就因为他发现"当代思潮"并没有在某一时期中断，而是贯穿于整个"当代社会"的。他反感的就是这个老是教育他、规范他、要求他的当代社会。"现在时""老 Q"不过是他表达反感的一个小说的环节。但是，他对社会生活的逃避、讥讽却是混乱的、没有头绪的和感性的，他从小说中走来，对老 Q 说：

> 我只要做个普通人，一点儿也不想做个学者，现在就更不想了。我总该有选择自己生活道路和保持自己个性的权利吧！

这确实与 1980 年喊出"从我做起，从现在做起"的那帮摩拳擦掌准备大学毕业后大干一场谋求个社会功名的清华大学 1977 级化工系的学生们不同。这种坚持社会角色差异性的人物形象，在当代文学30年的历史上是第一次出现，所以它才会令一直缺乏这种社会经验的批评家们惊讶不已，没有有效的知识来应对他们。

二 "我"与老Q

老Q是"我"的女朋友，艺术院校的学生。"我"开始还以为她像自己一样是社会的闲散人员，这是我在价值观上认可她的地方：

> 那天也是我第一次见到老Q，她穿了一件鸡心领的黑纱半袖衬衣，浅蓝色的牛仔裤，梳着一个马尾巴辫。她整个的身体被一身瘦瘦的衣服包裹着，显得圆鼓鼓的；最能显现出曲线的部位随着皮鞋跟儿诱惑人的响声，有节奏地颤动着，好像无时无刻不在向四面八方发散着弹性；加上两只流连顾盼的眼睛，真能颠倒了每天站在街头巷尾期待着艳遇的芸芸众生。

如果不是老Q胸前别的"艺术院校的校徽"，社会公众会认为她是20世纪80年代的"新潮青年"。老Q对"两性关系"看得也很随便，她在音乐会结束后就跟着去了"我"家里。

> "我叫老Q。"她用平平淡淡的口气告诉我，然后一边系好胸罩那些横七竖八的带子一边慢吞吞地说。"好像不到这种程度，就谈不上真正的互相了解对吗？"

不屑一顾而且带一点玩世不恭的语气，透露出20世纪80年代中期前后由于思想解禁、港台歌曲涌进、世俗化生活抬头，在一部分大城市青年中对社会人际关系开始随随便便的信息。老Q衣着暴露得比较大胆，不再像当时大多数女孩子那样穿得整整齐齐、朴素大方，即使烫点卷发，也基本维持着端庄大方的仪态。[7]她显然希望走在"新潮"的前面。

但穿着现代、行为随便只是老Q的外表，她思想观念里仍然是典型的"80年代青年"，她要求"我""有事业"、结交名人、重新回校园读书，就是说像很多女孩子那样希望男朋友有"功名"。她不像"我"是一个 80 年代积极生活的"脱轨者"：

> "你就是没有坚实的肩膀让女人来靠上疲倦的头。"有一天老 Q 曾用这句诗来和我开玩笑。

她为"我"写小说早点出名，拼命给"我"介绍名人：

> "写小说一定要有个小圈子。"她说，"大家互相读读作品，进步会快些。"
> "写小说怎样、怎样——"名人们的开场白各有千秋。
> "嗯。"我通常不置可否。

"看来老 Q 不把我拉到那样一个水平上她绝不会罢休，她一定要把我变成一个和那些人一样的人——那些搞'事业'的人"。这些人，就是 80 年代的知识精英队伍。为此老 Q 动员"我"去考××学院。小说用粘贴的方式把这两个完全不同的"80 年代青年"放在一起比较。这样使我们有机会对那个社会的人群分化现象做历史分析：大提琴是老 Q 生活的中心，虽然它在"我"眼里，"尽管她拉的是意大利名家提琴，尽管它有几百年的历史，我还是不能容忍那些一串串指法练习、调弦什么的"，也就是说事业和大提琴是她社会生活的位置；而"我"所否定的就是这种"体制内"的生活，想从体制内"分化"出去成为一个"自由职业者"。这种"自由职业者"的社会观念并不是批评家何新所指责的"游戏"、"冷漠"、"多余"，《无主题变奏》也不是他批评所谓"现代主义作品"，而恰恰作者难得地描写了 80 年代在一些大城市中青年群体正在悄悄出现的价值观念和生活方式"分化"的现象，为我们记录了那个年代的真实情景，这就是整个社会开始从 50—70 年代"整全性"中走出来，正在探索和寻找一种更适应"现代化社会"的观念和存在方式。1985 年前后北京青年在刘索拉、张辛欣和徐星小说里所大胆尝试但备受争议的独特的"生活方式"，敏感地预示着中国社会 10 多年和 20 多年后生活的巨变趋势。但是，"我"坚决坚持的独立理念却不为当时大多数人包括老 Q 所理解，这种理念导致了他和老 Q 的最后分手：

老 Q！我只要做个普通人，一点儿也不想做个学者，现在就更不想了。我总该有选择自己生活道路和保持自己个性的权利吧！

"我"的无奈申述当然不会被众人接受，这种"被孤独"恰恰暗示了处在社会转型期社会大众的从众心态和行为选择。

小说《无主题变奏》从几条线索中循序渐进地展开。前面主人公的自述无非是打开他的心扉，完整地勾画一个正在分化状态的现代社会里的行为怪癖独特的青年人的形象，这是一条线索；另一条线索是通过老 Q 对"我"加以侧写，目的是观察在具体的爱情生活中我如何挣扎在爱情与个性之间，最后做出决断选择的情形。何新等批评家不从"物质层面"而从"精神层面"表达对小说主人公个性选择的不满，那是因为 1985 年中国虽然宣了"现代化"建设和进程，但人们的生活状态还处在比较传统的阶段；缺乏现代生活切身经验的批评家只能从对传统生活的了解入手来观察小说主人公近乎超前的想法和举止。由于批评家缺乏现代生活的资源，所以他们的批评活动实际无法真正了解他们批评的文学人物。这种现象，在当时批评张辛欣、刘索拉的文章中相当普遍。

在"我"和老 Q 建立恋爱关系过程中，小说以极简省的笔墨写到了80 年代中期前后的北京城市景象。例如，音乐厅、节目单、大提琴、英文写诗、德彪西、婚前性生活、卡夫卡、文人圈子、××学院考场、公用电话间、《参考消息》、胡同、喧闹的大街、世界第一流的提琴演奏会、面包和泥肠，以及我和老 Q 的北京方言等。这些景象一改北京 70 年代的单调社会生活，这些景象正是"改革开放"后从西方涌进的一些物质和精神上的东西。它们刻画了我和老 Q 所处的正在变化中的现代北京前夜的方方面面，小说以速写手法和漫不经心的语气叙述了主人公生活的环境，同时暗示了处在这种生活环境中的年轻人正在产生的社会叛逆情绪。它有一个符合人物性格的逻辑程序：退学—写小说—恋爱失败—宣布选择自己生活道路的权利。如果我们把人物具体还原到正在急剧变化的北京的现代生活里，而不是在批评家所遵从的"从我做起"的主流叙述中来观察，会发现主人公性格和行为变化的逻辑程序，在北京这样的生活环境中是非常自然的也是能够理解的。处在这种城市里的年轻人一部分会听从"从我做起……"的时代号召，而另一部分年轻人则可能与之不同。而在我看来，80 年代的中国城市生活，正是五六十年代美国、英国、法国、日本等西方国家城市生活的复制。"改革开放"的历史闸门，放进的正是这些已经获得合法性的东西，80年代的中国社会无可避免地要走向西方社会现代化的前夜阶段。"我"正是它的先驱者之一，尽管这种"先驱者形象"在80年代的社会评价和文学批评中基本不被认可。

能够理解的是，80年代文学批评家使用的还是西方19世纪人道主义的思想武器和知识范畴，他们和文学作品的读者都不会从现代社会最根本的特征"消费"的知识结构中去理解那个年代一些超前的小说，如张辛欣、刘索拉、徐星等人的作品中来理解消费（正如《无主题变奏》中已经写到的那些东西）对人们思想观念和生活方式带来的剧烈冲击。不知道你们注意到没有，在老Q的"择友"观念中，当时实际已经具有了城市消费的因素，而我们那时没有办法在一种知识的范畴中去读解它而已。她与我从结识到分手都在劝我"搞事业"，不希望看到我整天这么"游手好闲""生活态度向下"，因为没有事业，在80年代就没有固定的职业；没有固定职业，在消费水平越来越高的北京是难以生存的，更遑论要"成家立业"了；老Q的"理想生活"是非常实际的，是有自觉的"消费观念"的，而"我"完全没有这种观念。他的"理想"是背离传统生活方式，但这种叛逆到底将走到哪里他也不清楚。这篇小说最棒的地方，是它写出了一个刚刚退学的大学生想热情拥抱从西方现代化社会前夜传过来的"现代生活"，但他又不知道该怎样走这条路。小说写出了一个人内心深处最朦胧的东西。由于迈克·费瑟斯通2000年在中国出版了他的著作《消费文化与后现代主义》，他用"消费社会学"的知识分析城市消费带来的人群分化、等级重建等现象，才使我们对15年前中国作家徐星写的这篇"超前性"的"城市小说"的理解，不再按照过去的诸多误解走下去，并开始真正解读他的文本。费瑟斯通在对一张穿戴着款式新颖的巴黎女式时装的上层阶级妇女照片的分析中发现：现代社会的很多人"把服装和消费商品当作沟通工具，当作'阶级身份的象征'来看待，就要求穿戴者、使用者有得体的行为和举止，以便进一步地将社会世界中现实分类归入到人们内心的范畴中去。从这个意义上讲，在消费文化中，一直存在着种种声望经济"，"它意味着拥有短缺商品"，它"将它们的持有者的身份予以等级分类。"[8]小说已经写到老Q出场时的穿戴："一件鸡心领的黑纱半袖衬衣，浅蓝色的牛仔裤"，这种新潮服装暗示了她与城市消费的关系。她虽然喜欢"我"的落拓风度，但仍要求我具有知识精英的

"等级身份"，这是两人的不同。"我"是城市的漂泊者，而老Q则相信具有消费能力是人得以在城市生存下去的基本条件。于是，爱情建筑在实际考虑之中，这与"我"的理念必然会起冲突。

三 "我"与80年代的北京

刘武、许振强和雷达等批评家的文章都未涉及城市小说《无主题变奏》与北京的关系，这是由于那个年代的批评家和读者都是从精神层面而不是物质层面阅读文学作品的，即使他们敏锐感觉到80年代"城市"的变化，也认为城市是腐蚀青年人精神生活的来源：

> 老Q的身上倒是夹杂着一股强烈的世俗气息，她那种粗鄙的实利主义观点在浓厚的个人主义色彩下表现得淋漓尽致，她深懂成功的要素，她知道"要现实些"啦，"要有个自我中心"，"自我设计"等，所以她不厌其烦地向主人公介绍名人……[9]

当批评家把"我"作为"正面形象"肯定时，我对城市的"精神叛逆"显然是比照老Q"实利主义"的正确价值观。这种对"城市"的80年代认识方式，仍然是当时"从我做起"、"振兴中华"主流资源的一部分，这种认识方式对日益物质化、现代化并且在迅速分化的城市采取的是敌视的态度。

而"我"令人感兴趣之处恰恰是融入日益"世俗化"的北京正是他的自觉选择。"我真正喜欢的是我的工作，也就是说我喜欢在我谋生的那家饭店里紧紧张张地干活儿，我愿意让那帮来自世界的男男女女们吩咐我干这干那。"他还宣称："我不是写小说的，我是饭馆儿的。"也就是说，他与"从我""振兴"和批评家的价值指认走得正好是一个方向相反的路。为什么敏感到80年代变化的小说主人公要站在批评家价值观念的对立面上？在我看来，这是由于主人公认识的社会转型与批评家们是不一样的。他的认识方式，更接近于80年代北京城市变化的现实。

北京街头最早出现的一幅最大的美人广告，当时这幅手绘广告画的视觉冲击力极大。

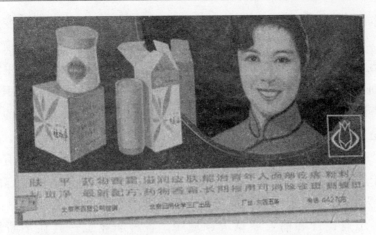

北京街头的手绘广告画。**1979** 年冬摄于沙滩大街十字路口

戴蛤蟆镜，保留镜上作为进口货标志的商标，曾是 70 年代末 80 年代初北京街头和公园里的一道时尚风景。当时的媒体曾加以公开批评。今天看来，它其实是品牌意识的最初觉醒。[10]

80 年代中期，北京的女性终于开始夏天穿红色裙子、冬天穿红色羽绒服。

80 年代中期穿红色羽绒服的北京女性

本篇小说的主人公"我"和老 Q 就生活在北京这种正发生巨变的环境中。小说中的这道"现实风景"被批评家封锁了，于是也被封锁在读者的历史记忆中了。我们不是在"小说内部"（即主人公的现实生活环境）而是在"小说外部"（即"从我""振兴"的时代口号）中认识主人公的言谈举止，进而认识他与 80 年代变化中的中国社会生活层面的并非仅仅是文学层面的关系。"在这个审美化的商品世界中，百货商场、商业广场、有轨电车、火车、街道、林立的建筑及所有陈列的商品，还有那些穿梭于这些空间中的熙攘人群，都唤起了人们如今半数已被遗忘的梦想"，"并且，为生产一种具有新的审美情趣的城市景观，在广告、市场营销、工业设计和商业展览等领域中，各种职业也一直在不断地扩张"[11]。"80 年代"的北京，正是"二三十年代"北京的某种复制，它唤起了老北京人包括它的子弟们如"我""如今半数已被遗忘的梦想"，还有对"一种具有新的审美情趣的城市景观"的追求。

徐星《无主题变奏》、刘索拉《你别无选择》和张辛欣《我们这个年纪的梦》在这个意义上，是一批写于"北京现代化前夜"的小说，它们与费瑟斯通所描绘的后现代城市景观差了十几年的时间，直到 20 世纪 90 年代中期，北京才真正出现这部著作中"百货商场、商业广场、有轨电车、火车、街道、林立的建筑及所有陈列的商品，还有那些穿梭于这些空间中的熙攘人群"的现代化情景。正因为这种历史的"超前性"，使这些小说在当时备受争议，某种意义上影响到了它们在当代文学史叙述中的重要性。《无主题变奏》中的主人公是一个追求着"我们这个年代的梦"的年轻人，他敏感地察觉到北京未来十几年将发生的深刻变化，他要"选择自己的道路"，向往"各种职业"而并非"做学问"这一种，因此他必然不能进入老 Q、老讳、"伪政权"、"现在时"那种社会评价的轨道。由于他不知道十几年后的北京究竟会是什么样子，所以才会被"卡"在"传统北京"与"现代北京"的通道之间而无所作为。不过，如果我们从"思想史""文学史"的理解框架中走出来，会发现在北京的大街小巷里尽是"我"这样的游手好闲的年轻人。几年后，他们出现在王朔小说《顽主》《我是你爸爸》《过把瘾就死》等著作中，他们把"我"的"梦想"变成了赤裸裸的金钱的现实。而这些残酷性，是刘索拉、徐星和张辛欣在写他们的小说时根本没有想到的。

1980 年，清华大学 77 级化工系 72 班学生提出了"从我做起，从现在做起"的口号，这一口号在全国引起强烈反响，在当时被普遍地认为具有积极的社会意义，得到了各方的肯定。在清华大学学生提出的口号的启发下，1982 年、1983 年、1984 年、1985 年的高校开展了大学生"社会实践活动"及大学毕业生志愿到基层、到边疆、到边远山区的宣传工作。[12]

这些当代史资料在今天并没有成为"历史"，它还在各个大学"党团活动"中火热地进行着。它们能否作为认识刘索拉、徐星、张辛欣和王朔描写八九十年代北京年轻人生活的唯一评价尺度，是我们和批评家乃至更多人争论的地方。因为这些资料所叙述的都是八九十年代"主流化"的青年生活和价值理念，而"非主流化"的青年生活和价值理念只能在小说等文学作品中找到。这是我认为虽然它们"非常积极"而《无主题变奏》等小说里的人物并非都可称为"消极"的理由之一。如果前者都是"思想家"的生活，那么这些小说家笔下的人物过得却是"非思想家"的生活，但他们这种生活却与广大普通人的日常生活完全相通。当然我们又不能认为更"积极"的、有"思想"的生活对广大普通人的日常生活就没有指导性的意义。或者我们只有把这两种生活并置在一起，才能更清楚地看到 80—90 年代处于社会转型期的中国到底发生了什么。

不过，我认为也不能仅仅从小说里理解它的人物们，同时也应该在上面主流社会史和普通人社会史两条线索里去理解这些人物的一举一动、所思所想。我们在打开批评家对"小说内部"的封锁时，也不要忘了正是"小说外部"的异常力量，才会出现《无主题变奏》和《顽主》对主人公的这样的描写，因为他们都来自上述图片中的北京的青年男女。这些主人公比现实中的北京的青年男女更加具有"小说化"的意味。我们来读两篇小说的细节：

> 从餐厅出来已经十点多了，我们踏着泥泞跟跟跄跄地走向车站。老 Q 沉默着，漠然地看着稀疏的街道。车来了，她跳上去比我高了一截儿，我看见她从车窗里探出身来，泪流满面……（《无主题变奏》）

　　"三 T"公司办公室里，敞开的窗户吹进来的热风使每张办公桌上都落满灰尘，人们淌着汗把胳膊肘压在桌子上相互交谈。

　　"您说怎么办呀？我爱她她不爱我，可她明明该爱我，因为我值得爱，她却死活也明白不过来这个道理，说什么全不管用。现在的人怎么都这样……"

　　不破不立，破字当头，立也就在其中了。（王朔《顽主》）

　　前一个小说片断写"我"和老 Q 分手时的情景。一对恋人因为人生观念不同，已经分属于两个"北京"：一个代表着传统的北京，老 Q 希望男朋友像很多同龄人那样过一种按部就班的踏踏实实的生活，结果事与愿违；另一个代表着现代的北京，上面象征着社会剧烈变化的图片显然是"我"向往的"未来"，它不受职业束缚，人可以按照个人意愿选择自己的生活。尽管这种生活对小说中的人来说还很遥远、模糊和不确定。正因为意识到人生观念的冲突就像分离的车道，终究将在这里分道扬镳，老 Q 才情不自禁伤感地泪流满面。这个 80 年代纠缠不清的婚恋故事，在 90 年代已经不成问题。人们已不再关心人生信仰、爱情忠诚等东西，王朔的小说《顽主》就写了三个北京的年轻人成立了一个"三 T"公司，专门负责给人解决婚恋矛盾、家庭问题的麻烦事，而且按时间收费。在小说中，于观和马青等人对客户的感情倾诉似乎抱着游戏的态度，嘻嘻哈哈，插科打诨，只要把对方的钱赚到就行。两篇小说暗示了"改革开放"对中国社会各个阶层的生活产生的深刻影响。仅仅十年之隔，中国社会结构、面貌和人们的心理就发生了这么大的变化。"我"的观念意识虽然有点超前，在职业和爱情的选择方面还有些犹犹豫豫，小说这个充满伤感的结尾就是证明；于观、马青等则完全抛开职业爱情对人的束缚，他们嬉笑怒骂的语言风格增加了王朔小说的喜剧色彩，但实际上也掀开了上面几幅图片温情脉脉的价值面纱，把 90 年代后中国某些大城市日益世俗化的社会风气展现在读者面前。

　　鉴于上述情况，刘武秉持西方现代主义文学观点对"我"的叛逆暗自赞许，然后又对老 Q 的"世俗气息""实利主义"加以指责，这种做法实在过分。因为他仅仅从文学而不同时从社会状况上想问题，不把两人人生观念的矛盾看作是 80 年代向 90 年代过渡过程中社会日益分化的产物，这就把小说和社会对立起来，这样反而也不能真正领略小说深层的全部意义。与《顽主》里人们对爱情婚姻的随便相比较，老 Q 显然是一个很真实很可爱的女孩，她身上那点小资情调想起来真得令人感伤。因为这样纯情自然的时代已经永不再来。人们趋新逐利，红尘滚滚，不会再有人像她那样诚恳地帮助男朋友，虽然一次次努力都无功而返。不过，对《顽主》里的人物也不应简单否定，因为它同样以独特的文学方式记录了北京的十年。两篇小说叙述了北京这二十年的社会变迁，除了它们，我们还未在任何小说里看到对这座城市方方面面的真实的记录。

四　小说的“意义”

《无主题变奏》自 1985 年诞生以来，文学批评和研究对它内涵的丰富复杂意义的探勘一直不够充分。细查起来，文学批评文章不会超过 20篇。很多人还把它看作“伤痕文学”/“寻根文学”之间的“过渡作品”，所以不足为道。我在《批评的力量——从两篇评论、一场对话看批评家与王安忆〈小鲍庄〉的关系》这篇文章里已经说道，小说一旦发表，它就已经隐藏了很多可供阅读的层面，批评家会因某一时代需要揭示其中一个层面而对其他层面视而不见，但是，到了另一个时代，由于需要其他层面又会受到重视，被人们大加阐释。很多作家和小说都遭遇过这种命运。[13] 因此，小说的“意义”不仅是原作本身具有的，而且也是批评家和研究者不断发掘出来的。

如果说《无主题变奏》有什么意义，我觉得它最大的意义就是及时捕捉到了 80 年代城市改革瞬息万变的生活信息，尤其是非常确切地描写了生长在北京这座大城市的“我”在传统生活和现代社会交替过程刚开始时的“两难选择”，十分鲜活地为那个年代“留了像”。而它前面的“伤痕文学”和后面的“寻根文学”，一个是没有踏入“80 年代”，另一个则绕开而走。由于大多数作家都不再“直面 80 年代社会”，除当时一些报告文学外，这个年代极其丰富多样和充满灵性的生活的方方面面，很少在小说等叙事类文学作品中留下切实的记录，有些社会侧面甚至成为历史空白。这是我在翻阅当代文学史时颇感遗憾的地方。

"生活"在不被"革命""文化大革命""伤痕"等话语袭扰和垄断之后，第一次恢复了它的本来面目。《无主题变奏》中最为重要的"生活"这一层面，在小说里得到了最为充分细致和多层次的揭露。例如，我的退学、老讳带点功利性的奋斗、老Q的现实主义、文人圈子的虚伪做作、外国乐团进入中国市场、社会职业呈现多样化、开饭馆等个体户的出现、人们交往中实际利益的成分，等等。这么多层面的社会生活不仅在伤痕文学中看不到，寻根、先锋等文学也基本避而不谈。因此对于曾经生活在80年代的作为这篇小说读者的我，对两位小说主人公争论"生活的意义"尤其感兴趣：

"我"说："我就喜欢又有意境又疯狂、又成熟又带些小女子气息的姑娘。我甚至还想到了一个温暖的归宿，一个各种气氛都浓浓的小窝儿——"

老Q却说："你的生活态度是向下的。"

"我"表示："她逼着我干，像她那样干所谓'事业'。……真可惜她就是认识不到每个人在生活当中都会有自己的位置。只要他想干，在任何一个位置上都不能说不是在干某一种事业……况且在另外一种意义上说，和老Q一样，我也在从事'艺术'。我不是说我有时写点对别人来说不知所云，对自己来说不着边际的小说，我指的是我的工作。"

可老Q认为，"事业"就是"固定职业"，是"生活"的基础，它不能完全随心所欲地靠自我选择，她把我纳入这种"社会轨道"之中："有一个学校招生，专业挺适合你的——"

经过两个人的争论，我发现"生活"已经脱离开伤痕文学和寻根文学那种抽象性质，而具有非常具体的内容。它暗示了经过各种政治欺骗和社会动荡后，社会普通成员对"生活意义"的最切实的理解。它有了烟火味，从晚清小说、五四小说和三四十年代小说就没有断绝过，它的出现正是这一文学谱系的正常延伸。"我"和老Q虽有认识的差异和矛盾，但他们对"爱情"的理解不是"刑场上的婚礼"（革命小说）和"畸形性爱"（寻根小说），而是中国人延绵数千年而且永远深入人心的"执子之手，与子偕老"这一古老的信念。无论"我"对"事业"近于浪漫理想的解释，还是老 Q 非得要把我纳入"社会轨道"的执着，他们的目的都是最后走向婚姻，完成这人生中最古老的仪式之一。否则，老 Q 没必要在这一切都归于失败后，在小说结尾"泪流满面"了。小说也没必要以这种相当惋惜伤感的笔调，与读者在这里作别。"生活"的最终目的没有实现，所以徐星无奈中只能使用这种对"现代派小说"来说极具损害性的描写。他以"败笔"的结果，表现了他在 20 世纪 80 年代对"生活"的最深切的理解。这是我在小说中读出的最为丰富的东西。

甚至"我"和老 Q 一位朋友的争吵，也让人们亲切地读到在文学作品很多年的装腔作势之后自己身边浓厚的"生活气息"。我们每天本来都生活在这样或者类似的生活情景当中，我们的亲人或亲属朋友都会发生这种事情。然而，新中国成立后的文学不允许这种东西存在，他们要把人们的生死病痛、喜怒哀乐都提升到国家、民族、政党和时代发展的层面，这种文学创作的遗迹在新时期的伤痕文学中都大量存在，例如王蒙的《蝴蝶》、《相见时难》，高晓声的《李顺大造屋》，张贤亮的《绿化树》，贾平凹的《腊月·正月》，舒婷的《祖国啊，祖国》，北岛的《宣告》，王安忆的《本次列车终点》等。它作为一种创作原作，不仅制约着作家对社会生活的表现，也制约着读者通过文学作品对社会生活的理解。这种文学制度的幻觉直到"文化大革命"终结才被打破。在那个朝气蓬勃的年代，个人/社会的危机，带来了个人对社会的重新认识，这种重新认识就是"小人物"而不是国家、民族等开始登上舞台成为历史的主角，我把它称为"小人物的归来"。《无主题变奏》虽然是以小见大折射出了以北京为代表的中国社会转型的真实状态，但它仍然是一种"小人小说"：

　　　　我和老 Q 找到她家时，她正叼着烟卷儿在一张纸片上刮画什么。手上、脖子上戴着一嘟噜廉价首饰。
　　　　"我来拿我写的小说。"老 Q 还在和她寒暄，我开门见山。
　　　　"噢！那篇《关于水、关于雨、关于雷的故事》是你写的吗？"她边说边在一个看起来像是放大白菜的筐里翻着，那筐里乱七八糟地放着书报和水果，还有没有打完的毛衣。
　　　　"我写的是凯撒和潘金莲的故事。"

"是吗?"她抬起头看着我,"我再找找看。"边翻边嘟嘟哝哝,不知嘟哝些什么,做出一副非常可爱的表情。

"你的小说写得不错,我给××看去了。"又是个名人。

……

"——哎,对了,你帮我买两条烟怎么样?"

"呸!给你他妈买两条上吊绳。"

我一脚踹开门走出来。天黑了,我看着星星深深地吸了口气,然后再深深地吐出那一肚子大白菜味儿。

我们发现,"生活"在不被"革命""文化大革命""伤痕"等话语袭扰和垄断后确实具有了太多不雅的气味,它还令人想起老舍写北京市民的那些小说。不过,当代社会的悄悄转型正在推动着当代文学的转型,在这里明显可见端倪。虽然伤痕文学和寻根文学的某些作家还在那里装腔作势,已有一些敏感的作家在接续海派小说如张爱玲以及老舍的写作路子,他们正顽强地把小说从高头大章上拉下来,让它回归普通人的生活,让它指认八九十年代社会转型后城市瞬息万变的生活信息——包括老Q的朋友——"三十来岁的女光棍"无聊廉价的生活一角。显然,这是一个比"我"更甚地对"生活"完全无所谓的城市女人。她好像没有正当职业,"正叼着烟卷儿"的慵懒模样说明没有什么单位、公司等着她去上班。"手上、脖子上戴着一嘟噜廉价首饰"的细节,暗示这种东西已不带有"资产阶级生活方式"这种羞辱性的时代特征,它在光天化日之下公然进入了北京一家普通的院落,被戴在这位女人的手上、脖子上;与此同时,象征着拜金主义、追求时尚生活的浪潮已越过历史禁忌的门槛,开始迈入很多人的生活。当然,世俗化甚至庸俗化的生活风气也在侵蚀这座五四运动发源地的城市,正渗透人们的观念和心灵,它在90年代后终于变得不可收拾。"你帮我买两条烟怎么样?""呸!给你他妈买两条上吊绳。"这个北京社会底层的女人不失粗鄙,这种骂人话我们曾经在《骆驼祥子》中的虎妞那里听到过,一点儿也不觉得新奇。新奇的倒是由于历史强扭,我们以为老舍的"20年代"与"80年代"早已两世相隔,没想到它们居然又在80年代初以来的社会转型中再次联姻。我们以为90年代是对20—40年代的"回归",岂不知这种"历史回归"自徐星这篇小说就已经启动。因为被伤痕文学、寻根文学、先锋文学、新写实文学和新历史主义文学一浪高过一浪的文学思潮所淹，这块"文学遗址"已经像小三峡沉入三峡大坝湖底。

自从有人告知文学是生活的集中、概括和提高之后，我们就忘了生活同时也是文学的唯一源泉。这种"生活"被人制作成本质化的"标本"，成为文学必须遵循的"模具"，这样我们以为生活都应该是这种样子。《无主题变奏》显然是对它的质疑、挑衅、重写，它不属于"五四"以来精英文学的知识谱系，也不完全属于海派文学或美国垮掉派文学的知识谱系，而是直接从八九十年代社会转型中自然生成的一种文学样态，是徐星这种生于北京长于北京同时又敏感到这座城市巨变之后所产生的对生活的新的理解。这是糅进了海派文学美国垮掉派文学影响因子，但同时又是对当时主流文学不以为然的一种文学态度。只可惜由于伤痕、寻根、先锋、新写实和新历史等已经变成不言自明的"强势文学"、"主流文学"，我们很少有机会有兴趣再关心这类被挤到文学史角落里的"现代派小说"，也不再关心徐星、张辛欣和刘索拉写过这类小说的作家。《无主题变奏》正是在这种知识感觉中进入我的文本细读的视野的。我想把埋藏在这篇小说里的丰富信息释放出来。

2010 年 8 月 26 日于北京奥运村

注释

[1] 1980 年，清华大学 1977 级化工系 72 班学生提出了"从我做起，从现在做起"的口号，这一口号在全国引起强烈反响，在当时被普遍地认为具有积极的社会意义，得到了各方的肯定。在清华大学学生提出的口号的启发下，1982 年、1983 年、1984 年、1985 年的高校开展了大学生"社会实践活动"及大学毕业生志愿到基层、到边疆、到边远山区的宣传工作。这在某种程度上属于恢复"文化大革命"前及"文化大革命"中的做法，应当说又确实起到了促使青年学生在一定程度上了解国情的积极作用，因为这时的青年学生多数已不是 1977 级、1978 级那些具有社会阅历的学生，而是将要成为"文化大革命"中所嘲笑的那从家门到校门，再到工作单位门的所谓"三门"干部了。他们参与社会实践活动，毕业后面向基层，无意中起到了促进他们在思想意识上复归社会的积极作用。当时的一些青年

学生开始了对所谓"小我"与"大我"关系的深入思考，从抽象的人生思辨走向具体的人生实践，从自我天地走向自我价值和社会价值的同一化，提出在社会整体中去确定自我的位置价值认识。他们开始意识到：若要充分实现自我价值，就必须有一个"价值交换市场"——自我价值和社会价值互换，自我为社会的贡献和社会为自我服务的互换，以及自我的"小我"融入社会的"大我"之中产生的"价值增值"。房宁：《成长的中国——当代中国青年的国家民族意识研究》，人民出版社 2002 年版。

[2] 中国人民大学对本校学生培养的社会定位是"国民表率、社会栋梁"，这种定位强调了大学培养学生的目标和要求学生承担的社会角色与责任。国内很多大学，都有类似的校训。

[3] 刘武：《理想的迷惘——论〈无主题变奏〉、〈你别无选择〉、〈我们这个年纪的梦〉》，《当代文艺思潮》1986 年第 1 期。

[4] 参见注释 [1]。

[5] 何新：《当代文学中的荒谬感与多余者》，《读书》1985 年第 11 期。

[6] 许振强：《天凉未必秋——也评〈无主题变奏〉兼与何新商榷》，《当代作家评论》1986 年第 1 期。

[7] 大概是1980 年，从1977 级一些女大学生开始，大家热衷于跑到国营理发店去烫卷发，当然多是大卷，整体上还是大方中略有洋气的面貌。说明"爱美"之风已经在包括大学校园里的年轻人中兴起，男生则开始穿简朴的西装，本人当时也是如此。现在藏于当年 1977 级、1978 级大学生"家庭相册"中的大量照片，可以证明这一新时代风气。这些装束在现在年轻人看来当然"很土"，不过，观察一个时代的转型还得从这些细枝末节中寻找。

[8] [英] 迈克·费瑟斯通：《消费文化与后现代主义》，刘精明译，译林出版社 2000 年版，第 39 页。

[9] 刘武：《理想的迷惘——论〈无主题变奏〉、〈你别无选择〉、〈我们这个年纪的梦〉》，《当代文艺思潮》1986 年第 1 期。

[10] 百度——绵阳吧——【中国复兴】80 年代的中国流行这些。2009年 11 月 20 日。

[11] [英] 迈克·费瑟斯通：《消费文化与后现代主义》，刘精明译，译林出版社 2000 年版，第 34 页。

[12] 参见房宁《成长的中国———当代中国青年的国家民族意识研究》，人民出版社 2002 年版。

[13] 见拙作《批评的力量——从两篇评论、一场对话看批评家与王安忆〈小鲍庄〉的关系》，《上海文学》2010 年第 6 期。

附 录

作家与编辑

笔者与编辑的这种那种关系伴随着作家漫长的创作实践，其中很多故事，可作为文学史叙述的材料，当然也是将经典作家"故事化"的一条线索。一般而言，在作家走上文学道路之初，杂志编辑通常是以作者"老师"的面目出现的，辛苦指导修改习作，组织作品改稿和研讨会，向其他报刊和批评家推荐这位欣赏的文学新手等，都是文学编辑工作的分内之事。大部分编辑都是乐意做作家伯乐而且愿意辛勤培育他们的。但是，当作家逐渐形成自己创作风格，声名鹊起和羽翼丰满之后，他们更想选择摆脱编辑影响，甚至会反抗他们对自己作品的唠叨。编辑对作家的影响力于是走向式微，很少能够再插手具体作品的构思创作过程，他们就变成默默为著名作家作品服务的花圃工匠。不过作为文学史叙述的重要维度之一，我认为编辑与作家关系详细材料的整理研究，应该纳入工作日程。

一

在作家刚刚步入文坛的时候，我们听到很多作家对编辑感恩戴德的言辞。李雪在《〈十八岁出门远行〉：作为原点》一文中证实：

> 1986年，《北京文学》举办了一个青年作者改稿班，希望借此发现新人、新作，余华本不在这批青年作者中，被临时邀请来参加。接到邀请的余华手头尚没有可以带到北京的合适小说，便以很快的速度写了一篇短篇，或许他自己也没有想到，这篇小说成了这个改稿班上的"明星"小说，而余华，曾经的海盐县原武镇卫生院牙医，成为

改稿班上寥寥无几的不需要改稿的青年作者，并得到《北京文学》主编林斤澜和副主编李陀的一致肯定。这篇给余华带来好运的小说在日后被誉为他的成名作，它被写进当代文学史，被编入不同版本的"余华作品集"，成为余华写作史上尤为值得标记的一点。[1]

我们相信，没有林斤澜尤其是李陀的发现兼欣赏，余华大概要在他黑暗的文学隧道中摸索彷徨很长一个时期，他能否从千百个无名写作者的阵营中脱颖而出，也还是个未知数。所以，他对李陀的感谢也就不难预料。他说：

> 我的个人写作经历证实了李陀的话。当我写完《十八岁出门远行》后，我从叙述语言里开始感到自己从未有过的思维方式。这种思维方式一直往前行走，使我写出了《一九八六年》、《现实一种》等作品。[2]

将编辑老师的指点和影响形容为自己一种"思维方式"的形成，甚至承认早期两篇重要作品也与它脱不了干系，这种感谢的分量应该是很重很重了。

马原成名作《冈底斯的诱惑》也是先被杂志冷落，经韩少功和李陀等发现，然后向《上海文学》主编李子云力荐，才得以问世并引起文坛关注的。李建周在研究马原时发现：

> 马原创作上几乎与史铁生同时起步，但是进入文坛的过程却曲折得多。早在 70 年代后期铁在路局中专读书时，马原就创作了大量模仿流行现实主义的自传性作品。此后，尽管《青春》的编辑李潮以及北岛、史铁生、陈村等人帮助四处推荐，但是马原的小说仍然没有被除《北方文艺》以外的其他任何文学刊物发表。马原当时的作品既有创新，又没有什么政治问题，同时又有文坛小圈子的推许，但是却没有获得文坛准入机制的放行，作品无法进入公共流通领域。这种情况说明仅有创新是远远不够的，作家的创作要等到同文学机制的需要相适应时才有可能被拣选出来。

马原的成名作《冈底斯的诱惑》的发表非常富有戏剧性，充分显示了文学机制内部互相交错的复杂格局。杭州会议之前，马原曾经给《上海文学》投过稿，但是编辑部引起了争论，最后以"看不太懂、拿不准"为由拒绝刊发。杭州会议期间，在《新创作》主编韩少功以及之前就赞许过马原的李陀、李潮等圈里人极力劝说下，"李子云顶住其他异议，刊用了小说。在当时，刊用如此有争议的东西，作为期刊负责人是要承担很大风险的"。[3]

当时的文学杂志，正勇敢地跟随新潮小说和批评家大胆突破社会主义现实主义文学的规范，重建自己的"文学自主性"。李子云要顶住的不是作品发表是否合格的风险，而是来自社会颠覆性压力的巨大风险。这样，作家与编辑的关系中，就植入了历史这道沉重的关闸，它超出了通常所说的那种关系的认识范畴。于是，处在新旧历史边界上的青年作家对编辑发自内心的感情，就难免带着那个时代的特殊痕迹。

扎西达娃热情邀请欣赏"西藏先锋作家圈"的《收获》的青年编辑程永新能到西藏一游："我们几个作者（笔者按：包括当时在西藏的马原）都非常欢迎你10月或11月能进藏一次，看看西藏对理解我们的作品大有好处，这点尤为重要。如果一切顺利，在明年第一期推出行吗？另外，如果条件可能的话，上海（或南方）的文艺理论和评论家们也应该进藏看一看。这是我们由衷的希望。"给人印象狂傲的王朔在信里谦虚地表示："程永新兄：你好！稿子已遵嘱作了一番删削、修补，你知道就连医生也很难给自己孩子下手开刀，在我已属咬牙黑心了，但可能仍有余赘，除涉嫌影射处，有些心理、对话我亦觉得冗废，使人沉闷，我尽力删了一些。老兄阅稿时务请费心斩草除根，最后清扫一遍，以不至玷污贵刊清白，拜托。"余华致信程永新道："去年《收获》第5期，我的一些朋友们认为是整个当代文学史上最出色的一期。但还有很多人骂你的这个作品，尤其对我的《四月三日事件》，说《收获》怎么会发这种稿子。后来我听说你们的第5期使《收获》发行数下降了几万，这真有点耸人听闻。尽管我很难相信这个数字，但我觉得自己以后应该写一篇可读的小说给你们。""今年你仍要编一期，这实在振奋人心。而且再次邀请我参加这个盛会，不胜荣幸！《劫数》如何处理，自然听从你的。先发的话也可以，我现在准备进行的是一篇写生态的小说，一种阴暗的文化背景笼罩下的生态。最迟5月底可完成。如果《劫数》先发了，那我这篇抓紧进行。当然一切都听从你的安排。《劫数》能参加那个盛会，也是非常不错的。反正听你的。"[4]

80年代著名文学杂志的所谓编辑们，如《上海文学》主编李子云、周介人，《收获》主编巴金和副主编李小林（巴金之女），《人民文学》主编刘心武、王蒙，《北京文学》主编副主编林斤澜、李陀等，包括这位年轻新锐编辑程永新，其实当时大多是著名小说家、批评家和文学活动家。这种思想开放、视野广阔的文学机制和编辑队伍，对培育一代一流的先锋小说家和新潮批评家发挥了积极作用。那时可以说是文学编辑与青年作家批评家关系的"黄金年代"。这些编辑不仅给青年作家提具体修改意见，鼓励他们的成长，而且直接把他们推上了成为著名作家的道路，真可谓功不可没。所以青年作家对他们工作真挚的感谢和积极配合，当在情理之中。80年代先锋小说的文学生产规律、机制和内在因素，由此可见一斑。

二

以上种种情况说明了两个问题：第一，按照一般文学史规律，大多数作家都有一个习作期，需要经验丰富、占有重要文学阵地的编辑来帮扶，否则很难自己走出来。第二，但是80年代史的情况又有点自己的特殊性，这就是当时资深作家、批评家和新潮批评阵营，也都刚刚从文学旧营垒中背叛过来。他们一方面鼓吹新文学观、新思潮，另一方面也需要发现新人新作来支援这种新观念新思潮。这样，编辑和作家在这个意义上就成为新文学浪潮的同谋者。随着名气的上扬，青年作家们开始意识到，编辑们并不是手把手地教他们如何创作小说的，这些编辑们也在借助他们的突破和探索，来巩固提高自己的文学声誉。编辑这个拐杖被甩掉后，1985年，便成为青年作家独闯天下、自己制造文学新潮新说的关键年。我们发现，在"寻根""先锋""新写实"新潮此起彼伏的浪潮中，再无李子云、李陀、王蒙、周介人等的身影，偌大的文学舞台，更换了一批新面孔、新主人。

王安忆与周介人关系的变化就是一个新例子。我们知道，除李子云以外，一段时间内，《上海文学》主编周介人是以上海新潮文学和批评的教父面目出现的，最典型的例子，是他发现并提携了两位工人出身的新锐批评家吴亮和程德培。他主政时期的《上海文学》，将80年代文学的主阵地从北京重新夺过来，这个杂志一时间成为"先锋小说"的时代孵化器，也是无可争议的事实。周介人与王安忆之间是有"师生关系"的。1985年后，这种关系出现了微妙的变化。更令人惊奇的是，即使是在1985年之前，王安忆还没成大气候的时候，她对周介人老师的"反驳"已经出现在两人来往的书信中。据我的《批评的力量》对有关史料所做的分析：韦勒克和沃伦提醒我们，文学批评往往都是站在比作品更高的历史位置上要求作家服从它赋予作品的"意义"的。批评家的"甲"指的是"时代""思潮""历史意识形态"等，而作品的"乙"则指的是作家的个人经验。所以，"文学批评则宣示甲优于乙"的结论是不会受到怀疑的。

1983年7月1日，周介人在《难题的探讨——给王安忆同志的信》中批评王安忆道：

> 您显然是下定决心要去克服题材方面的困难的。因为您对这个中篇（笔者按：指《流逝》）的主人公欧阳端丽——一位生活在资产阶级家庭的女子的生活并不熟悉。……于是，小说出现了这样一种矛盾：一方面其中真实地记录了那个年代的某些人生世相，例如菜场即景、抢房风、生产组劳作图、动员知青上山下乡以及某些殷实之户突然面临危机的困窘等，这些都写得相当细腻，因为那是您当时曾以不同形式在心灵中深切体味过的；但是，另一方面您对这一个资产阶级家庭中的各式人物在那段历史中可能有与必然有的表现的描写，就显得比较粗疏、比较浮面了。而这个中篇的重心本来是应该放在这里的。

像路遥所遭遇的一样，王安忆的"个人经验"的可靠性在批评家那里受到了质疑，原因就在"欧阳端丽生活在'文化大革命'这样一个到处充满尖锐复杂矛盾的时代，难道她以及她的家庭能躲过这些彼此相互冲突的力吗"的"历史原因"没有得到更令人信服的解释。进一步说，也就是阿Q、于连、"文化大革命"这些"时代思潮"性因素被批评家看作是比路遥和王安忆小说里的"个人经验"更为重要的东西，因此它们对《人生》《流逝》文本的渗透就将是不可避免的了，主人公被定义为"新时期农村青年形象"和"'文化大革命'悲剧人物"也就在这个意义上成为理所当然的结论。

就在文学作品"被定义"的过程中，作家对这些批评的反抗也在不断地出现，但我们所注意的是文学史叙述并不理睬它们。比如，在4天后的《"难"的境界——复周介人同志的信》中，王安忆虽然表示写《流逝》时"心里确有点不踏实"，但又辩解说：创作"需要一个长时期的练功过程。而这种练功，也并非练飞毛腿，脚上绑沙袋，日行夜走"。她对小说创作的理解是，要达到批评家周介人所要求的"难"的境界，将是一个"长时期的练功"。因为她意识到，这实际是一个"历史认识"与"个人经验"相结合的相当艰苦复杂的磨合过程，而并非像批评家们所说只要掌握了"时代""思潮"就那么容易地成为一个杰出作家，写出杰出的作品[5]。

我们不能把"王周通信"视作作家与编辑意气之争，恰恰相反，我认为两人对于文学创作复杂性的讨论是认真的。其实如果我们下功夫搜集1985年前后这批青年作家与他们的编辑老师的通信，把"感激成分"从中择出来，一定会找到很多像王安忆这样的例子。再假如，有人借此编出一大套"作家与编辑通信集"（例如十几甚至二十几本书），我相信文学史的面目一定会大为改观。这种改观不是要颠覆编辑对作家们的"帮助史"，而是要进一步指出并研究这种关系的复杂性和丰富性，"编辑史"与"创作史"的历史互动，恐怕远比"以作家作品为中心"的文学史更具有研究的难度。

三

当然，作家对编辑的反抗和超越，我们首先可以在布鲁姆《影响的焦虑》一书中找到分析的根据。在这部对于我们这代学人形如重开一扇门窗的爆炸性影响的著作里，布鲁姆精彩地分析道："'影响乃是不折不扣的个性转让，是抛弃自我之最珍贵物的一种形式。影响的作用会产生失落感，甚至导致事实上的失落。每一位门徒都会从大师身上拿走一点东西。'这儿说的是对主动的影响的焦虑感。但是，在这一方面的任何逆向作用都不是真正的逆向作用。'因为，对一个人施加影响等于把你的灵魂给了他，（一旦受到影响）他的思想就不再按照原有的天生思路而思维，他的胸中燃烧着的不再是他自己原有的天生激情，他的美德也不再真正属于他自己。甚至他的罪孽——如果世界上存在罪孽的话——也是剽窃来的。他完全成了另一个人奏出的音乐的回声，一位扮演着为他人而设计的角色的演员。'"正是在这种犀利的推断的基础上，他发明了"误读别人作品"的著名理论。他甚至断言：已经成为强者的诗人不会去读"某某人"的诗；因为真正的强者诗人只能读他们自己的诗。[6]

所以，当我欣喜地读到余华前面所说"我的个人写作经历证实了李陀的话。当我写完《十八岁出门远行》后，我从叙述语言里开始感到自己从未有过的思维方式。这种思维方式一直往前行走，使我写出了《一九八六年》、《现实一种》等作品"等信誓旦旦的话时，已切实感到了不安。我的意思不是说余华不诚实，我相信他这段话是发自他内心的——但这只是作家成长过程中的一个坐标——并不代表他就此踏步不前——如果是这样的话，就不会有今天通过不断反省不断超越而成为杰出作家的余华。这是一种相当复杂的辩证的关系。"影响的焦虑"其实已在这段话里隐藏。只是碍于感谢编辑的情面没有揭破而已。这种焦虑必然走向对编辑的反抗，不去反抗编辑的作家终究是没有自己的风格和创作未来的作家。

因此，反抗过去编辑老师，是所有有志于成为杰出和伟大作家的人的粗暴的行为。这样的作家，一般都是那种在自我轨道上运转和天马行空的人。20 世纪 90 年代以后，我们看到若干成名于 80 年代的作家，开始打破"思潮""流派"的笼罩，自以为是地选择自己的文学道路。编辑是他们超越的必然一环，他们还将超越文学批评的各种指责，对自己创作以外的所有意见熟视无睹。总之，他们不甘于变成"一位扮演着为他人而设计的角色的演员"。莫言彻底回到了"高密东北乡"，贾平凹试图重建他的"商州世界"，余华在固执地经营他的"小镇"。他们知道这是自己的立身之本。当然这里面经历了无数的挣扎，难言的彷徨，顽强的自持。这里面有过去文学经验和文学批评所无法面对的东西。但毋庸置疑的是，这里面的难度也超出了前二十年文学所有的积累，尤其是这些作家自己的积累。虽然，他们还时常会对自己第一个启蒙老师心怀无言的感激。

2015 年 3 月 12 日于北京

注释

[1] 李雪：《十八岁出门远行：作为原点》，《中国现代文学研究丛刊》2012 年第 12 期。

[2] 余华：《虚伪的作品》，《上海文论》1989 年第 5 期。

［3］李建周：《在文学机制与社会想象之间——从马原〈虚构〉看年先锋
　　小说的"经典化"》，《南方文坛》2010 年第 2 期。

［4］程永新：《一个人的文学史——1983—2007》，天津人民出版社 2007
　　年版，第 3、43、44 页。

［5］参见拙作《批评的力量》，《上海文学》2010 年第 4 期。

［6］［美］哈罗德布鲁姆：《影响的焦虑》，徐文博译，生活·读书·新
　　知三联书店 1989 年版，第 4、19 页。

作家与读者

一

　　在现代文学史上，作家与读者的关系是密切的、热情的甚至有点谦恭的。这些遵守 19 世纪文学规则的作家，乐意把读者看作作家作品的上帝。"为读者写作"，是经常可以看到的口头禅之一。鲁迅在《呐喊·自序》中，向读者坦诚叙述了自己早年人生的挫折，"走歧路"，"逃异路"，典当东西为父亲买药，分家风波，高考落榜，受邻里歧视，在日本弃医从文，幻灯片事件等屈辱经历，事事背时，处处不顺，这些构成了作家探索思想启蒙的线索，也是读者与作家心灵交流的通道。几十年来读者对鲁迅创作的信赖大多源于这里。巴金作品的"序跋"我大都读过，年轻时感动不已，中年后他的文字虽略感矫情，但仍然觉得作家是一个老实忠诚的人。与有些作家的傲慢、怪异相比，巴金的不端架子，给人平凡家常犹如家居的感觉。我相信翻阅过现代作家的文集或全集的"序言"、"后记"的人，大概都有这种深刻印象吧。

　　十七年的作家，对读者的态度也是诚恳的，有时像激情洋溢的革命传统讲师团成员，有时像饱含沧桑感的过来人，有时像羞涩的少女，有时又像刚下战场的愤愤不平的战士，他们对你倾心而谈，有的作家竟还忘掉自己的"作家身份"。他们不拿读者当外人，因为他们觉得自己就是从读者中走出来的，刚学会写作小说，苦恼缠身，作品中有些错别字还得请编辑修改、润饰、加工。我印象较深的是曲波《林海雪原》的后记，他说起牺牲的战友杨子荣时，眼泪几次打湿稿纸，他也不掩饰自己的失态，并不

觉得在读者面前哭诉是件丢人的事。杨沫在《青春之歌》前言里，像个傻里傻气不知轻重的青涩少女。在这段文字中，我们才知道她年纪轻轻逃婚到社会上，失业，饥饿，没有尊严。一时想不开，就跑到河北香河要跳河自尽，幸被香河乡绅子弟、北大国文系学生张中行先生救起。两人不久同居，张中行在北大念书，杨沫在北京沙滩的北大一边旁听，一边做着乖顺的年轻妻子。但是这时北京学界的抗日救亡运动兴起，杨沫起初旁听热血青年的演讲，后来不自觉地卷了进去，与张中行分手并投入抗日运动。

青少年时代，我读这些"序跋"，无形中就把作家当作自己的榜样。后悔晚生，没有像他们那样过一惊一乍、风暴汹涌的生活，奋斗、献身，无怨无悔。这些序跋与读者之间，没有天上人间的巨大差异感，不像外星球的神奇诡秘故事，让人有严重隔阂。它们像是夏天与邻居大人大姐大哥坐在一起乘凉，静静听大人轻轻哼唱《革命人永远是年轻》《让我们荡起双桨》等歌曲。十七年的作家，就像坐在这群人中的叔叔阿姨、大姐大哥，他们尽管教育你时有点生硬，但总感觉这种代替国家的教育也非常舒坦，道理恐怕就是那时候作者与读者的关系比较平等、家常，吸引我们这些半大孩子的，是他们小说里的"人生故事"。在读很多十七年小说的时候，我经常有一种读故事而不是读小说的印象。原因可能就是那时作家的姿态太过平常的缘故。

19世纪文学传统中作家与读者的关系，在中国文学中，从1918年（《狂人日记》）到1984年的传统小说落幕，都是这个样子的。现在回忆起来，真感到有点不可思议。这个历史时段中，在许多读者那里，文学生活是社会生活的一部分，人们在文学作品中学习成长、学习人生经验、吸取社会思潮中的有益营养，与丑恶罪孽保持距离。文学和生活中的扬善抑恶，有高度的一致性。

二

1985年后，我也说不清楚从什么时候起，作家都不太愿意在序跋中与读者交心了。他们好像在躲着读者，或没把读者当回事儿，起码不像上个时段的作家那样诚惶诚恐的。他们变得骄傲起来，有点目中无人，在写完某部作品之后，还有些莫名地说不出来的疲劳烦躁感。对来访的读者，对学术界的访谈人，对会给他们的日常生活增加麻烦的记者，都充满警惕，至少保持着一百二百里远的距离。我曾在电话里向某位作家请教他的家世，手机里传来"这是我的隐私"的愤怒的回答。我曾约某位先锋小说家来学校讲演，答曰"我现在已厌烦此事"，见面后又像没事一样。我也曾让博士生采访某位作家，也都借故推辞，或今天在海南，或明天在上海，总之，一直"在路上"。自然，也有一些随和的作家，随时联系都热情解答，回短信迅速，比如贾平凹先生。也有一些作家如约来中国人民大学讲演，我很不好意思地向他低声嘀咕，"讲课费极少"，只见他大度地笑笑，讲演照常卖力精彩，比如莫言先生。世间的人各种各样，其实作家也是如此，概莫能外。

1985 年后作家与读者的疏远，我想除时代风气，还有一个原因，就是"作者创造读者"理论的兴起。作者不需要读者在那里说三道四，读者还需要作者来加强培养，这种理论影响深远，深入人心。对目前这两代作家影响甚大。这种 20 世纪小说中的"叙述人"理论，割断了"读者是作家的上帝"的文学传统，它把读者置于可有可无的境地。小说是为"文学圈子"而做，是为批评家、文学教授而做，在"文学圈子"外聒噪的普通读者，除了添乱，别无他用。我发现，在 20 世纪 90 年代长篇小说热后出版的长篇小说中，很少再有"序跋"之类的文字，有些作家倒喜欢在偶尔的序言中渲染小说被译成多少种外文的事迹。也不是再没有"读者是作家的上帝"的说法，而是被改成了"汉学家是作家的上帝"这种新的时代修辞。可能是在 19 世纪文学阅读中培养出文学阅读习惯的原因，说实话，我非常不喜欢现在某些作家无缘无故的骄傲，无缘无故地对读者的轻视，无缘无故地与汉学家们亲如一家的往来关系。其实，现在作家与所谓"高级读者"——批评家们的关系，也变得越来越不正常。他们不愿意聆听批评家对作品的意见，而一味把批评看作是对作品的宣传。他们出席作品研讨会，感觉是在出席产品推介会。一种天地之间、"舍我其谁"的傲世文学批评界的心态，在作家群体中慢慢滋长，变成作家看文学批评的基本视角。

1985 年后，介入生活的小说的逐渐退场，推崇创作技术和想象力的小说成为主流，也导致了作家与读者关系的进一步疏离。从事这种小说的作家认为，不需要读者再对作品说三道四，"纯文学"是"献给少数人"的真正的艺术，是那种关起门来自修的修道院的神学。这些作家开始热衷于"访谈录"和接受记者"采访"。在这些访谈和采访稿中，作家都强调自己小说创作的自足性，讲述人生稀奇古怪的故事，或对某位外国作家表达仰慕之情，或说到某次出国访问的趣闻。总之，这种文体的访谈录中，"读者"只是沉默的"听者"，一种"小说神学"，决定着访谈设计、作家自述和人们对访谈录阅读的效果。这种访谈录能满足作家们高高在上的自我感觉，但是它阻断了作家与读者（包括研究者）正常的艺术交流。我想，凡是作家都是骄傲的，没有骄傲，几乎都无法想象还能开展写作。然而，拒绝与读者交流的作家也是愚蠢的作家，因为他们创作的作品缺乏读者监督，也就是缺乏文学批评的修正。他们无论在创作中做了多少蠢事，都无法听到人们真知灼见的议论，听不到智者之见。

三

我写这篇文章，并不是央求作家放下架子，故意做出亲民的姿态。我只想强调文学的规律，也即文学作品的实现，离不开作家、读者和文学批评这三个环节。自我生产和传播的作家作品从来都是不存在的。离开读者和文学批评监督的文学创作，大概只有史前时代的事情。

也并不是所有的作家都是这么莽撞固执，充满睿智的作家，总能礼贤下士，把读者当作自己身边的朋友。他们把倾听读者的心声，看作自己创作重新获得动力的推手。他们愿意与读者倾心相谈，包括具体写作中的苦恼和问题。我认为贾平凹先生是这代作家中最愿意为长篇小说新作写"后记"的，也是写得最为漂亮的作家之一。读他长篇小说的"后记"，你感觉他写完作品有一种急于向读者倾诉和交心的心情。他的"后记"事无巨细，从如何构思、如何逃出西安，躲到户县或西安近郊某县村子里的朋友家潜心写作，写累时跑到水库里游泳，在树林偷打水果的种种趣事，都一一交代。

例如1993年版的《废都·后记》写道："在一九九二年最热的天气里，托朋友安黎的关系，我逃离到了耀县。""后来我同另一位搞戏剧的老景被安排到一座水库管理站住，这是很吉祥的一个地方。不要说我是水命，水又历来与文学有关，且那条沟叫锦阳川就很灿烂辉煌；水库地名又是叫桃曲坡，曲有文的含义，我写的又多是女人之事，这桃便更好了。在那里，远离村庄，少鸡没狗，绿树成荫，繁华遍地，十数名管理人员待我们又敬而远之，实在是难得的清净处。整整一个月里，没有广播可听，没有报纸可看，没有麻将，没有扑克。每日早晨起来去树林里掏一股黄亮亮的小便了，透过树干看远处库面上晨雾蒸腾，知道波光粼粼了一片银的铜的，然后回来洗漱，去伙房里提开水，敲着碗筷去吃饭。"

作为"读者"，我领略了贾先生写作《废都》时的地理环境，山光水色和他起居的大致情况。知道像他这样生性敏感的作家，在景色灿烂且安静极了的地方写一群女人的故事，一定是相得益彰的，现实与梦幻不分彼此。假如做研究，我们根据这种感觉再去读《废都》，就不会理睬那些无厘头的无端批评，而设想也去找一个合适的研究感觉，试着进入他的文学世界了。

又如 2005 年版的《秦腔·后记》，作者用"地方志"的笔法，向读者交代了他生活了十九年的陕西丹凤县棣花镇的地理方位、文化习俗等情况，读来也颇有趣："在陕西东南，沿着丹江往下走，到了丹凤县和商县（现在商洛专区改制为商洛市，商县为商州区）交界的地方有个叫棣花街的村镇，那就是我的故乡。我出生在那里，并一直长到了十九岁。丹江从秦岭发源，在高山峻岭中突围去的汉江，沿途冲积形成了六七个盆地，棣花街属于较小的盆地，却最完备盆地的特点：四山环抱，水田纵横，产五谷杂粮，生长芦苇和莲藕。村镇前是笔架山，村镇中有木板门面老街，高高的台阶，大的场子，分布着塔、寺院、钟楼、魁星阁和戏楼。村镇人一直把街道叫官路，官路曾经是古长安通往东南的唯一要道，走过了多少商贾、军队和文人骚客，现还保留着骡马帮会会馆的遗址，流传着秦王古乐和李自成的闯王拳法。如果往江南岸的峭崖上看，能看到当年兵荒匪乱的石窟，据说如今石窟里还有干尸，一近傍晚，成群的蝙蝠飞出来，棣花街就麻碴碴地黑了。让村镇人夸夸其谈的是祖宗们接待过李白、杜甫、王维、韩愈一些人物，他们在街上住宿过，写过许多诗词。我十九岁以前，没有走出过棣花街方圆三十里，穿草鞋，留着个盖盖头，除了上学，时常背了碾成的米去南北二山区多换人家的苞谷和土豆，他们问：'哪里的？'我说：'棣花街的！'他们就不敢在秤上捣鬼。那时候这里的自然风景和人文景观依然在商洛专区著名，常有穿了皮鞋的城里人从 312 国道上下来，在老街上参观和照相。"

80 年代李陀评论贾平凹的《商州初录》是"地方志小说"，这个评价真是准确极了。那时李陀没有读过上述文字，他一定是根据作家的小说得出的印象，假如他看到了这段文字，就一定会认定就是这样了。我读《秦腔》，包括读贾先生的其他小说，觉得他是以地方志的视角写小说的，山水草木，村舍人物，总是那么细致生动，与此不无关系。不过，我觉得他可能也受到沈从文《湘西散记》写法的某种影响。以后，如果我有时间写《贾平凹家世考证》或《贾平凹传》这类学术著作，首先得去读《丹凤县县志》等书籍，倘若精力允许，应该去亲自踏勘一下丹凤县和棣花镇的地理风物，亲自去走走、看看，这样比躲在书斋里，拿着贾先生的小说胡乱比画，凭空想象，做的研究肯定要切实详细和丰富得多。这是一种接近作家的办法，或者说是一种接近历史的办法。

其他还有莫言先生在他长篇小说《檀香刑·后记》里，记述一天他在故乡高密火车站旁边的小店，听人唱地方戏曲猫腔，从这种如泣如诉的曲调里，找到了写小说的历史感觉，以及这部小说的叙述节奏和语调。这个例子同样说明，作家与读者的关系，是可以通过写作"后记"的方式重新建立起来的。

我有一个私见，不知道是否有道理，就是虽然经过"85 转折"，中国当代小说史发生了翻天覆地的变化。一茬作家退休，另一茬作家登场，墙头变换大王旗，令人有恍若隔世之感。但文学的基本规律没变，作家与读者的关系也没变。文学的常识你可以视而不见，但你如果违反它，也不见得就显示了进步。对一些大作家，例如前面提到的贾平凹先生、莫言先生，我觉得他们仍然是老实的，懂得人变不如天道，关心文学的人仍然会按文学的常识，按原来的老办法看待作家作品。睿智的作家，总是在这个不显眼的小细节上胜一筹，老辣周到。

2015 年 6 月 2 日于北京

作家与故乡

创作与故乡的关系，是成名作家最乐意谈论的话题之一。古今中外的文学评论家，也乐意借此窥探和分析作家所虚构的文学世界。作家之所以谈它，是因为他往往把故乡看作创作的主要灵感、生活基地、地缘和血缘纽带；然而，在亲身经历上，他又总是对故乡采取敌视、疏远和排斥的态度。因此，某种意义上作家与故乡这种矛盾纠缠的复杂关系，是文学理论和批评最想了解却最难把握的问题之一。

一

　　年轻的时候，莫言对故乡常常毫不掩饰地流露出抱怨的语气："十五年前，当我作为一个地地道道的农民在高密东北乡贫瘠的土地上辛勤劳作时，我对那块土地充满了仇恨。它耗干了祖先们的血汗，也正在消耗着我的生命。我们面朝黑土背朝天，付出的是那么多，得到的是那么少。我们夏天在酷热中挣扎，冬天在严寒中战栗。一切都看厌：那些低矮、破旧的茅屋，那些干涸的河流，那些狡黠的村干部……当时我曾幻想：假如有一天我能离开这块土地，我绝不会再回来。所以，当我坐上运兵的卡车，当那些与我一起入伍的小伙子们流着眼泪与送行者告别时，我连头也没回。我有鸟飞出了笼子的感觉。我觉得那儿已没有什么东西值得我留恋了。我希望汽车开得越快、开得越远越好，最好开到海角天涯。"[1]可就在十年后，他却提醒王尧教授留意自己小说创作中"超越故乡"的问题："我能不断地写作，没有枯竭之感，在农村生活的 20 年给我打下了坚实的基础。"但是，同一个人为什么从生存角度否定而又从创作角度重新肯定故乡呢？我们应该怎样解释这种在常人看来无法理解的现象？王尧于是赶紧提醒他："不远离故乡，没有时间和空间的概念。离开了，那地方才有了'故'的意义。"莫言觉得这就是自己所要强调的："空间的概念，也就是说，只有你离开这个地方，你才会发现这个地方的独特，发现你的故乡跟别的地方不一样，发现故乡的美之类的东西。时间的概念就是说，只有拉开距离你才能发现故乡，拉开时间距离，隔了十年二十年，你再来回忆这个地方，反而更加真切。如果没有空间的距离和时间的延续，你总是沉醉在其中也就无所谓故乡了。"[2]

　　莫言 1976 年参军入伍，到 1985 年第一次在小说《白狗秋千架》使用虚构故乡名称"高密东北乡"的时候，已经是部队副连职宣传干事，解放军艺术学院文学系学员。他离开故乡整整九年。[3]时间产生了距离，对作家来说尤其是它产生了陌生化的效果。故乡不仅仅是现实本身，而具有了历史地理的意义。人们注意到，这时莫言看待故乡换作了作家的视角，不只是当事人的视角，他不再把它看作是受村人欺负的地方，它是仍能"不断地写作"的"生活基地"——虽然这基地在作家的文学世界里已经变成了一个可以随意组装、调整的模板——它在小说创作意义上成为需要不断挖掘和拓展的"空间概念"，也就是"只有你离开这个地方，你才会发现这个地方的独特"的道理。同时我们还应该帮助作家延伸性地想到，从1984年莫言正式登上文坛（以1984年发表成名作《透明的红萝卜》为标志），到2002年莫言对王尧提出"超越故乡"概念的将近二十年间，他已访问过德国、中国台湾、中国香港、意大利、法国、泰国、日本、美国等地方，身份开始由"中原作家"逐渐转变为"世界性作家"[4]。在这种世界性眼光的参照下，故乡被缩小成"一枚小小的邮票"。它变成作家从事小说创作的一个根据。于是在新的阅读经验中，这枚邮票被纳入中国作家走向世界文学的规划当中。"十几年前，我买了一本《喧哗与骚动》，认识了这个叼着烟斗的美国老头。"看过翻译家李文俊长达两万字的前言后，"我立即明白了我应该高举起'高密东北乡'这面大旗，把那里的土地、河流、树木、庄稼、花鸟虫鱼、痴男浪女、地痞流氓、刁民泼妇、英雄好汉……统统写进我的小说，创建一个文学的共和国。"但当莫言自己成为拥有鲜明独特风格的老练作家后，光彩夺目的福克纳形象也就变得暗淡普通了起来："前几年，我曾去北京大学参加了一个福克纳国际讨论会，结识了来自福克纳故乡大学的两位教授。他们回国后寄给我一本有关福克纳生活的画册，其中有一幅福克纳穿着破胶鞋、披着破外套、蓬乱着头发、手拄着铁锹、站在一个牛栏前的照片。我多次注视着这幅照片，感到自己与福克纳息息相通。"[5]

二

可是，并不是所有的作家都愿意谈论故乡这个话题。在出身都市和城镇的作家的笔下，就很少有这种记载。例如，张承志1948年生于北京，祖籍山东济南；王安忆1954年生于南京，祖籍福建闽侯。他们是出生在北京、上海的"外地人"，而且是这两座城市所培养的作家。但他们好像并不热心谈论城市与自己创作的关系。2008年，在根据复旦大学教授张新颖访谈整理出版的《谈话录》中，王安忆说自己两岁时随父母迁居到上海。她淡淡地提到父亲是福建人，母亲是浙江人，给人"家乡观念"薄弱的印象。[6]我看过张承志正式出版的60多册作品集（其中篇目重复较多），只偶尔提到自己祖籍山东济南，并无特别的表示。相反，因为在内蒙古草原插队四年，他倒把距北京一千里之外的内蒙古乌珠穆沁草原称作自己的故乡。他在散文集《草原》中动情地称汗乌拉是"我的课堂和第一基地"："我不是蒙古人，这是一个血统的缘起。我是一个被蒙古游牧文明改造了的人，这是一个力量的缘起。"还称房东额吉为母亲。[7]

　　对这种生在异乡缺乏故乡认同感的移民社会的现象，香港大学陆鸿基博士的观察是相当敏锐和深入的："香港人创造了独特的文化，但对自己的历史和文化，却很少认识和意识"，这是因为"香港自始就是一个移民社会。移民的根在原居地，不在移居地"。它是"经济社会之地，而不是感情和心灵所在"。所以，在这个过客型的社会里，很少有人能像以农业立国的中原文化人士对本土产生发自内心世界的强烈认同感。[8]除去在南京、插队和徐州这十二年外，王安忆在上海生活了近五十年，然而，她看"上海人"始终都是"外来人"的视角。她在《"上海味"与"北京味"》这篇文章里说："上海与北京是我国的两个规模最大的城市，事实上却有着本质的不同。""当我们面对了这种差别，我们本能地选择了北京的、正统的、我们所习惯的、已拥有了批评标准的文化"，对"上海的那一种粗俗的、新兴阶级的、没有历史感的、没有文化的文化"，却"失去了评判的能力，还来不及建设全新的审美观念"[9]。借谈张爱玲小说的机会，她又谈到对上海人相当恶劣糟糕的观感："张爱玲小说里的人物，真是很俗气的，傅雷曾批评其'恶俗'，并不言过"，"她对现时生活的爱好是出于对人生的恐惧，她对世界的看法是虚无的"。她"喜欢的就是这样一种熟稔的，与她共时态，有切肤之感的生活细节。这种细节里有着结实的生计，和一些放低了期望的兴致"，"在她的小说里扮演角色的多是些俗世里的人——市民。最具俗世的特征的，怕就是上海了"。[10]

　　正像陆鸿基指出香港是一个移民社会，它是经济社会之地，而不是感情和心灵所在那样，上海自建埠之日起就是一个典型的移民社会。对于父亲是福建人（东南亚华侨）、母亲是浙江人，而自己出生在南下军人家庭的王安忆来说，她始终是生活在与正宗的上海社会格格不入的"外来人社会"中的。这决定了，她看上海的里弄、石库门，看上海市民的日常百态，是一种挑剔的外来人的视角和苛刻的尺度。同时也决定了，如果说当代乡土题材的创作是以"故乡"为中心的话，那么王安忆创作则虽以上海和淮北为中心，反映的却是这种出生于城市的作家精神世界中的无根感。因此，她才会说出前面那种"张爱玲小说里的人物，真是很俗气的，傅雷曾批评其'恶俗'，并不言过"，"她对现时生活的爱好是出于对人生的恐惧，她对世界的看法是虚无的。"她"喜欢的就是这样一种熟稔的，与她共时态，有切肤之感的生活细节。这种细节里有着结实的生计，和一些放低了期望的兴致", "在她的小说里扮演角色的多是些俗世里的人——市民。最具俗世的特征的，怕就是上海了"那种尖锐讽刺的话来。因此，我们也就可以理解，当张承志从未把他出生的北京视为故乡的时候，他才会在插队的内蒙古草原构建故乡文化原乡的感情心灵的归宿感，到宁夏西海固去寻找精神的栖息地。[11]

张承志和王安忆不是个别现象，而是提醒人们去关心什么是城市题材作家的"文化原乡"的问题。对他们这种因 1949 年中国历史版图的重新设计规划，大量干部、军人和各类外省移民涌进大中小城市，而这些移民的第二代很多年后又成为历史书写者，要选择什么题材作为自己终生关注的中心点的当代小说家来说，父辈"故乡"在他们心灵世界中的"坍塌"，将是文学史研究绕不过去的一个问题。而在我看来，这不仅是一个当代文学史的问题，同时也是一个现代文学史的问题，只是过去没有人从作家自身来考虑，而更多的是从他们创作题材所反映的外在社会价值来考虑，它才会被轻易地遮蔽了。例如，我曾经在一篇分析小说《白狗秋千架》的文章里比较过莫言与鲁迅、沈从文"作家身份"的不同。我认为他们虽同属于乡土题材作家（鲁迅只能说曾经是），但莫言小说中有劳动的手感，而鲁迅、沈从文乡土小说中从来就没有劳动的手感，从这种极其具体微妙的差异中，可以看到莫言是"本地人"，而鲁、沈则是"外来人"的明显不同。[12]我觉得在这种有趣的比较中，可以发现"故乡"对作家不同的意义，进而去观察当代乡土题材小说的某种独特性。

三

在《家谱与地方文化》一书中，众多学者对"文化原乡"的含义有过相当深入的探讨。李学勤指出："现在我们许多人，每每对三代以上的家族历史说不清楚。追溯和认识本家族的过去是很普遍的兴趣和愿望。自己的'姓'源自何时何地，有过哪些人物事迹，家族如何移居变迁，都是大家希望了解的。尤其是身在异域的华侨华裔，聚合同'姓'同宗，探索'姓'的起源地，形成了寻根的情结。"[13]卞孝萱也指出：私修家谱具有"尊祖、敬宗、收族的伦理道德功能"，以及"提升自豪感、荣誉感，增强向心力、凝聚力"的作用，是地方文化认同的最传统的方式。[14]在 2013 年莫言与大哥管谟贤共同整理的《莫言年谱》出版之前，作家心中"潜在的家谱"实际早就见诸他的很多文章。他在《我的故乡与我的小说》中说："一九五六年春（据父母说我是一九五五年生，待查），我出生在山东省高密县大栏乡三份子村。"家乡偏僻贫困，"我出生的房子又矮又破，四处漏风，上边漏雨，墙壁和房笆被多年的炊烟熏得漆黑。"家里有爷爷、奶奶、父亲、母亲、叔叔、婶婶、哥哥、姐姐等，老小十几口，是村里人口最多的家庭。父亲是大队干部，为人严肃方正。大哥考上上海的华东师大中文系，后当中学教师。他小学五年级失学，在家放羊，曾在桥梁工地做小工。[15]莫言对自己家族的叙述，反映出他与原居地的深厚感情联系。这种文化的原乡，才真正是他小说中源源不断的灵感和题材。

　　引入这个将出身城市与出身乡下的作家相比较的视角，目的是想探讨当代文学史一个很有趣的问题。我们知道，新中国成立后中国社会的发展重心开始从乡村向着城市集中和转移。城乡"二元结构"制度的建立和强制推行，更是把乡下青年区隔在文化参与和创造活动之外。1949—1979年间的当代文学作品，多半是由"城市作家"创作出来的，很少能看到纯粹出生乡下的作家写作的作品（虽然这里所指"城市作家"，不少也来自乡下，但都因为参加革命工作而不再是纯粹的"乡下人"。即使浩然这种所谓乡下人，也早就因干部身份而变成了城里人）。所幸当代文学制度中"培养工农兵作者"的政策，又使得处于社会中下层的士兵、县文化馆人员和刚毕业的工农兵大学生，在这历史极其狭小的间隙里，通过艰苦努力和挣扎而走上了文学创作的道路，例如路遥、陈忠实、莫言、贾平凹和阎连科等人。在城乡"二元结构"制度环境中，在长时期乡村社会的苦斗中，这些作家始终保持着与"故乡"血脉的紧密联系。讽刺地说，这种践踏人尊严的城乡"二元结构"制度，反而替20世纪80年代以后的当代文学储存保留了关于"故乡"的记忆，保留了"故乡"这份文化的遗产。这真是残酷历史扫荡中的二律背反现象。

　　不过，随着20世纪90年代以来启动而今天正在加速的"城镇化"进程，这些作家毋庸置疑已经是当代文学史上的"最后一代乡土作家"。其子女不可能再重走他们的人生道路。这几乎是一代将要"绝种"的"乡土作家"。我相信很多人都会有这种预感和看法。随着城镇化的展开，未来出现在人们视野里的必然是一个典型的"移民社会"。拿乡土作家和城市作家相比较，让我们意识到了讨论"家谱与地方文化"历史学者们的前瞻性眼光和深怀忧虑的文化情怀。我可以坦率地指出，尽管"家谱热"在今天的中国城乡悄然兴起，乡土小说家们还处在创作的巅峰阶段，却廉颇老矣，他们将会或者即会在习焉不察中淡出历史的舞台。在来势汹汹的城镇化的背景中，"乡土小说"这一稀有题材品种将如何保存和赓续，不能不使人略感忧心。

2014 年 11 月 18 日于澳门大学南区教职员宿舍

注释

[1] 莫言：《我的故乡与我的小说》，《当代作家评论》1993 年第 2 期。

[2] 《莫言王尧对话录》，苏州大学出版社 2003 年版，第 197—199 页。

[3] 参见管谟贤与莫言共同整理的《莫言年谱》，管谟贤：《大哥说莫言》，山东人民出版社 2013 年版，第 234 页。

[4] 参见管谟贤与莫言共同整理的《莫言年谱》，管谟贤：《大哥说莫言》，山东人民出版社 2013 年版，第 234 页。

[5] 莫言：《说说福克纳老头》，《北京秋天下午的我》，海天出版社 2007 年版，第 156、158 页。

[6] 王安忆、张新颖：《谈话录》，广西师大出版社 2008 年版。

[7] 张承志：《二十八年的额吉》，《草原》，花城出版社 2007 年版，第 393 页。

[8] 陆鸿基：《香港历史与香港文化》，冼玉仪编《香港文化与社会》，香港大学亚洲研究中心 2005 年版，第 64—69 页。

[9] 王安忆：《"上海味"与"北京味"》，《北京文学》1988 年第 6 期。

[10] 王安忆：《世俗的张爱玲》，《我读我看》，上海人民出版社 2001 年版，第 187—194 页。

[11] 参见拙作《张承志的历史地理图》，《文学评论》2014 年第 1 期。

[12] 参见拙作《小说的读法——莫言的〈白狗秋千架〉》，《文艺争鸣》2012 年第 8 期。

[13] 李学勤：《姓氏、族谱与寻根》，见朱炳国编《家谱与地方文化》，中国文联出版社 2008 年版，第 29 页。

[14] 卞孝萱：《家谱与地方文化——序》，见朱炳国编《家谱与地方文化》，中国文联出版社 2008 年，第 1、3 页。

[15] 莫言：《我的故乡与我的小说》，《当代作家评论》1993 年第 2 期。

作家与批评家

不论用多少比喻，都无法厘清作家与批评家之间的复杂关系。就像一对打着漫长无期离婚官司的夫妻，相互背叛爱恨交加且又藕断丝连，可说是这种关系最形象的反映。我曾在此吃过小亏。相信我的批评家朋友也都有过这种那种教训。不过，仅仅站在批评家的立场去理解这种关系是不公平的，因为它毕竟是文学史的相互张力，是文学经典化的必要环节，或者可以说，离开了它文学就无法立足。但我也不愿写一篇严谨、枯燥却没用的文艺理论文章，更愿意它感性些。

一

多年前，我曾写过一篇《"批评"与"作家作品"的差异性》的文章，[1]其中说道："批评家南帆回忆道：20世纪80年代是一个'批评的时代'，'一批学院式的批评家脱颖而出，文学批评的功能、方法论成为引人注目的话题。大量蜂拥而至的专题论文之中，文学批评扮演了一个辉煌的主角。'[2]吴亮在一次对他访谈中这样说道：'到了1985年以后，年轻批评家的影响力越来越大，很多的杂志都在争夺年轻批评家的文章，就像现在画廊都在抢那些出了名的画家一样。'当采访者问他'80年代实际上是一个批评的年代，批评界实际上控制了作品的阐释权力，我们现在文学史的很多结论实际上就是当年批评的结论'这样的问题时，吴亮没正面回答，但他非常自信地表示：'喝汤我们用勺子，夹肉我们用筷子。假如说马原的作品是一块肉的话，我必须用筷子。因为当时我解释的兴趣在于马原的方法论，其他所谓的意义啊，西藏文化啊我都全部避开了。'"[3]又说："批评家对作家作品居高临下的优越感，并不是中国文学中才会有的现象，巴赫金曾经讽刺道：'评论陀思妥耶夫斯基的著作洋洋洒洒，但读来却给人这样一个印象，即不是在评论一位写作长篇小说和中篇小说的作者——艺术家，而是在评论几位作者——思想家——拉斯柯尔尼科夫、梅什金、斯塔夫罗金、伊凡·卡拉马佐夫和宗教大法官等人物的哲学见解。'[4]显然，巴赫金认为陀思妥耶夫斯基时代的很多批评家对'作者'本人是不感兴趣的，他们感兴趣的只是他小说人物的'哲学见解'——

准确地说是批评家们自己的'哲学见解',文学批评都争先恐后地将自己'洋洋洒洒'的智慧和哲学见解展示给读者。这种以'批评'代替'作家'进而将文学作品充分地'批评思想化'的倾向,在80年代中国新潮批评中也开始大量出现,例如吴亮在《马原的叙述圈套》中有意识地把作家马原看作自己潜在的'对手',但他挥洒自如的文笔,给人的印象只不过是把马原小说当作了发泄自己理论才华的工具。"

与目下批评家在批评活动中对名家名作噤若寒蝉,担心一不小心就会引得对方"龙颜大怒"的情形相比,80年代那批风华正茂、意气风发的新潮批评家,个个都是气势如虹,势不可当,闭目想来,真有一种不知今夕是何年的诧异感觉。不过就我看来,新潮批评家的强势姿态恐怕主要来自80年代良性的文学环境,文学批评的骨气和正气,也来自作家们自觉主动的配合,他们还没有形成固化的世俗计较、功名利禄;与此同时,我还愿意指出这确实来自新潮批评家的整体性的文学才华。当然,更主要的是来自一代人思想的天真。翻翻今天的文学史,当年的文学批评大都成了文学史结论,至少我们对于莫言、贾平凹、余华、王安忆、苏童、张承志、韩少功、刘震云、格非、王朔等作家早期作品的认识,都无出于其左右。虽然作为文学史的进一步深耕细作,这些结论还需继续质疑、细琢、翻转与充实。

当然我们知道,批评家不能告诉作家怎样去创作,但这是否表明,作家就不再把批评和批评家当一回事了?结论是否定的。尽管作家是靠感性、批评家是靠科学性去写作的,分属两种完全不同的思维方式,然而,作家,尤其是当前的作家,大多都是不读文史著作的,他们很多人只顾眼前,视怎么写和怎么比别人写得好为己任。这种心态是不好指摘的。不过我想,批评家,尤其是文学史家,都应该是典型的文史专家,他们对文学的看法,不一定都是文学的看法,而延伸到了文学范围之外;他们是在一种大视野的背景中,去看当前小说家的创作和作品的;或者他们是在千百万个经典作家的比较视野中,看"这个作家"的创作和作品的。这就不能不使作家们懂得,你再有才华,还能超出历史之外?超出所有经典作家之外?这是不可能的,虽然作家本人常常有可能,而且心底暗里狠狠怀着不切实际的雄心抱负。我曾经说过沈从文与贾平凹,也有人说过蒲松龄与莫言,鲁迅与余华,张爱玲与王安忆。如果我们不做切实深入和实证性的比较研究,一直在那里人云亦云,不仅产生偏见,还会因批评的偏见招致认识作家作品的进一步偏见。就我看来，作家不一定都去读这些研究文章，但是他们应该在这些文章中想一想自己的来路、去路，再找找新的创作之路。"以史为鉴"这句话，不一定不适宜作家与前辈作家的关系，不适宜作家当前的创作。

可以有底气地说，杰出和伟大的批评家是可以指导作家的文学创作的。虽然前面我们曾经说："巴赫金认为陀思妥耶夫斯基时代的很多批评家对'作者'本人是不感兴趣的，他们感兴趣的只是他小说人物的'哲学见解'——准确地说是批评家们自己的'哲学见解'，文学批评都争先恐后地将自己'洋洋洒洒'的智慧和哲学见解展示给读者。这种以'批评'代替'作家'进而将文学作品充分地'批评思想化'的倾向，在80年代中国新潮批评中也开始大量出现。"然而，很大程度上可以说，正是80年代许多新潮思想家、批评家所营造的良好文学氛围，所倡导的文学主体性的历史视野，使当时很多寻根、先锋小说家获得了非凡的勇气、非凡的艺术创造力，例如李泽厚、刘再复、谢冕、黄子平、吴亮、李陀等——尽管现在，他们往往对当年的外国文学翻译家感激涕零，而很少或者绝不提这些曾经给了他们很大精神鼓励帮助的新潮思想家和批评家。"没有他们"，则何来这些优秀的"小说家"？不得不指出的是：这本来是一个常识，可是这个常识被作家们现在的盛名遮蔽了。

二

在作家眼里，批评家的形象是这样的。贾平凹在长篇小说《浮躁·序言之二》里写道：

> 我之所以要写这些话，作出一种不伦不类的可怜又近乎可耻的说明，因为我真有一种预感，自信我下一部作品可能会写好……一个时代有一个时代的作品，我应该为其而努力。现在不是产生绝对权威的时候，政治上不可能再出现毛泽东，文学上也不可能再会有托尔斯泰了。[5]

他当然知道，作家一辈子都是要与批评家打交道的，无法摆脱批评对作品的解释、规训和纠缠。所以，他无奈地抱怨：

文学批评超越了文学，成了一件大事，你的生活、你的人身就有了麻烦。

他把自己对社会舆论和文学批评的"敏感"，归结为自己的多病：

上了大学，得了几场大病，身体就再也不好了，在最年轻时期，几乎年年住院。30 岁时差一点就死了……

……你一个人躺在床上的时候，你无奈，觉得自己很脆弱，很渺小，伤感的东西就出来了。我没有倾国倾城貌，却有多病多愁身。多病必然多愁。我是一个写作者，这种情绪必然就会带到写作中。好多人说，你太敏感。这都是病的原因……有人说我的文章里有鬼气，恐怕与病有关……我写《太白山记》那一组短小说，基本上是在病床上写的……我是喜欢那一组文章的。病使我变得软弱，但内心又特别敏感。

但他对批评未做到完全心悦诚服，这些文字有自辩的语气：

评价一部文学作品的时候，如果非文学以外的东西太多，那么作家就是不甘心的。[6]

众所周知，在这三十年文坛，但凡名气大点的作家，没有不与批评家产生过各种矛盾的。要么实在受不了严厉指责，挺身直接站出来自我辩护，要么在国外或我国港台地区出版而内地作者不容易看到的《文集》序跋、访谈录中暗讽对方。这也是人之常情。作家也是常人。他们不可能看到对自己的不公和严厉而完全做到虚怀若谷。尤其是在 90 年代，当很多冒名文学批评的"酷评家"大行其道，从媒体舆论高地无端打压可怜作家的时候，就更叫人暗抱同情之心。

我觉得作家贾平凹有一个很好的习惯，这就是但凡长篇小说出版，他一定要附上一个交代作品创作始末和林林总总的"后记"。我窃想这是他抢在批评家发言之前，事先给文学批评一种指引，一个阅读指南，至少是对作品主体、题材、构思、人物来源和塑造等做一个交代。事实证明，无论他的《浮躁》《秦腔》《古炉》《带灯》还是最近的《老生》，这些内容详细并文笔很美的"后记"，都发挥了这种作用。据我个人经验而言，他的长篇小说一旦出版，我往往先从后面的"后记"读起——这样一来，就情不自禁地跟着作家的叙述走了，跟着他创作小说的原生态和故事原型走了。于是，带着这种"先见"，反过来就走进了他小说的世界。我窃以为，作家之所以这样做：一是他担心文学批评徒生事端，是自我保护的行为所致；二是充满了自信。对贾平凹、莫言这种大作家来说，他们向来都是充满自信而且底气很足的，没有这种自信，相信他们也不会从千百个前后一起起步而从很多倒下来的作家堆里伟岸地站出来，走到了今天，成为毋庸置疑的经典作家。

以我个人之见，我从心底敬佩作家这种自视甚高的心态和自信。古往今来的大作家，没有一个不是因傲视天下而载入史册的。作家有作家自己的轨道，正如批评家有他们自己的轨道一样。长期在自己的轨道上非常自足自信地运行的大作家，都是独步星球的行星，相反，倒是那些因风势而变而妥协收缩的作家，成为文学史的牺牲品。进一步说，与其说这些大作家经得起文学批评的滔天巨浪、十级强台风，还不如说他们相信自己实力雄厚的作品经得起任何滔天巨浪的冲撞和攻击。然而有意思的是，正是这种批评与反批评，冲撞与自信，傲视攻击与严厉挑剔，成为所有名家名作周边的"故事""轶闻""传说"等。著名作家因激烈的批评而声望日高，文学批评因指责作家作品而见识高人一等，当然这排除了不讲道理的酷评和人事攻陷。这也是文学史的规律之一。当然无端攻击鲁迅的狂飙社人士们，并没有在不讲道理的攻陷中占到便宜，研究文学史的人从心底没有把这些人当一回事。这些文章即使可以成为史料，也只是价值较低的史料，不会支撑其文学史研究者对杰出作家作品的主要评价。人以作品留名青史，所有的作家作品，都逃不出这个普通的文学史常识。

三

这就要回到本文的切题上来。除去人之常情，凡人都有爱惜颜面和羽毛的正常人的心理，我觉得作家应该学会这种文学史的常识：只要走上文坛，就不可能不与文学批评发生密切的关系。进一步说，按照韦勒克、沃伦在著名的《文学理论》中所指出的那样：所谓文学理论，指的就是作品、批评和文学史这三个组件。没有批评的文学作品是不可能存在的，它们只会自生自灭，无疾而终；离开作家作品的文学批评，也纯属空论，没有批评对象的文学批评，只可能是自说自话；而文学史则是另一种形式的文学批评，它是史家的批评，是后一步的对作家作品的认识。因此，作家作品最后的命运，都要在文学史叙述中见分晓，某种意义上，文学史研究者是为几十年前的文学创作和文学活动打扫古战场的人。然而，做一个好的称职的文学史家也难，这是一个走钢丝的事业。最后剩下来的人可以说寥寥无几，谁也不知道自己是什么命运。韦勒克、沃伦这本奇书的价值，就在于指出了三者之间相互依存相互比照的关联。当然，离开了作家们的创作自觉和艺术禀赋，离开了当初文学批评的敏锐和初步经典化，那么所谓的文学史也不可能存在于世。它是对前几十年文学创作和活动的筛选，是理性的过滤，是千百次斟酌、挑选最后得出的结论——谁能知道再过几十年、一百年后，这些所谓的"文学史结论"不被后来者推翻？我干脆坦率地说，对中国现代小说家的文学史评价，我最信服的是夏志清的那本《中国现代小说史》。说一个得罪人的话，我没见过他的同辈文学史家中有谁能给我留下如此深刻的文学史见识，这种真知灼见的文学批评，当然是真正的文学史的批评。虽然这本书的历史观有时候扭曲得厉害和离奇，很多历史评价过分简单粗暴，根本经不起分析。

有了这种眼界，这种文学史视野，这种平心而论的讨论，我相信一个优秀作家的胸怀也会辽阔高远，不致为一时小事蒙住眼睛，累病气病。作家作品、文学批评和文学史前世有缘，一起来到了这个世上，一起经历风雨荣辱，彼此取暖又心怀疑虑。这么多纠缠不清、反复无常同时非常有趣的各种故事，就是我们所说的文学的全部内容。对一个作家来说，他必须要知道这些。

2015 年 1 月 13 日于澳门大学南区教职员宿舍

注释

[1] 程光炜：《"批评"与"作家作品"的差异性》，《文艺争鸣》2010年第 9 期。

[2] 南帆：《理论的紧张》，上海三联书店 2003 年版，第 3、4 页。

[3] 吴亮、李陀、杨庆祥：《80 年代的先锋文学和先锋批评——吴亮访谈录》，《南方文坛》2008 年第 6 期。

[4] ［俄］M. 巴赫金：《陀思妥耶夫斯基的复调小说和评论著作对它的解释》，引自《巴赫金文论选》，佟景韩译，中国社会科学出版社 1996年版，第 1 页。

[5] 贾平凹：《浮躁·序言之二》，人民文学出版社 2007 年版。

[6] 贾平凹、谢有顺：《对话录》，苏州大学出版社 2003 年版，第 22、99、102、103、217 页。

作家与文学史

一

我在 2007 年写过《王安忆与文学史》一文。文章发表后，我曾经在私下询问这家杂志的主编朋友：王安忆女士是否对此文感到不悦？他回答没有什么反应。这说明作为大作家的王安忆有宽阔的文学史视野和知世胸襟，她自己也写过《心灵世界——王安忆小说讲稿》一书，① 深知作家与文学史之间的复杂纠缠。前些日子，我又写过另一篇作家与 19 世纪文学传统的关系，是一种与作家创作对话式的写法，这位作家同样表现得比较大度，似乎还流露出欣赏的态度。

这让我知道，多多少少受过文学史熏陶的作家，是不计较研究者将他们的创作历程及问题与文学史加以联系和分析的，因为艾略特已经在《传统与个人才能》这篇杰出的论文中谈过这个常识。② 在《王安忆与文学史》中，我曾这样写道："没有一个作家会轻而易举地承认与文学史的联系（我所说的"文学史"，这里仅仅指写作经验、范式和经典作家"影响的焦虑"等），正如很少有作家不是为文学史而写作一样。"从他（她）踏上文学之路的第一天起，文学史经典既源源不断地赋予其写作以灵感，又对写作本身构成了某种潜在的敌意。所以，但凡有野心的作家，都会把对犹如众神傲视的文学史殿堂的戏仿、规避或超越，当作了一生努力的事业。这一二十年，王安忆和她的小说就生活在这一悖论性的话题里。她起先是不自觉的，但当她"盛名显赫以致为盛名所累时，她就不可能不在乎了。在诸多对话和访谈中，我们可以看到她一直在为自己写作的独特性而辩解、而强调以至于有时会波及别人（当然这只是"偶尔"）。如此而

---

① 王安忆：《心灵世界——王安忆小说讲稿》，复旦大学出版社 1997 年版。

② 艾略特：《传统与个人才能》，引自伍蠡甫、胡经之主编《西方文艺理论名著选编》下册，北京大学出版社 1987 年版。

三，她名气越大，便越敌视文学史对她的解说、评论和复制，反感拿她与别人比来比去。因为，你为什么不说她是'这一个'，而偏偏说她是'其中之一'？而在我看来，研究王安忆，尤其是当南帆、王德威和王晓明把她的小说多半评说尽净的情况下，再单纯在她作品上做文章已毫无意义，所以，考察她与文学史的复杂关系，或许不失为另一种尝试。因此，我今天重读王安忆的小说，不单要看其文本内部，将会特别注意那些文本以外的现象。重读她的小说，更要重读文学史，读它们之间的联系，也读它们之间的不同和差异；我看王安忆的小说叙述，除了看她的中性叙述，更要看她的女性感觉、女性经验和女性书写特点；也要重看她写了什么，还不仅看她已经写出的东西，更要看这写本身。"① 接着，我以汪曾祺、张爱玲和女性小说为例，分析了王安忆在形成自己独特艺术风格过程中与这些现象的纠缠、交集和创造性的超越。由于此前下过功夫读相关材料，又读了作家不少小说，写完此文后，我认为自己比较能够看清楚王安忆三十年来文学创作发展的脉络了。这种经验使我进一步意识到，作为研究者，我们怎么去理解一个作家呢？仅仅从他们刚刚发表的某部新作，或仅仅看他们某部代表作，都是无法产生全面客观的了解的。只可能人云亦云，胡说八道，讲完了事，因此不能服人。所以，只有在这位作家大部分（还不能说全部）作品中看清楚他们某部作品，才能有较准确的定位。

二

但我相信很多批评家和文学史家都有过这种尴尬经验，即作家对前者给他们戴上的各种各样文学概念"帽子"，当面表达不满。前一段时间，我出席一位作家长篇小说的研讨会，在会上听到另一位作家笑着说，你们几个教授讲的话题是一模一样的啊。2008 年，我在另一位著名作家创作研讨会上，也看到这位作家皱着眉头，对我们这些刚刚发言的所谓批评家们，表示了类似的拒绝的意思。

在文学史秩序中，作家和批评家文学史家确实属于两类不同的人。作家的创作活动是一种纯属个人性的劳动。在具体创作中，他们必须坐忘山林，忘掉这个世界的存在，完全陷进作品人物生活和精神世界中，为后者担忧、难过，甚至会哭得鼻涕横流；但也会跳出来以叙述者身份，冷静地

---

① 程光炜：《王安忆与文学史》，《当代作家评论》2007 年第 3 期。

讲述人物的故事，用各种办法调动读者的兴趣，以达到最佳的双赢的阅读效果。在著名长篇小说《心灵史》初版本"代前言"中，张承志谈到他当时创作这部小说时的个人感受："长久以来，我匹马单枪闯过了一阵又一阵。但是我渐渐感到了一种奇特的感情，一种战士或男子汉的渴望皈依、渴望被政府、渴望巨大的收容的感情。我找到了。我要把它写给你们，我的读者。"① 在《我的姐姐张爱玲》一书中，张子静给我们叙述了一个非常"个人化"的张爱玲的形象："姐姐在才情上遗传了我父亲的文学与我母亲的艺术造诣。但在相貌上她长得较像父亲：眼睛细小，长身玉立。我则较像母亲：浓眉大眼，身材中等。不过在性格上又反过来：我遗传了父亲的与世无争，近于懦弱，姐姐则遗传了母亲湖南女子的刚烈，十分强悍；'她要的东西定规要，不要的定规不要'。"（胡兰成《张爱玲与左派》）又说，"这样的性格，加上我们在成长岁月里受到种种挫击，使她的心灵很早就建立了一个自我封闭的世界：自卫，自私，'自我沉溺'。"② 由此延伸到《金锁记》七巧、《倾城之恋》白流苏和《十八春》曼祯等人物形象的塑造，以及作者那种曲折隐晦和强劲的文字风格，也不难看出其中的端倪来。虽然平时都有多而杂的文学作品阅读，有对批评家文章的留意，但作家一旦陷入狂热创作过程中，是管不了这些的。他们的思想精神状态，文字的感觉，确实是十分个人化的，否则，怎么能成为一个作家？

批评家和文学史家的工作方式，则完全相反。理性思辨是其基本特征，而参照科学和体系将作家作品编入理解的程序之中，是他们必须完成的工作。当然，不能排除在此过程中，批评家和文学史家从事富有才华和创造性的思想艺术活动。富有才华的批评家和文学史家，可以把二流作家研究成一流的问题，揭示埋藏在作品世界深处的东西，并使之成为不朽。这样的例子也实在太多太多。对此，杰弗里·哈特曼在《荒野中的批评》一书中有过非常精辟的论述，他说："作为一种解释学，批评的处境是很为难的，就像逻辑学那样，不过它没有后者那样绝对地内在一致的动机，批评揭露了矛盾和含糊其词，这样，通过使得小说较少可读性，从而使它成为可解释的了。"他进一步说："批评与小说的区别在于它使阅读的经

① 张承志：《心灵史·代前言》，花城出版社 1991 年版。

② 张子静、季季：《我的姐姐张爱玲》，吉林出版集团有限责任公司 2009 年版，第 133 页。

验变得明晰：通过编辑、评论家、读者、外国采访记者等这样一些人的介
入和支持，批评与小说得以区别。我们通常是在一种故事的形式中与想象
的经历结合在一起，——或者不结合在一起，这种努力也就是我们全力以
赴要做的事情。批评家既用例子又用亲身经验表明，一个读者的直觉、同
情、辩护是如何立刻被诱发和被强制的。"① 他更令人匪夷所思地这样评
论道："在论述巴黎 19 世纪社会生活的主要研究项目中，本雅明把波德
莱尔解释成一个历史的传感器，波德莱尔在其作品的中心记录了一种社会
的震荡。这个分析是如此的杰出和经久不变，以致难以加以概述，它努力
把这种震荡与资本主义时代大都市中的生活经验联系了起来，它告诉我
们，大多数人，还有大多数轰动一时的事件——大多数作为不断的感官刺
激的都市现实（这种感官刺激既把工作的人又把无所事事者孤立了起
来）——都被波德莱尔所深深铭记，甚至当它未被用作一种明确的主题
时也是如此。"② 哈特曼如是说，没有批评家文学史家对作家作品的阐释，
这些作品是无法被读者所认识所接受并成为文学经典的。与此同时，他们
的科学性体系性的工作，又能给聪慧的尤其是优秀的作家带来启发，虽然
这对后者具体的工作并不产生最直接的发酵作用。因此可以想象，没有著
名文学史家夏志清教授在《中国现代小说史》中的精彩解读和分析，张
爱玲可能就消失在 40 年代的历史烟尘中了。另外我还想到，在当代小说
大量的创作谈中，中外作家作品出现的频率是非常之高的；他们尽管没有
将之与自己的创作直接挂钩，但是这些作家作品对其创作的参照性甚至点
化作用则是毋庸置疑的。没有这些被文学史所筛选出来的经典作家作品，
又何来今天小说家们的创作？

三

另外，作家之在意文学史，也是我们很难想到的。一位资深的文学史
家曾写过一部著名的当代文学史著作。有一天，他在与另一位中年学者散
步时，中年学者突然提醒他：有位作家在骂您。问是什么原因。答曰请回
去看看您写的文学史。回去一看，书上果然没有提到这位作家的创作。于
是在修订时就增加了有关内容。

---

① ［美］杰弗里·哈特曼：《荒野中的批评——关于当代文学的研究》，张德兴译，天津人
民出版社 2008 年版，第 37、58 页。

② 同上书，第 75 页。

这个并不普遍的个案，不是要说作家是在文学史面前矮化自己，自降门槛，而是说随着现代资讯的发达，闭门写作的作家也难免听到某些传闻。某些历史著作，他们会找来一读，凡是记载过他们创作事迹的文学史，都给了他们"载入史册"的美好感觉。凡是人，都是无法超越自己时代之上的，既包括风俗人情，也包括各种规则，文学史就是这种以文学的形式来书写的历史规则之一。这都是人之常情，对之我们也能够深切理解和包容。因为在现代文学史，也包括当代文学史上，不少作家与批评家文学史家争执的事例，都在提醒这种现象的存在。但是这样，就不光把批评家和文学史家像哈特曼所说的"很为难的处境"暴露了出来，同时，也把作家在文学史面前"很为难的处境"暴露了出来。"为难"，即是一种富有创造性的工作。凡是创造性的艺术活动，都是这么别扭的，没有一件是顺心顺意的。有史以来的所有非凡的文学活动都是如此，概莫能外。

2015 年 11 月 3 日

作家与阅读

一

在中国当代文学史研究上，"作家与阅读"这种题目曾经是被轻视的，最近几年，忽然又热了起来。不少著名作家都乐意以成功者的口吻，谈到经典作家作品对自己创作的影响，这种材料日渐增多，研究者很容易找到。比如，余华在杨绍斌的访谈中就说过这样的话："鲁迅是我迄今为止阅读中最大的遗憾。我觉得，如果我更早几年读鲁迅的话，我的写作可能会是另外一种状态。我读鲁迅读得太晚了。"① 在人们的印象中，余华经常谈到卡夫卡、川端康成和格里耶等外国作家对他创作的启发，所以，他在这里谈到鲁迅，也不必大惊小怪。不过，也许有朋友会以为顺着这个重要线索走下去，可以推翻过去结论，重新认识余华的创作。

---

① 余华：《"我只要写作，就是回家"——与作家杨绍斌的谈话》，《当代作家评论》1999年第 1 期。

近些年来，我接触过不少作家谈阅读的材料，比如王安忆、莫言、贾平凹、张承志、格非等。它对我改变单纯从文学评论这一条线上，来认识作家复杂多变的创作风格，不光把作家当作特殊的人，同时当作普通读者，或者说当作一个普通人，均获益良多。有时候，作家也像普通人一样，在文学阅读上有种种偏好，例如，莫言曾说，他很多书都没读完，往往翻几页，觉得不好看，就放下去翻别的书去了；① 王安忆也说，她读书的习惯，是把许多书都堆在书桌上，这本书看一点，别的书再看点，感觉这样很满足。② 这种习惯与普通人，比如我，就有些相仿，我也有这种喜欢乱看乱翻书的坏毛病，有些书看几页就放回书柜，几年，或者十几年过去，偶尔再打开这些书被折叠的书页，突然想起这原来是自己看过的。

对鲁迅略有了解的人都知道，他曾经说过多读外国书，中国古代的书一本都不要读这种极端夸张的话。但鲁迅读中国古代的书却是最多的，年轻时期，中老年时期，都是如此。他在民国政府教育部工作的八小时之外，或周末，喜欢到北京的琉璃厂淘古书、古碑字帖之类的东西，还收藏过不少。他小说创作和杂文杂感等的基本底色，都来自这里，虽然眼光是外国的，现代的，故意与中国传统文化捣乱的。有一些研究者，就把鲁迅劝年轻人多读外国书，不读中国古代书的话尽力放大，为作家激烈反封建的立场，做充分的无可置疑的铺垫。从研究的角度看，这也无可厚非。不过以为鲁迅果真都是如此，也是比较可笑的。

这种现象给人的一点启示是，清醒的研究者，不要以作家的是非为是非，跟着作家和他们说过的话盲目地跑。与此同时，也要把作家当作普通人，有时候在接受采访的时候，因为语境的原因，会夸张一点，浪漫一点，为有意吸引读者的注意力。另外，他们在访谈时，在写作创作谈的时候，记忆也会出错，经常是后来的话推翻前几年的话，表现得前后不一致，甚至相互矛盾，也都属于正常的现象。只要把作家的全集、选集和文集等全部翻一遍，就会发现这种情况是很常见的。

二

不过，作家关于他自己阅读的文字，包括那些访谈、自述、序跋之类

---

① 莫言：《北京秋天下午的我》，《说吧，莫言》，海天出版社2007年版。
② 王安忆：《我的"书斋"生活》，《空间在时间流淌》，新星出版社2012年版。

的东西，都是第一手的材料，是我们了解掌握他的创作史的重要根据。比如我刚才引用的余华在回答杨绍斌的提问时说过的"一九八〇年，我在宁波的时候，在一个十多个人住的屋子里，在一个靠近窗口的上铺，我第一次读到他的作品，是《伊豆的歌女》，我吓了一跳。那时候中国文学正在伤痕文学的黄金时期，我发现写受伤的小说还有另外一种表达，我觉得比伤痕文学那种控诉更有力量。……我一直迷恋川端康成，那时候出版的所有他的书，我都有。……接下来是卡夫卡，我最早在《世界文学》上读过他的《变形记》，……过了两年，我买到了一本《卡夫卡小说选》，……卡夫卡终于让我震撼了"的那些话，① 也是真实的，相当真实地反映出作家当时创作——实际上也包括他几十年创作的状况，是我们参照和研究余华创作史不可或缺的文献材料。

在现代文学研究界，研究者普遍都相信，作家的阅读是直通他们的文学世界的重要途径。他们借着作家不同时期读书的情况，除直接去触摸当时的历史，还有意在加强、扩大对作家作品的阐释空间。作为经验老到的资深学者舒芜先生，自然知道如何巧妙利用文献为研究服务。他在《周作人的是非功过》一书中指出，周作人曾自嘲是"杂学"，但"在文学以外，还举出神话学、文化人类学、儿童学、性心理学、乡土研究、风俗志、医学、生物学这许多部门，他都广泛涉猎"。他认为，"新文学运动以来，大作家当中，其兴趣越出文学范围之外如此之广，而这一切都帮助了他的文学成就者，周作人以外似乎也没有第二个"。话虽不免过于夸大，但未必不是事实。不过，鲁迅和郭沫若的博学也不应在周作人之下，尤其是郭氏，不仅精专，而且所涉猎之广泛同样的惊人。另外，他还具体举例说："周作人十分倾倒于日本江户时代的民间版画浮世绘"，认为它"用了精工的技艺，画妓女，画戏子，画市井愤俗；别无什么抽象的寓意，只是以悲哀的色彩，画出这些底层平民的平常生活来"。因此，在周作人的散文随笔中，这些影响的痕迹是随处可见的，他创作的目的"都是为了它们能直接表现最普通的人的最普通的生活和感情"，这反映了作家认为人类历史虽然经历上数千年，然而"人情并不相远"的看法。②

---

① 余华：《"我只要写作，就是回家"——与作家杨绍斌的谈话》，《当代作家评论》1999年第1期。

② 舒芜：《周作人的是非功过》，辽宁教育出版社2000年版，第210、215、216页。

　　李欧梵教授对大陆有些学者一研究鲁迅就沉迷在作家的世界中不能自拔的现象，很有些不以为然。他希望自己的研究与作家保持应有的距离，否则就失去了客观忠实的态度。但即使这样的文学史家，也觉得完全脱离作家的阅读来研究他们的创作，是无法做到的。李教授的著作《上海摩登》在国内很受人追捧，但我感觉他另一本研究鲁迅的专书《铁屋中的呐喊》，在见解上倒更独特和可信些。在第一章"家庭与教育"中，作者提到：鲁迅六岁时，先从一位叔祖学《鉴略》，这位老先生并不古板，鼓励他业余时间读通俗小说、神话、寓言、奇幻等杂书，包括什么《山海经》《玉历钞传》等。这些读物鼓励了鲁迅"坚持在这个小小的非正统的领域中探索，对于他后来思想的发展颇有影响"，这种"奇幻世界对他后来的小说写作和研究都不无影响"。为此，作者认为，它们在作家的"大传统"之外，构成了他文学世界的一个"小传统"。李欧梵还声称："在《朝花夕拾》里，最不吝笔墨的是关于民间传统形象的描绘，如迷人的'无常'、'女吊'等。这还有他自绘的图像可作证明。这个集子里有一篇长文《从百草园到三味书屋》，抒情地让人看到了他儿时的两个世界：一个是以百草园为象征的趣味盎然引人入胜的'小传统'世界，另一个是以他老师的书屋为象征的枯燥无味的'大传统'世界。"① 这些例子，说明在现代文学研究者那里，利用作家阅读的文献材料都有很正当的理由，好像不应让人产生怀疑的心理。

　　为此恐怕得相信，认真看待余华的"阅读史"，也是符合学术传统通常的做法的。然而，我得专门指出，这个过程不等于对他的"所述"，随随便便地全盘接受而不加甄别。正像舒芜的周作人研究，李欧梵的鲁迅研究，都是在几十年同类研究积累的基础上进行的，这种研究积累实际上是经过了对文献材料的反复甄别和筛选之后才形成的，对当代作家如余华等的文学阅读的研究，也应如此小心和谨慎才是。

三

　　在这部分，我专门谈谈怎样对当代作家凌乱芜杂的文学阅读进行筛选的问题。刚才我已提到，作家们谈到自己的阅读时，经常是随兴和不假思索的，这些话题，往往跟他们当时的创作状态相配合。我在看具体材料的

---

　　①　李欧梵：《铁屋中的呐喊》，岳麓书社 1999 年版，第 4、5 页。

时候，经常会感到摸不着头脑，不知道他们说的情况，究竟哪些是稳定长期的，哪些又是临时发挥的，说不定什么时候又要加以修改，或者推翻。

首先，根据现代文学研究的经验，研究者是在作家晚年停止写作，或者故世多年之后，才把他们关于文学阅读的材料全部看一遍。在看的过程中，实际上从学术研究需要出发的筛选已经在进行了。另外，之前已有研究者通过研究的过程进行过第一次的筛选，所以后来的研究者就占了点便宜。上个月在吉林大学开会，丁帆教授在发言时就曾谈到文学史研究有第一次筛选和第二次筛选的问题，他说得很有道理。但是，为什么现代文学能轻易做到这点，而目前的当代文学研究很难做到，或者即使想做也不知从何处下手呢？我觉得主要是由于历史距离的原因，到作家晚年或故世之后，比如沈从文、巴金等，研究者就与研究对象自身的材料产生了历史距离，产生了历史纵深感，研究者的清醒和理性也随之增加了。这种距离，使得对作家阅读材料的筛选具有了可能。

其次，当代文学史研究始终要受到当代作家创作新作，和文学批评的困扰，而现代文学史研究则没有这个问题。例如，余华在90年代写作"杰出三部曲"后（《活着》《许三观卖血记》《在细雨中呼喊》），并没有放下笔，而是又创作了《兄弟》《第七天》等长篇小说。当我们认为，该根据余华关于阅读鲁迅的材料，对三部曲做些研究性整理的时候，但怎么面对这些长篇小说和争议不断的批评，就是一个问题。因为它们打断了我们的筛选，让我们不知所终，也不好再做论断。我们无法静下心来，在书斋里仔细阅读余华几十年来阅读各种作家作品的材料，考虑这些作家作品又怎样影响了他的创作，或者他在90年代转型之后，怎样在创作中降低了卡夫卡、川端康成的影响比重，逐渐加大了鲁迅的影响的比重的。说老实话，我经常会对此感到头痛、无语。

现在能够看到的余华研究资料，是孔范今、雷达和吴义勤在山东文艺出版社出版的"中国新时期文学资料汇编"，和杨扬在天津人民出版社出版的作家研究资料，这两套书中都有《余华研究资料》。其他地方是否有此类书籍，我没有看到。即使这两本比较完整的研究资料，余华谈自己文学阅读的材料也不是很多，原因可能是本来就谈得不多，还有可能是资料收集得不全，也许在一些报刊上还有一些零星的材料。我的意思是，总不能在那里抱怨，而不做些事情吧。我想能做的事，是可不可以将这两本书，以及散落在报纸杂志上的有关资料收集在一起，做一个小小的"余华阅读书目"？稍微年轻、身体还允许的研究者，大概都能够做到。这个"阅读书目"编好之后，可以对它做统计分析，比如，提到卡夫卡有多少处，川端康成的多少处，鲁迅又是多少处，归总起来，眉目就清楚起来了。另外再根据这些出处的时间点，做一个先后顺序的排列，继续统计分析，那么"影响比重"这个问题也能够呈现出来。

我的看法是，虽然当代作家的新作不断，文学批评也新见迭出，我们都不用管它。所能做的就是对当代作家的"阅读史"进行一点"断代式"的历史研究，这其中就包括了刚才提到的对"阅读书目"的统计分析。具体到余华这位作家，我主张这个"断代"暂时切到"杰出三部曲"结束的阶段，后面几部长篇新作先不管它。经过这种切割式的"断代"后，他20世纪80年代先锋期和20世纪90年代转型期创作的来龙去脉，就可以有一个比较清晰的观察。

我这样说是因为一个小小的个人经验。2013年夏秋之交，我打算写一本书中关于张承志的文章，因为知道1991年1月长篇小说《心灵史》在花城出版社出版后，他就再没写过小说，觉得这是作家对自己做了切割，出现了一个"断代"的契机。于是，我就到中国人民大学图书馆，把已经出版的张承志60本各种作品集全部借出，在家里一本一本地读，做了很多笔记，花了将近三个月的时间，才写出了论文《〈心灵史〉的历史地理图》。不久，应《当代作家评论》前主编林建法先生的邀请，去常熟理工学院的"东吴讲堂"做讲演，拟的题目是《张承志与鲁迅和〈史记〉》。[①] "历史地理图"这篇文章写起来比较有把握一点，因为看了三个月张承志文学阅读和其他方面的详细材料，他的人生历程、思想演进、几次转型和知识背景就一目了然了，整理出来就可以写。因此文章采用的叙述加分析的方式。《张承志与鲁迅和〈史记〉》这篇，之前则毫无准备，到常熟讲的只是一个简单提纲，估计当时讲得比较乱，可是又很兴奋，因为讲着讲着，说出了很多问题来，这些问题原来并没有深想，是因为面对几百个学生，受会场气氛刺激临时发挥出来的。现在想起来，它们并非毫无来处，而多半是我那三个月看的材料的缘故，把没有放在"历史地理图"文章里的边边角角的材料，都用到这个讲演里面了。后来，丁晓原

---

① 参见拙作《〈心灵史〉的历史地理图》，《文学评论》2014年第1期；《张承志与鲁迅和〈史记〉》，《中国现代文学研究丛刊》2014年第4期。

教授让学生整理出一个演讲稿寄给我，这样我根据这个整理稿写出了另一篇文章《张承志与鲁迅和〈史记〉》。

所以我认为，对当代作家阅读材料的筛选，首先得有一个"断代"的技术处理，否则一切都没办法进行下去。

2015 年 9 月 6 日于北京亚运村